天災少年はやらかしたくありません！

Tensai syounen ha yarakashitaku arimasen!

2

もるもる Morumoru　イラスト ふらすこ

グラン
アルの従魔。
毛がふわふわな
跳びネズミ《ラニー》。
翠
幼翠竜《リトルエメラルドドラゴン》が化身した少女。
戦闘力が高く、
食いしん坊。
アルカード
冒険者を目指す前向きな少年。
自分の中に3つの
魂魄を宿している。
通称アル。
主な登場人物
Characters

オスロー
アルのクラスメイト。
元気な
ムードメーカー。
エストリア
アルのクラスメイト。
負けず嫌いな
名家の令嬢。
アルに宿る魂魄たち
眼鏡さん
算術魔法式を開発した
人族の技術者。
筋肉さん
武芸に詳しい
鬼族の戦士。
龍爺さん
魔術を極めた
龍族の老人。

第00話　序章――この世界についてと第1部のあらすじ

ここは夢を見始めると来ることができる見慣れた場所で、四方八方《しほうはっぽう》が真っ白い霧《きり》で覆《おお》われている世界だ。僕の視線の先には床に座っている3つのシルエットがある。

目を凝《こ》らしていくと霧が晴れていき、シルエットが明確になっていく。どうやら床ではなくコタツに座っているようで、その上にはノートPC、酒、半紙《はんし》、みかんが置かれていた。3つのシルエットはそれぞれの作業に没頭《ぼっとう》しているようだ。

「しかし、狂瀾怒濤《きょうらんどとう》な4ヶ月だったなぁ」

「狂瀾怒濤とは、ちと大袈裟《おおげさ》ではないかのぅ？」

「何はともあれ、無事で済んだのは僥倖《ぎょうこう》でした」

はじめに、2本の角《つの》を生やした、上半身裸《はだか》で筋肉質の男が呟《つぶや》く。

それから、飛び出した口先の下に立派な顎髭《あごひげ》を蓄《たくわ》え、鹿《しか》のような角を生やした、まるで東方の龍《りゅう》のような容姿を持つ者が、静穏《せいおん》な口調で続く。

最後に言葉を口にしたのは、神経質そうな顔つきをした、眼鏡《めがね》をかけた痩《や》せぎすな男だ。僕は彼らのことを筋肉さん、龍爺《りゅうじい》さん、眼鏡さんと呼んでいる。

「そもそも本来私たち魂魄《こんぱく》は、1人に1つしか入らない制約《せいやく》があるはずなのに、何の手違いか1人に3つも入って、アルカード・ヴァルトシュタイン少年は、よく無事でいられるものです」

「そうじゃな、お主の言う通り、周りの話を聞いてみると、そもそも魂魄との意思疎通《いしそつう》もできないようじゃしな。こうして3人が宿主《やどぬし》である坊《ぼう》どころか、3人同士が意思疎通できるなぞ、恐《おそ》らく例外中の例外じゃやな」

「魔法もあるし、竜《ドラゴン》も住んでるし、龍爺さんの住んでいた世界に似てる世界だよな、ここは」

魂魄とは前世の魂だと言われていて、それにより人々は様々な戦闘武術《アーツ》や魔法、技能《スキル》や潜在能力《アビリティ》を得られる。その魂魄により、本人の進むべき方向が決まり、就《つ》ける職業が絞《しぼ》られていくのが一般的な考え方だ。

そして眼鏡さんが口にしたアルカード・ヴァルトシュタイン少年とは僕のことだ。何故か分からないけど、僕の中には魂魄が3つも入り込んでしまい、夢を見ると来ることのできる、真っ白い霧に包まれたこの世界にその3人が存在している。

この世界を通じて僕は3人から直接教えを請《こ》うことができる。また、眼鏡さんの開発した算術《さんじゅつ》魔法式《まほうしき》の〈パッシブ《常時》 コミュニケーション《伝達》 ソウル《魂》〉によって、自分自身の世界にいながら3人の声を聴《き》くこともできるようになったんだ。

「しかしこの世界には科学がないのが残念でなりません。恐らく、魔法の力で利便性の高い現象を引き起こせるから科学が発展しなかったのだろうと思われます。ですがこの魔法というものは存外に楽しくて、私のプログラミングの知識《ちしき》を生かして算術魔法式を生み出せたのは良かったです」

「あっという間に儂《わし》の持っている魔法知識を応用したのは流石《さすが》じゃやな。坊も、儂が教えるこの世界でも適用できる魔法と、他の誰にも使うことができないお主の算術魔法式で、様々な困難を解決したのぅ」

「俺の武術の知識も役立ったようで何よりだ。俺の鬼闘法《きとうほう》と龍爺さんの魔力運用を合わせて、とんでもない技を使えるようになったしな」

眼鏡さんは、いつもの癖《くせ》なのか眼鏡のブリッジをクイッと上げて、口元に笑みを浮かべる。3人が揃《そろ》って嬉《うれ》しそうにしているのは珍《めずら》しい。

「少年が通《かよ》っている学園は、このアインルウム同盟国《どうめいこく》の地方都市アインツにあるアインツ総合学園でしたよね」

「そうじゃな、入学には試験が必要だったのじゃが、その試験の1つで儂たち3つの魂魄の力を融《ゆう》合《ごう》した技を放ったら、校舎と竜《ドラゴン》の住む山の一部を消し飛ばしてしまってのぅ」

「その山に住んでいる若い竜《ドラゴン》が報復《ほうふく》にやってきたのだが、一撃で即気絶させたなぁ。それが翠嬢《スイじょう》ちゃんで、その保護者になるなんて予想できない展開だよな」

確かに成り行きだけど、翠を一撃で撃沈《げきちん》させたのは申し訳なかったな……

「その壊《こわ》してしまった住処《すみか》を修復しようと、竜の住処に行き、素材が足りないからといって静止軌《せいしき》道上《どうじょう》にある隕石《いんせき》を落として素材にしようとは……私も想像が及《およ》ばなかったスキルの使い方で吃驚《びっくり》してしまいました。そして、その隕石の素材を使って一夜にして竜の城を築《きず》いた才能には驚愕《きょうがく》を覚えるばかりですよ」

「……あれはお前が算術魔法式の実験をしたかっただけじゃねぇか」

「んむ。儂も記憶の中から城の設計図を抜き出されたのじゃ」

筋肉さんと龍爺さんが冷たい目で睨《にら》むが、眼鏡さんはそ知らぬ顔で話し続ける。

「無事、入学が決まった後も多くのトラブルに見舞《みま》われました。貴族の男に絡《から》まれたり、因縁《いんねん》をつけられたり、妨害《ぼうがい》されたりして、その決着をと1学期の期末総合実技試験で戦うことになりましたね。そこでも卑劣《ひれつ》な妨害を受けましたが、私たち3人の力を使い見事切り抜けたのは痛快でしたよ」

3人の力がなければ僕は大変な目に遭《あ》っていたと思うけど、何とか貴族の同級生《ギリアム》に勝つことができたんだ。

その後、クラスメイトを含めて僕たちは力不足を感じたので、自主的に武術や魔法の特訓を始めた。この後も何があるか分からないからね。

「さてと、振り返りはこんなところですか？」

「そうじゃな。この先も大変なことが起こりそうな予感がするのぅ」

「そのためには、坊主を更《さら》に鍛《きた》えて、何が起きても対応できるようにしないとな！」

「まぁ、少年には元気でいてもらわないと、私の算術魔法式が試せませんからね」

「「実験台にするんじゃない！」」

自分勝手なことを言う眼鏡さんに、2人が突っ込む。僕は笑いそうになりながら、深い眠りに落ちていくのだった。

第01話　夏休みの予定

夏休みが近付き、何故か妙にそわそわした空気を感じ始めた頃のこと。

「みんな夏休みの予定は決まってる？」

教室の中では3人の女の子が、これから訪れる夏休みについて話の花を咲かせようとしていた。

他の2人に話しかけた女の子はエストリア・フォン・ヒルデガルド。アインルウム同盟国を治める五州家《ごしゅうけ》の一つ、ヒルデガルド家の令嬢《れいじょう》で、長い金色《バターブロンド》の髪をツーサイドアップに纏《まと》め上げ、その意志の強そうな瞳は青玉石色《サファイア》だ。その立ち居振る舞いには、貴族らしい品の良さが表れている。

「ウチはオトンと一緒に行商《ぎょうしょう》に行く予定や」

独特のイントネーションで答えたのは、イーリス・ウェスト。アインツ総合学園がある地方都市アインツに店を構える交易商の娘だ。赤茶《レディッシュブラウン》色の髪を肩口で三《み》つ編《あ》みにして、琥珀《アンバー》色の好奇心旺《こうきしんおう》盛《せい》そうな大きな瞳が特徴の女の子だ。

「わ、私も家の手伝いをしながら、魔法の練習……かな」

少し遅れてから答えたのが、キーナ・ストラバーグ。アインルウム同盟国の報道面で大きな影響力を持つストラバーグ出版社の娘なのだが、薄茶《ミルクティーブラウン》色の髪を目元まで伸ばして、自信なさげに両目を隠している。顔を俯《うつむ》かせながら、時折2人の顔色をうかがうように上げる視線の奥には、少し垂れた大きめの青色黄玉《ブルートパーズ》色の瞳が見える。

「そっか、イーリスもキーナも予定入っているわよね……」

2人の予定を聞いたエストリアは、少し落胆《らくたん》した口調になる。

「どうしたん？」

「えっと、お父様がクラスのみんなを家に招待《しょうたい》したいって」

「ホンマに？　行く行く、そんなん行くって。リアはんの家ゆうたら、避暑地《ひしょち》の豪勢《ごうせい》な家やんか。そら行かへん理由は在らへんなぁ」

「え？　でもお父さんと行商って」

「時期をずらせばえぇやん。ちなみにいつ予定しとるん？」

「えっと、夏休みの後半2週間の旅程を考えているんだけど」

「OK、OK。じゃあオトンには前半だけにしてもらうよう言うとくわ」

少し肩を落としたエストリアだったが、その内容にイーリスが食い付き、話が進んでいく。ちなみにリアというのは、エストリアの愛称のようだ。

「キーナはんも来れるん？」

「は、はい。家の手伝いは、ひ、必須ではないので」

「じゃあ決まりやね。美味《おい》しい食べもんを用意すれば翠はんも絶対参加するやろうから、女子は全員参加やね」

「あ、ありがとう。イーリス」

エストリアは肩の荷が下りたのか、少しほっとした表情を浮かべながらお礼を言う。

「問題は男子の方よね……」

「普通に誘《さそ》えばええだけやろ？」

「その普通にが難しいのっ!!」

「あー、貴族の女子が家に異性を呼ぶのはちょっとアレやもんなぁ」

「う、うぅ……」

少し涙目になるエストリア。

「ちゅーか、そもそも男子まで何でお呼ばれしとん？」

「入学試験の日に、私の弟のヘンリーをアルカード君が救ってくれてたんだけど、それを恩にも着せないし偉《えら》ぶりもしないもんだから、お父様が凄《すご》く気に入ってしまって……」

「それ、言い出せへんだけやったんとちゃう？」

「うん。そうかもしれないんだけど、それだけじゃなくて、外出した時にお店でギリアムと問題起こしたじゃない？」

「あぁ、あったなぁ。アルはんはすぐトラブル起こしよって……」

「もともとあの店の雰囲気は良いし、質の良い料理を安価で出していることもあって、人気店だったの。そこに目を付けたヨルムガルドの貴族たちがツケで食事して、支払いを踏み倒していたり、店の中で問題を起こしたりして、他のお客様の足が遠くなって、経営が厳しかったみたい。だけど、あの一件以来貴族が立ち寄らなくなって……」

「普通のお客さんで連日賑《にぎ》わって、商売繁盛《はんじょう》っちゅう訳やな」

「そうなのよ。その店にお父様が出資していて、そろそろ赤字が込みすぎて閉店を考えていたところ、一気に黒字化……お父様がアルカード君を更に気に入っちゃった訳」

アルカードたちが外出した時に、昼食を摂《と》るために入った店で、ヨルムガルド家の分家にあたるヨルムガリア家のギリアムが絡んできた一件があった。

あろうことか町中で中級火属性魔法の豪炎《フレイム》の魔法を使おうとして、たまたま町に来ていたエレン学園長に止められ、その場は穏便に済ませたのだが、2人の拗《こじ》れた関係はどんどん悪化し、1学期末実技試験にて決闘のような形を取るまでに発展したのだ。

ちなみにヒルデガルド家とヨルムガルド家は共に五州家の一つだが、政治的な問題で対立している。

「そら、感謝の1つも言いたくなる訳やね」

「で、ですね……」

「ということで、男子に話を切り出す時は助けてね」

エストリアがそう締《し》め括《くく》ると、3人は鞄《かばん》を手に取り教室を後にするのだった。

†

1学期も残すところあと数日。そんなある日の帰り際、授業が終わり、僕を含むみんなが教室から出ようとすると、エストリアさんが、意を決したようにクラスみんなに声を掛ける。

「あ、あのっ！　な、夏休みなんだけど、わ、私の家に遊びに来ないかしらっ!?」

「……」

突然の声掛けに、クラスメイト8人の反応が固まる。

「こ、高原だから涼《すず》しいしっ！　湖とか森もあるから楽しめると思うわっ！」

シンとした空気に耐《た》え切れず続けて発言するエストリアさん。

「えぇやん！　高原の避暑地でバカンスやなんて、お貴族様みたいやな」

「で、ですね……」

イーリスさんがそれに乗っかり、小さな声だけどキーナさんもそれに同意する。

「確かに、ヒルデガルド州は高原地帯にあるし、夏には最適な避暑地として知られているな」

「そ、そう。だから、クラスのみんなとこれを機にもっと親睦《しんぼく》を深めたい……かな？」

青みを帯びた銀色《アイスシルバー》の波打つ長めの髪を首の後ろで括り、深い紫水晶色《アメシスト》で理知的《りちてき》な瞳のカイゼルが即座に答える。

そして、それに乗っかって、僕に視線を送ってくるエストリアさん。

僕と翠の夏休みの予定といったら、翠のご両親への報告と、実家に少し寄るくらいしかないから、翠が行くのは大丈夫だと思うんだけど、迷惑になるんじゃないかなぁ……

「湖の魚とか森や山の幸《さち》もあるし……」

「魚！　肉もあるのかっ!?」

「えぇ、鹿とか兎《うさぎ》とか豊富にいるわ」

「アル！　肉！　肉を食べに行くのだっ!!」

翠が綺麗《きれい》な翠色《エメラルドグリーン》のサイドポニーテールを弾《はず》ませつつ、薄い翠色《ペールグリーン》の瞳をキラキラさせながら僕を見る。別に肉だけならどこでも食べられる気がするんだけど……

「翠ちゃんが来てくれるならいっぱい用意しないとね」

「いっぱい……肉がいっぱい……アル!! リアの家に行くのだっ!!」

口の端から涎《よだれ》を垂らしながら、翠が僕のブレザーをグイグイと引っ張る。

「でも、翠。両親へ報告に行かなきゃダメでしょ？」

「うぅむ……父様《ととさま》と母様《かかさま》……ちゃんと報告しないと怖いのだ……」

「私も準備とか色々あるから、２週間後くらいの出発だと都合が良いのだけど、それまでに学園に戻ってきてくれれば間に合うと思うわ」

「……（ジー）」

エストリアさんの提案を受けて、翠が上目使いに僕を見上げる。

「はぁ、分かったよ。２週間もあれば報告できると思う」

「ホントか!? アル！ ありがとうなのだっ!!」

「でも翠をずっと任せる訳にもいかないんだけどなぁ……」

「え、えっと……アルカード君も一緒に」

「僕？ 僕も行っていいの？」

「も、もちろん！ クラスのみんなに来てもらえたら嬉しいわ」

どうやら、翠とかの女の子だけが対象ではなかったらしい。

「ということは、私たちもお邪魔しても良いということかな？」

「ええ、カイゼル。お父様からは『学校でお世話になっているクラスメイトを連れてくるように』って言われているのよ。カイゼルたちにも色々お世話になっているし、是非来てもらいたいわ」

「なるほど、分かった。２週間後なら……大丈夫だな。ウォルト共々お邪魔《じゃま》させてもらおう」

「俺のことを勝手にお前が決めるな……まぁ、２週間後であれば断る理由はないが」

カイゼルがエストリアさんに確認すると、全員来ても大丈夫とのこと。そして短く刈《か》り込んだ明るい灰色《アッシュシルバー》の髪に、鋭い黒瑪瑙《オニキス》の瞳を持つウォルトが、予定を勝手に決めるカイゼルに釘《くぎ》を刺《さ》す。

「オレもいいのか？　実家にいても手伝いさせられるばっかりだからさ」

「勿論《もちろん》よ、オスロー！　キーナとイーリスもね」

「は、はい！　是非」

「ウチも前半は実家の手伝いをせなあかんけど、後半ならええで」

続けて学園でできた最初の友達かつ、寮《りょう》でも相部屋のオスローが、逆毛にした茶褐色《チェスナット》の頭を掻《か》きながら確認する。

ちょっと時間が空いてしまうけど、夏休みの後半ならみんな参加できるみたいだ。

「ホント!?　良かったぁー。じゃあお父様に連絡して、宿や移動手段はこちらで用意しておくわね。学園に集合して、行きが５日、滞在３日、帰り５日の13日間になるかな」

エストリアさんは安堵《あんど》の溜息《ためいき》を吐《つ》きながら、予定している行程を教えてくれる。

「２週間ほどの行程か。私は問題ない……皆も問題ないようだね」

カイゼルが同意しながら、みんなを見渡して、問題ないかを確認する。

ちなみに寮は夏休みも閉鎖《へいさ》されることはないので、滞在していれば食事も用意される。ただし予《あらかじ》め予定を告げておく必要があるけど。

「夏といっても涼しいから、上に羽織《はお》るものと、森に行くなら長ズボンも必要よ。あと湖がとても綺麗《きれい》で水遊びに適しているから、水着も用意した方がいいわね」

「水遊びするのか？　楽しみなのだ!!　あ、でも翠は水着っていうの持ってないのだ……」

「せやったら、買い出しも行こか？　どうせやったら女性陣は新調しといたら、どないや？」

イーリスさんの提案に、キーナさん、エストリアさんが頷く。

「は、はい……」

「いいわね。新作も出てるかもしれないし、翠ちゃんのを選ぶついでに見てみましょう」

「いいのか？　やったのだっ!!」

翠がしょんぼりしたのを見て、女の子たちで改めて水着を買い出しに行く流れになる。みんなと買い出しに行くことになり、翠のテンションが上がる。

「森かぁ……狩《か》りとかしてみてぇな。せっかく色々訓練したんだし」

「いいんじゃないか？　狩猟《しゅりょう》は色々なスキルや経験が必要だからいい訓練になる」

何気ないオスローの呟きに、ウォルトが同意する。

「じゃあ、弓と矢の準備が必要だね。あと危険があるかもしれないから革鎧《かわよろい》なんかも必要かもしれないね」

「あー、エストリア。森って危険な獣《けもの》が出るのか？」

僕が武具の用意を提案すると、オスローがエストリアさんに問いかける。

「あまり聞かないけど、たまに熊《くま》とか狼《おおかみ》とかが出ることもあるらしいわ」

「なるほど。じゃあ、アルの提案通りに革鎧くらいは必要そうだな。学校の防具はともかく武器は刃引《はび》きされてるし持っていけないから、別途用意する必要があるか。武器って高いんだよな……」

確かに武器を揃えるとなるとかなりのお金が必要になりそうだ。というか、今気付いたけどオスローはエストリアさんのことを呼び捨てなんだね。

『素材は豊富に埋まっているから自分で作れば良いのでは？』

『んだな。武具の作り方なら教えられるな』

『魔法を活用すれば、手早く作ることも可能じゃろうて』

お金の工面《くめん》のことを考えていたら、魂魄の３人が自作することを提案してくる。翠や僕の両親への報告は、１週間以内に済ませられると思うから、残り１週間あれば用意できるのかな？

『普通だったら難しいな。採掘《さいくつ》、精錬《せいれん》、鍛錬《たんれん》、造込《つくりこ》み、素延《すの》べ、打ち出し、火造《ひづく》り、焼き入れ、鍛《か》冶押《じおし》、茎仕立《くきじた》て、柄造《つかづく》り、鞘造《さやづく》りとやっていかなきゃいけないからな』

『まだ時間もあるので、筋肉バカと龍爺に聞きながら、簡素化する方法を考えますよ』

『おい、こら！　筋肉バカって誰のことだ？』

相変わらず眼鏡さんと筋肉さんがやり合っているのを、頭の隅《すみ》っこに押しやりながらも、多分何とかしてくれるんだろうと楽観《らっかん》する。

「武器を購入《こうにゅう》する件はちょっと待っててくれるかな。何とかできないか考えてみる」

「何とかできないかって……アルカード君、貴方《あなた》また……？」

「え、いや、その……」

「まぁいいわ。私なんかは家から持ってきたものがあるから良いけど、問題はアルカード君とオスローとイーリスくらいじゃないの？」

「そうだな。俺とカイゼルの武器は、身を守るために既《すで》に持ってきてあるから不要だ」

エストリアさんとカイゼル、ウォルトは手持ちの武器があるので不要らしい。キーナさんは肉弾《にくだん》戦《せん》をするタイプではないし、狩りにも同行しないだろうから不要だろう。

「そうすると必要なのは、僕の小剣《ショートソード》、オスローの斧槍《ハルバード》、イーリスさんの弩《クロスボウ》の矢、あと狩猟するなら狩猟弓《ハンターボウ》が必要ってことだね」

「だな。何とかしてくれるなら頼む」

「ウチもいるかどうか分からへんけど、できるんやったら念のためによろしゅう」

僕が確認すると、オスローとイーリスさんが答える。

「武器を買っても、微調整する必要があるから、１週間は余裕を見た方がいいわよ」

「となると、実家に帰りながら考えて、ダメだったらアインツに戻り次第購入かな」

「まぁ、最悪は木の棒《ぼう》かなんかで」

「そんなので戦える訳ないでしょ！」

オスローの軽口を、ピシャリとシャットアウトするエストリアさん。

「では2週間の間に、各自の用事を済ませながら、バカンスの準備を整えていく感じになるようだね。ウォルト、私たちの用事も早急《そうきゅう》に終わらせないとだね」

「お前が、いつものようにグダグダしなければ余裕で終わる想定だ」

「おぉっと、こいつは手厳しいね！」

カイゼルが纏めてくれたが、その軽口にウォルトが突っ込む。

2人のやり取りを見て、みんなが笑いながら、夏休みの予定が決まっていくのだった。

第02話　竜の城への帰省《きせい》

1週間後には学園に帰ってくるが、僕と翠はお互いの実家に帰省するので、荷物を纏め始める。

すると、眼鏡さんが話しかけてきた。

『そうだ少年。出かけるなら保管庫《ストレージ》の〈有効化《アクティベート》〉をしておいた方が良いですよ』

「保管庫《ストレージ》？　〈有効化《アクティベート》〉？」

『えぇ、荷物を置いておくところを明確にして〈有効化《アクティベート》〉することで、容易に物質の取り出しが可能になるんです』

「へぇ……便利そうだね」

『ですね。術式としては、指定した空間と自分の空間を繋《つな》いで物を出し入れするだけなので、消費魔力が少なくて便利な魔法です』

「なるほど」

『とりあえずは訓練施設《しせつ》の武具置き場と倉庫に〈魔法陣付与《エンチャントマジックサークル》〉し〈有効化《アクティベート》〉しましょう』

〈魔法陣付与《エンチャントマジックサークル》〉は学園の防御結界《ぼうぎょけっかい》の核《かく》となる水晶球を作る時に使った魔法で、僕の頭の中でイメージした魔法陣《まほうじん》を物質に付与する算術魔法式だ。

〈有効化《アクティベート》〉は、作られた魔法陣に魔力を注ぎ込み、自分用に魔法陣を作動させる算術魔法式のようだ。

眼鏡さんの提案通りに、僕はさっそく訓練施設に行き、男子と女子の更衣室《こういしつ》と、何も置いていない広めの倉庫に〈魔法陣付与《エンチャントマジックサークル》〉で魔法陣を埋め込み、〈有効化《アクティベート》〉で自分が使用できるようにする。

その後自室に戻ってから、男子更衣室にある僕の小剣《ショートソード》を使って、〈物質転送《アスポート》〉と〈物質転受《アポート》〉ができることを確認した。


1学期が終わり夏休み初日になると、カイゼル、ウォルト、イーリスさんは、事前に用意を済ませておいたらしく、朝一で寮を出て行った。最後までグダグダしているのはオスローで、できるだけ実家に帰るのを先延ばしにしているようだ。

「戸締《とじ》まりよろしくね」

「あー、はいはい。やっとくやっとく」

翠と約束していた時刻が近付いてきたので、僕はオスローに声を掛けて部屋を出ようとすると、投げやりな対応をされた。

「帰りたくないからって、そういう態度は良くないんじゃないかなぁ」

「だってさぁ……帰ったら早起きしてずっと家の手伝いだぜ。そんなんだったら学園で基礎《きそ》訓練してた方がよっぽどいいぜ」

「僕も実家で手伝いをしてたから似たようなものだけどさ、パンを焼く技術がどこかで役に立つこともあると思うよ」

「あるかぁ？　そんなの」

「覚えておいて損をするってことはないと思うけどな」

「そんなもんかねぇ……まぁ、確かにいい態度ではなかったな。悪かったな、アル」

納得はしていなかったが、僕に謝るとニッといつもの笑みを浮かべる。

「アルー！　早く行くのだー」

僕がもたもたしていると1階から翠の声が響《ひび》く。扉《とびら》を開けているとはいえ、こっちの部屋は2階にあるのによく通る声だ。僕が荷袋《にぶくろ》を持ち上げて右肩に掛けると、空いている左肩に従魔の跳《ラ》び《ニ》ネ《ー》ズミ、グランが乗ってくる。

1階のロビーに降りていくと、翠とエストリアさんが待っていた。寮の扉付近には寮母《りょうぼ》のグレイスさんも待機していて、帰省する僕たちを見送ってくれるようだ。

「この時間から帰るの？」

「あ、うん。翠のお父さんが迎えに来る予定で、町外れで待ち合わせしているから」

「ふーん、そう……」

エストリアさんが、夜になってから出て行く僕たちに、疑問を投げかけてきたので、咄嗟《とっさ》に理由を作って誤魔化《ごまか》す。エストリアさんは、ちょっと訝《いぶか》し気《げ》な顔をしたが納得してくれたらしい。

「それよりちょっと大変なのよね……」

エストリアさんが疲れた顔で、チラリと翠の横に置いてある大きな袋に視線を向ける。

「えっと、その大きな袋は何？」

「お土産《みやげ》とかなのだっ！」

「お土産……？　そんなの買いに行く暇《ひま》あったっけ？」

翠の発言に僕が困惑《こんわく》していると、エストリアさんがヤレヤレといった感じに肩をすくめて、説明をし始める。

「入学して寮に案内されてすぐに買い出しに行ったじゃない？　寝巻《ねまき》とか着るものを」

「うん。その節《せつ》はありがとう」

「どういたしまして。ってそれはいいんだけど、そこで買った寝巻やらと、度々《たびたび》街に出かけて買ったものを全部袋に詰めちゃったのよ。おかげで部屋の中はすっからかんよ」

「今回そんなに長くいないし、そんなにいらないでしょ……」

「リアやイーリス、キーナに選んでもらったものを父様《ととさま》、母様《かかさま》に見せたいのだっ！」

「制服とかもゴチャッと入れちゃって……あとで皺《しわ》を伸ばすのが大変そうなんだけど」

「なるほど。翠の気持ちも分からない訳でもないんだけど……」

翠が、みんなに良くしてもらったことを両親に自慢したいのは分かる。でも全部持っていくのはやりすぎだよなぁ……

「でも、持てないこともなさそうかなぁ？　グラン、ちょっと降りててくれる？」

グランに声を掛けて降りてもらい、自分の荷物も一旦下に置いて、翠の荷物の紐《ひも》を握《にぎ》り、肩越しに持ち上げる。

ゴリッ。

僕の背中に痛みが走る。

「いたっ？　何だこれ!?　なんか硬くて尖ったのが背中に当たるっ！」

「あー、多分オゴゥンさんなのだっ！」

担《かつ》ぎかけた荷袋を降ろし、紐を解いて中を見てみると、人の頭ほどもある木彫《きぼ》りのデカい顔が見つかる。顔から短い手足が突き出していて、手には武器らしきものを持っている。なるほど、この武器か手足が背中に食い込んだらしい。

「何これ？」

「オゴゥンさんなのだっ！」

「……」

「出かけた時に市場で見かけた郷土工芸品《きょうどこうげいひん》よ。どうやらどこかの部族における戦いの神らしいんだけど、翠ちゃんが一目惚《ひとめぼ》れしちゃって……」

僕が困惑して言葉を失っているとエストリアさんが説明してくれる。一目惚れって……これかなり不気味《ぶきみ》なんだけど。

グランもその不気味な雰囲気を察したのか、すくっと立ち上がり臨戦《りんせん》態勢を取る。

「オゴゥンさんはいい神様なのだっ！」

僕とグランがその像を警戒《けいかい》していると、翠は木彫りの像を僕から奪い取って大事そうに抱えて睨みつけてくる。

「いい神様なんだ……でも今回はお母さんに、みんなと一緒に選んだ翠の可愛《かわい》い服をいっぱい見せてあげた方がいいと思うな。そうすると翠の可愛い姿に感動しちゃって、オゴゥンさんをちゃんと見てもらえないかもしれないよ。だから次回にした方がいいんじゃないかなぁ？」

「うー、うー、うー……分かったのだ。仕方ないからオゴゥンさんは次にするのだ……」

「じゃあ、オゴゥンさんは私が部屋に戻しておくわね」

翠は凄く悩んでいたけど、何とか説得に応じてくれて、不気味なオゴゥンさん像をエストリアさんに手渡す。それを確認した僕は、再度翠の荷袋を肩越しに持ち上げる。僕の荷物と翠の荷物では重さがかなり違うから、バランスが悪くなりそうだ。

「アルのは翠が持つのだっ！」

自分の荷物を見ながらどうしたものかと悩んでいたら、翠が僕の荷袋を持つと言ってくれた。本当は自分のを持ってもらいたいところだけど、袋が大きすぎて、翠だと袋の底を引《ひ》き摺《ず》ってしまうから仕方ない。

僕は翠と荷物を取り換えて、空いた左肩にグランを乗せて寮を出て行く。

「翠ちゃん、気を付けてねー」

「行ってらっしゃいませ」

エストリアさんとグレイスさんに見送られて寮を離れて学園を出る。そのまま南門をくぐると目の前には草原が広がっている。陽《ひ》も落ちかけているので、周りはどんどん暗くなっていく。

僕と翠は、そのまま人気《ひとけ》のなさそうな草原の奥に向かう。

〈エグゼキュート《実行する》　ディティールサーチ《詳細検索》　ワイドマップ《広域地図》〉

僕は使い慣れた算術魔法式を展開し、視界に投影《とうえい》された周辺地図を見て、周りに人がいないことを確認する。

「大丈夫そうだ。翠よろしく」

「分かったのだっ！　竜変化《ドラゴンフォーム》!!」

翠が呪文《じゅもん》らしき言葉を発すると、その身体が眩《まぶ》しく光り、全長15ｍ《メートル》もある竜に変化する。

「え？　呪文とか必要だったの⁉　初めて聞いたんだけど」

「何となく格好良いので叫んだだけだ」

「あぁ、そうなんだ……それに、口調もそれっぽくなるんだね」

「母様《かかさま》に叱《しか》られるのでな……」

尊大《そんだい》な声色なのに、発言は妙に気弱なのが面白い。

「それでは行くぞ」

僕は荷袋を竜形態になった翠の背中に乗せて、懐《ふところ》にグランを忍《しの》ばせる。それを確認した翠は数回軽く羽ばたくと、その後に地面を強く蹴《け》り、浮き上がる。

そして翼《つばさ》で強く風を押し出すと、加速しながらどんどん高度を上げていき、翠の両親——賢王様《ヴァイゼル》、竜妃《ケーニギン》様の待つ、竜の城へ向かうのだった。

完全に陽が落ちて、月と星の瞬《またた》きが地上を照らすようになって数刻、僕たちは翠の両親がいる竜の城に到着する。

翠は竜の城の半球状になった屋根近くの離着陸場に降り立った。そして緑色に光る結晶《けっしょう》に手を触れると、ドーム状の天井が真ん中から開いていく。

「息災《そくさい》なようだな」

「お帰りなさい、翠」

大気を震《ふる》わせる吠《ほ》え声《ごえ》と共に、僕にも分かる言語が頭の中に響く。

「ただいま帰りました」

大広間で寛《くつろ》いでいた2体の竜の脇《わき》に降り立ちながら翠が答える。完全に停止したのを確認した僕は、自分と翠の荷物を持って、翠の背から飛び降りる。

「お久しぶりです。賢王《ヴァイゼル》様、竜妃《ケーニギン》様」

「キュキュイィキュキュ（お久しぶりなのである）」

床に荷物を置きながら、2体の竜に頭を下げる。グランも僕の肩の上でバランスを取りながら一礼する。

「おぉ！　アルカード君も一緒か」

「いらっしゃい。翠はいい子にしてたかしら？」

賢王様《ヴァイゼル》、竜妃様《ケーニギン》の身体が眩しく光ると、人間の姿になって僕に歩み寄ってくる。

「では我も」

それを確認した翠も眩しい光を発しながら化身《けしん》する。

「ただいまなのだっ!!」

そうして僕の隣に立つと、満面の笑みで、元気良く2人に手を振る。2人が穏《おだ》やかな笑みを浮かべながら歩いて来ると、翠が竜妃様《ケーニギン》に抱き付く。

「こらこら、アルカードさんの前ですよ」

「アルなら大丈夫なのだー」

スリスリと顔を竜妃様《ケーニギン》の服に擦《こす》り付けながら甘える翠。

「立ち話では疲れてしまうだろう。食事でもしながら話を聞かせてもらえるかな?」

「は、はい。ありがとうございます」

賢王様《ヴァイゼル》に言われ、僕は以前食事をした部屋へ案内される。翠は竜妃様《ケーニギン》と手を繋《つな》いで、キラキラとした表情で早速学園のことを話しながら向かう。

その後も、夕食を食べながら学園での出来事を楽しそうに話す翠のことを、2人は終始にこやかな表情を浮かべて聞いていた。そんな微笑《ほほえ》ましい光景を見ていた僕は、学園入学前に竜妃様《ケーニギン》に娘を連れていって欲しいと頼まれたことを思い出す。最初は不安だったけど、お願いに応《こた》えて本当に良かったと、殊更《ことさら》に実感するのだった。

しばらく寛いでいきなさいという、賢王様《ヴァイゼル》の言葉に甘えて、割り当てられた部屋で一息つく。

グランはお腹いっぱい葉野菜と木の実を食べて、眠くなったらしく、ベッドの枕元《まくらもと》で丸まって休んでいる。

「武器の製造は簡単にできないって言っていたけど、どれくらいかかる予定なのかなぁ？」

『小剣《ショートソード》ぐらいを鍛造《たんぞう》するだけなら数分で終わりますが、金属の製錬と精錬に1時間以上かかるでしょうね』

「えぇ!?　そんなにすぐできるの？」

『実際に龍爺に様々な鉱石の特性や加工法を教えてもらい、不承不承《ふしょうぶしょう》の極《きわ》みですが筋肉バカに鍛造のことを聞きながら、色々試してみた結果、そのくらいの時間はかかりそうなことが判《わか》りました』

鍛冶に掛かる時間を心配した僕に、眼鏡さんが自慢気に回答した。筋肉さんに聞いたという言葉を発した時は、苦虫を噛《か》み潰《つぶ》したかのように、眉間《みけん》に皺を寄せた表情をしていたけど。

『俺についての表現がいちいちオーバーだな、お前』

『脳まで筋肉でできている人種に教えを請うなど、恥《はじ》以外の何物でもないのですよ』

『お前ねぇ……前世で仲間とかいなかっただろ？』

『仲間など不要です。研究する設備と素材と時間と金さえあれば十分でしたので』

『だよな……はぁ』

筋肉さんの額《ひたい》に一瞬青筋が立ったが、仲間を不要と言い放った眼鏡さんに、憐《あわ》れみの視線を飛ばす。

「まぁまぁ、2人とも。龍爺さんが鉱石を創生《そうせい》して、筋肉さんの知識を眼鏡さんが活用して、上手くいったってことだよね」

『んだな。で、とりあえず、銅《どう》、鉄《てつ》、鋼《はがね》、玉鋼《たまはがね》、精霊銀鉱《エレメンティウム》、白銀極鉱《エルドタイト》、青藍極鉱《アダマンタイト》辺りは加工できそうだ』

『日緋色金《ヒヒイロカネ》、神鋼鉱《オリハルコン》はもうちょっと研究が必要ですね』

『儂も日緋色金《ヒヒイロカネ》、神鋼鉱《オリハルコン》となると、創生するのにかなり骨が折れるでのぅ』

「そ、そうなんだ……なんかどこかの英雄譚《えいゆうたん》でしか聞いたことのない凄い金属の名前ばかり出てきているんだけど……」

2人のフォローをしたつもりが、加工できると言っている希少な鉱石の数々に吃驚《びっくり》してしまう。

『少量だったら坊の創生魔法でも何とかなると思うが、武具を作るとなると創生ではちーっと厳しいのぅ』

『この世界は地下資源が豊富そうなので、掘り起こせば良いかと。前回の反省を踏まえて、必要な素材を周りに迷惑をかけずに確実に入手できる方法を考えるとしましょう』

『ま、周りの迷惑をかけずに……だと？　まさかお前からそんな言葉が出てくるなんて』

『貴方は私のことを何だと思っているのでしょうか？』

『『揉めごと創生器《トラブルメイカー》』』

『……』

不満気に言い放った眼鏡さんの言葉に、筋肉さんと龍爺さんの声が重なったので、僕は声を出して笑ってしまうのだった。

「よろしいかしら？」

一頻《ひとしき》り笑いが落ち着いたところで、扉をノックする音と竜妃様《ケーニギン》の声が聞こえる。しまった、大笑いしたのが聞こえてしまったかもしれない。

「ど、どうぞ」

僕が慌てて居住《いず》まいを正して返事をすると、竜妃様《ケーニギン》が部屋に入ってくる。相変わらず人知《じんち》を超えた麗《うるわ》しい容姿だ。

そんな竜妃様《ケーニギン》は扉を閉めると、手をお腹の前で重ね合わせて丁寧《ていねい》にお辞儀《じぎ》をする。

「翠のこと、本当にありがとうございます」

「あ、顔を上げてください竜妃様《ケーニギン》。ぼ、僕なんて大したことしてませんからっ」

「アルカードさんにお願いして、本当に良かったと思っているわ。あんなに楽しそうなあの子、初めてで……」

そう言う竜妃様《ケーニギン》の目尻から、滴《しずく》が零《こぼ》れ落ちる。

キンッ。

落ちた滴が澄《す》んだ音を響かせて転がる。

「え？　いや、その……」

突然涙し始めた竜妃様《ケーニギン》に僕は狼狽《うろた》えてしまう。

「だ、大丈夫ですから！」

「ありがとう、本当にありがとうございます」

何百年も生きている竜であっても、我が子が元気良く楽しそうに振る舞っているのは感極まるものがあるらしい。

「僕だけの力じゃありません。クラスメイトたちが本当に親身《しんみ》になって翠を見てくれているんです。僕はそんなに力になれてないというか……」

「ええ、ええ。翠から聞きました。本当に良い方ばかりで。でもそれもこれも、アルカードさんのお力に他ならないのですわ」

細く長い指先で、目の端の滴を拭《ぬぐ》うと、僕の方を真っ直ぐに見つめる。

「私たちにできることでしたら、何でも気軽に仰《おっしゃ》ってくださいね」

「は、はい……」

この国で崇《あが》められている緑竜《グリーンドラゴン》の一族に対して気軽にお願いなんてできないよ……。

「お気軽にね」

「あ、は、はい……」

困って俯いた僕は、竜妃《ケーニギン》様に念押しされてしまう。

「あぁ、そうそう。床に落ちた私の涙ですが、竜の涙滴《るいてき》と言って、魔導具《まどうぐ》の触媒《しょくばい》として使い道が多いと聞いています。私の涙なんて大変お恥ずかしい話なんですが、有効に使って頂いて構いませんわ」

先ほど甲高《かんだか》い音を立てたものがそうなんだろう。部屋に設置されている光結晶《ひかりけっしょう》の光を反射してキラキラと輝いているものを、流麗《りゅうれい》な所作《しょさ》で拾い上げると、僕に渡してくれる。

「あ、ありがとうございます」

『これは相当な魔力密度《みつど》じゃのぅ』

『今まで見た魔晶石《ましょうせき》なんかとは比べ物にならないですね』

『儂の涙もこれになるんじゃろうか？』

『鼻毛でも抜いて確かめてみるか？』

『止《や》めいっ！』

龍爺さんが感嘆《かんたん》の声で言うと、筋肉さんが悪ふざけの身振り《ジェスチャー》をする。それを見た龍爺さんが心底嫌そうな顔で返した。

「それにしても翠は可愛かったわぁ……制服に寝巻に普段着に。翠の服を選んだ方々、かなり良いセンスをしているようですわね」

少し遠い目をしながら、色々な服に着替えていた翠を思い出しているようだ。だけど、竜のセンスとして化身した娘を可愛いと思えるのだろうか？　人間である僕の目には、翠はとても魅力的《みりょくてき》な美少女に見えるんだけど。

「ええ、竜の時はその綺麗な翠色の鱗《うろこ》が素敵《すてき》でしたが、化身した時の幼《おさな》い容姿と、クリクリした大きな瞳と無邪気《むじゃき》な笑い顔が、それはもう……とても魅力的な美少女ですわよね？」

「ぼ、僕の心の声を聞かれましたか!?」

「あら、うふふふ」

慌てた僕に意味深な笑顔で返す竜妃様《ケーニギン》。これは、迂闊《うかつ》なことは考えられないなぁ……

「これからも翠のこと、お願いしますわね？　でしたら色々お世話になっていることですし、お土産でも用意しようかしら……」

竜妃様《ケーニギン》はふわりと笑みを浮かべると、そう呟きながら身を翻《ひるがえ》して部屋を出て行くのだった。

「アルっ！　おはようなのだっ!!」

次の日の朝、僕が普段通り起きて、身支度《みじたく》を整えていると、相変わらずノックもせずに翠が僕の部屋に突入してくる。学園の時は、結構遅起きなのに、ここにいる時は妙に早起きなんだよね。

「訓練しないのか？　訓練した後の方がご飯が美味しいのだっ！」

「確かにそうだね。僕もちょっと身体を動かしたいから行くよ」

どうやら、いつもの訓練のお誘いらしい。身支度を整え終えていた僕は訓練用の木剣を取り出す。

グランも僕が部屋を出ようとするのを察したのか、ベッドから飛び降りると、ピョンピョン跳《は》ねて僕の肩に乗ってくる。

「こっちなのだっ！」

翠はそう言うと、僕の部屋の窓からひらりと飛び降りる。

「え？　ここって2階だよ？」

僕はその行動に驚きながら、姿を消した翠に突っ込みを入れる。しかも1階部分は竜のサイズに合わせて建てられているので、2階と言っても、普通の建物の4～5階相当の高さがあるんだけど……

　ズドンッ!!

　なんか鈍《にぶ》い音が下から響いてきた。

「アルー！　早く来るのだーっ!!」

「もう、仕方ないなぁ……グランおいで」

　僕は仕方なしに、一旦下を見て……やっぱり高いと思いながらも、グランを胸に抱くと、翠と同じように窓から身を躍《おど》らせる。

　僕は落下の途中に風属性の中級魔法を地面に向けて放つ。

〈烈風の爆裂《バーストエクスプロージョン》〉

　ドウッ!!

　風は地面を抉《えぐ》り、余った風力エネルギーが撥《は》ね返ってくる。その風力エネルギーが僕の身体を押し返し、落下エネルギーを相殺《そうさい》する。

「よっと」

　僕がふわりと着地すると、翠が土汚れを付けた顔と身体で、目を輝かせながら見上げてくる。

「やっぱ、アルは凄いのだっ!!　翠のひゅーん！　ずどーん!!　と違って、どぅっ！　ふわり!!　なのだっ！」

　翠の着地した地面を見ると、翠の身体の形に合わせて判を押したように凹《へこ》んでいた……これ、翠が地面にめり込んだ跡《あと》じゃないか？　よくもまぁ平気なものだ。

「こっちなのだっ！」

翠は僕の手を引きながら、城門の方に向かって歩く。確か城門とその外側の城壁の間には、かなり広い空き地があったはずだ。

予想通り、翠が連れていきたかったのはそこだったらしい。ここなら城壁も頑丈《がんじょう》だし、多少暴《あば》れても問題なさそうだ。

「食事前だから軽くにするよ」

「軽くでいいのだっ！」

僕はそう言いながら翠との間合いを開ける。５m《メートル》くらい離れたところで、僕は止まって木剣を構えると魔力で強化する。

翠の相手をする時は、武具や全身を魔力強化しておかないと、大怪我《おおけが》をしたり、武具が壊れたりしてしまう。

戦闘の気配を察したグランは、肩から飛び降りると、跳ねながら間合いを取って、見学しやすそうな位置に移動する。

「いっくのだーっ！」

僕が構えたのを見て、翠は地面を蹴る。左右に大きく飛び跳ねながら距離を詰めてくる。大きく素早くステップを踏むので狙いが読み難くなっている。

そして、僕の剣の間合いに入ったところで、一旦沈《しず》み込むと姿が消える。

ガキィッ！

僕の右側面から翠の拳撃《けんげき》が迫《せま》り、僕は木剣を薙《な》ぎ払《はら》って、その一撃をいなす。だが、翠の攻撃は単発ではなく、2発目3発目が続いて放たれる。

僕は最初の攻撃をいなすために木剣を振り切ってしまっているので、右側面は無防備だ。

〈防御殻《シールド》〉

咄嗟に〈防御殻《シールド》〉の魔法を発動し、翠の拳撃を不可視《ふかし》の障壁《しょうへき》で防ぐが、翠の攻撃力によって一瞬で砕《くだ》かれる。

連打の4発目が僕の脇腹を痛打しようとしたところで、僕のサイドステップが間に合い、翠の拳《こぶし》が空《くう》を切る。

「まだなのだっ！」

瞬時に魔力を高めた翠の周辺に炎《ほのお》の礫《つぶて》が5つ現れる。

「〈炎の礫《ファイアボルト》〉なのだっ‼」

掛け声と共に5つの炎《ほのお》の礫《つぶて》が僕へ向けて射出され、同時に翠も突っ込んでくる。

後手《ごて》に回っている僕は、流れを断ち切るべく、魔法を発動させる。

〈地の壁《アースウォール》‼〉

翠の行く手を阻《はば》むように、また炎《ほのお》の礫《つぶて》を誤爆《ごばく》させるように、幅3m《メートル》くらいの土の壁を僕の目の前に隆起《りゅうき》させる。

ドゴゴゴゴゴッ。

炎《ほのお》の礫《つぶて》が土の壁に着弾して爆《は》ぜる。

「邪魔なのだっ！」

僕の想像通り、翠は突進したまま〈地の壁《アースウォール》〉を拳で砕く。

「そうくるだろうね！　〈土鎖の束縛《アースチェインバインド》！〉」

僕の魔法で生み出された大地の鎖《くさり》が、突進力が弱まって宙に浮いたままの翠の両腕、胴、両脚を絡めとり身動きを封《ふう》じる。

「むぅぅぅぅっっ！　動き難いのだ!!」

翠は全身を使い身体を捻《ひね》って回転すると、大地の鎖を断ち切る。

〈鉄突槍《アイアンピアース》！〉

完全に空中で動きが止まった翠に対して、僕が地面から伸ばした鉄の槍《やり》が襲い掛かる。

「ず、ずるいのだっ!!」

翠が両手をクロスさせて防御姿勢を取り、鉄の槍をガードする。風属性に対して優位な地属性魔法の連発なので、風属性の竜種である翠に効果が高い。まぁ、効果が高いだけで効くかというと、そもそも竜族の魔法抵抗力《ていこうりょく》が人間の比ではないので、効かないんだよね。

「だったら必殺技なのだっ!!」

〈鉄突槍《アイアンピアース》〉を防ぎ、後ろに飛ばされた翠が、中腰になって魔力を溜《た》め始める。

翠の必殺技は、本当に必ず人が死ぬレベルだからなぁ……注意しないと。

翠が左足を前に出し、少し腰を落とした中腰の姿勢で、両方の拳を腰溜めにして握り込み、身体を巡《めぐ》る純粋《じゅんすい》な魔力を両方の拳に宿らせる。

十分な魔力を練り込み、左拳を開きながら勢い良く前に突き出すと、眼前に身体を包み込めるような大きさの疾風《しっぷう》の渦《うず》が形成される。

そして右の拳全体を翠色の光で包んで、疾風の渦に向かって身体を捻り込みつつ、左足で地面を大きく蹴り出す!!

「ヤバッ!! 〈多重防御殻《マルチプルシールド》!!〉」

僕の中で最大の警鐘《けいしょう》が鳴り響き、咄嗟に〈多重防御殻《マルチプルシールド》〉の魔法を発動させる。これは薄い〈防御殻《シールド》〉を何枚も重ねて防御力を最大限まで高めた防御魔法だ。

バリバリバリバリーンッッッ!!!

ガラスが砕け散るような音がして僕の〈多重防御殻《マルチプルシールド》〉が砕かれる。

ドゴゥッッッ!!

一瞬遅れて衝撃を伴《ともな》った風が吹き付け、僕は押し出される。

『あー、こいつは音速を超えた時に発生する衝撃波《ソニックブーム》だな。しかし、あの竜の嬢ちゃん、これまたエゲツない技を考え出したもんだ。あの疾風の渦は射出機《カタパルト》みたいなもんで、嬢ちゃんのそもそも亜音《あおん》速《そく》に達している踏み込みが更に加速されて、音速を超えちまってやがる。こりゃ普通の人間にはまず避《よ》けられん。音より速いってことは、踏み込みの音が聞こえる前に殴《なぐ》られているって訳だからな。しかも青藍極鉱《アダマンタイト》すら撃ち貫きそうな威力《いりょく》の風の拳で殴ってる。避けられない上、当たれば確実に死ぬ。まさに必殺技だ』

「〈多重防御殻《マルチプルシールド》〉も残り1枚……」

筋肉さんの言う通りその威力は絶大で、5枚重ねた〈多重防御殻《マルチプルシールド》〉の4枚を砕かれてしまったようだ。1枚で翠のいつもの必殺技、昇竜撃《しょうりゅうげき》なら1発分耐えることができていたので、この一撃は昇竜撃の4倍の威力らしい。

「これ……」

「これが疾風嵐竜拳《しっぷうらんりゅうけん》なのだっ！　疾風と共に嵐《あらし》を呼ぶ竜の拳なのだっ!!」

なんか僕とギリアムの戦いを見た後、特訓なのだーっと元気良く訓練施設に行って研究していた技がこれか……危険すぎる。

「う、うん。凄いよ。流石、翠だね。でも人に使うのはやめようね。きっと死んじゃう」

効果範囲が広くて威力も強すぎるので、敵も味方も巻き込んで皆殺しにしそうな技だ。

「そうなのか？」

「本当の必殺技は切り札として取っておいた方が凄く格好良いと思うから、普段使いは嵐竜拳にしておいて、いざという時に切り札として疾風嵐竜拳を使うのはどうだろう？」

「そうするのだ！　流石アルなのだ!!　秘密にしておいた方が格好いいのだ!!」

少し翠が寂《さび》しそうな顔になったので、僕が秘密にする提案をすると、満面の笑みを浮かべて喜ぶ。

「まずは、あの風の渦を作らないで、間合いを詰めて風の拳で殴る技だけやってみようか……〈多重防御殻《マルチプルシールド》〉」

僕が防御魔法を発動させると、翠はさっきと同じように、左足を前に出して少し腰を落とした中腰の姿勢を取る。そのまま右手だけ魔力を集中し、裂帛《れっぱく》の気合と共に左足で地面を蹴る！

バリバリーンッッッッ!!

今度は身体が霞《かす》むような速さで僕に突進し、拳を叩き込むと、〈多重防御殻《マルチプルシールド》〉が2枚削《けず》れる。

「うん。今ので昇竜撃＋α《アルファ》くらいの威力かな。これでも死んじゃうから、今度は左手でやってみよう」

左手でやってみると、昇竜撃1発分の威力に落ち着いたので、僕は普段使いは左手でやるようにお願いした。

「普通の必殺技は左手で、強敵には右手を解禁《かいきん》するのだ。更に強い敵には、しっぷーらんりゅーけんの3段構え……凄く格好いいのだっ!!」

と翠は大喜びしていた。これで少しは被害が抑えられそうだ。

「翠っ!! 何をやっておるのだっ!!」

疾風嵐竜拳の衝撃音で、激しく戦闘しているのが賢王様《ヴァイゼル》にバレてしまったようだ。

「と、父様《ととさま》! これは違うのだっ!!」

そう叫びながら翠は慌てて賢王様《ヴァイゼル》の元に向かうのだった。

「いつも娘が手間をかけさせて済まない……全《まった》くお前は何をやっておるのだ」

僕が竜の城に戻るなり、翠の頭に拳骨《げんこつ》を1発入れた賢王様《ヴァイゼル》が頭を下げてくる。

「う〜、痛いのだ」

拳骨をもらった翠が、頭を押さえながら涙目で唸《うな》る。

「いや、久しぶりの家なので、歯止めが利《き》かなくなっただけだと思いますし、僕の方は特に怪我はしていないので大丈夫です」

「……あれほどの魔力を使った攻撃を受けたのに怪我1つないとは……やはり翠の言っていることは本当だったか」

「翠が懐《なつ》いているんですもの、普通の物差しで測れる人間ではないと思うわ」

賢王《ヴァイゼル》様が思案顔《しあんがお》で呟き、竜妃《ケーニギン》様が笑みを浮かべながら不穏《ふおん》な台詞《せりふ》で答える。

「それはそうなのだが……アルカード君。すまないが、翠の技を防いだ魔法を見せてもらえるか?」

思案顔のままの賢王《ヴァイゼル》様から請われたので、僕は〈多重防御殻《マルチプルシールド》〉の魔法を発動する。

「ぬ、これは……むむ……」

「あらあら、こんな風になっていたのね」

「これは、この世界の魔術と全く異なる別次元の魔術体系で生み出されているな」

僕の発動した〈多重防御殻《マルチプルシールド》〉を凝視《ぎょうし》した賢王《ヴァイゼル》様が更に眉間に皺を寄せて唸る。竜妃《ケーニギン》様も興味津々《しんしん》な表情で僕の〈多重防御殻《マルチプルシールド》〉を眺《なが》めている。

「ちょっと、叩いてみていいかね?」

「は、はい。どうぞ」

コツッ、コッコッコッ。

「なるほど……」

カッ、カココココッ!

「これでもか」

ガッ、ガガガガッ!!

「何なんだ、これは?」

ドゴッ! ドゴゴゴゴッ!!

「ぬぅぅぅっ!!」

「はいはい、そこまで。むきになっても破れなさそうよ」

爪《つめ》で軽く小突《こづ》いたり、そのまま連打ではたいてみたり、拳に変えて殴りつけたり、最後には腰を入れて乱打したが、〈多重防御殻《マルチプルシールド》〉はびくともせずに砕かれる気配はない。

翠の昇竜撃に耐えられる強度があるので、賢王《ヴァイゼル》様とはいえ、様子見程度の攻撃では砕けないようだ。恐らく本気の攻撃ならば1発で砕けるんだろうけど。

「なるほど、アルカード君は、この世界には存在しない魔術体系を知る魂魄を宿しているようだね」

顎に指を当て、頷きながら賢王《ヴァイゼル》様が言う。

「そうなのだっ! こんな魔法が使えるのはアルだけなのだっ!」

賢王《ヴァイゼル》様の言葉に翠が元気良く反応する。

「リアやキーナだったら、よわよわの1発でもパリンって割れてしまうのだっ!!」

「リア、キーナって同じクラスメイトのこと……だったかしら?」

「そうなのだ! とっても優しくて、そこそこの魔法が使えるけど、翠が本気でどかーんってやるとまずいのだ! 本気でやれるのはアルだけなのだっ!」

「なるほど、アルカード君だけが特殊《とくしゅ》ということだね……ん? 本気で竜種とやりあえる?」

翠の発言から僕が翠と対等にやりあえていることを理解し、疑問を浮かべる賢王様《ヴァイゼル》。そりゃ、普通の人間が本気の竜種と戦える訳ないよね。

ぐ～～～～～っ。

「お腹が減ったのだ……」

賢王様《ヴァイゼル》が何か聞きたそうにした時、翠のお腹が盛大に鳴る。そして翠は悲しそうな声を発した。

「あらあら、ごめんなさいね。ではすぐに食事にしましょう」

「アルカード君もお腹が空いただろう。時間を取らせてしまって申し訳ない」

竜妃様《ケーニギン》は、翠の手を取って歩き始めると、賢王様《ヴァイゼル》と僕も一旦話を区切って、後に続く。

食卓に座ると、天に伸びる湾曲《わんきょく》した角を持つメイドさんが、すぐに料理を運んできてくれる。どうやら既に用意して待っていたようだ。

朝食は生野菜の盛り合わせと、両面をよく焼いた目玉焼きと焼いた塩漬肉《しおづけにく》とパンだった。

「僕には丁度いいけど、翠に足りるのかな……？」

「お待たせしました」

丁度メイドさんがカートと共に部屋に入ってくる。カートの上には山盛りの焼いた厚切り塩漬肉が載っていて……

「あ、朝からそれ!?」

僕の呟きを余所《よそ》に、翠と賢王様《ヴァイゼル》、竜妃様《ケーニギン》の前に盛られていく。翠は辛抱堪《しんぼうたま》らずに、厚切り塩漬肉にフォークを刺すと齧《かぶ》り付く。ジューシーなようで、食いちぎった切断面から脂《あぶら》が飛び散り、翠の口周りをベトベトにする。

「うまいのだーっ！」

そう言いながらモリモリ咀嚼《そしゃく》する翠。

「どうぞ」

メイドさんが僕の皿にも厚切り塩漬肉を載せてくれるが、朝からこんなに重いものは……

「は、はぁ、僕はちょっと……」

「アルカード君、遠慮《えんりょ》しないで食べてくれ」

「アルカードさん、遠慮しなくていいのよ」

断ろうとしたところ、賢王《ヴァイゼル》様と竜妃《ケーニギン》様から勧められてしまい、断るに断り切れずに僕は、朝から重い食事を胃に流し込む羽目になるのだった。


「それで、いつ出発するのかね？」

「できれば今日1日ゆっくりさせて頂いて、明日に出発しようかと考えているんです」

「アルカード君の視点から、翠や学園のことなどをゆっくりと聞かせてもらいたかったんだが」

「すみません、実家への報告と、やらなければならないこともありますので……」

「なるほど。では次来た時は、もう少しゆっくりしていってくれると嬉しい」

「翠はどうするのかしら？」

「んー。アルと一緒に行くのだー」

食事が終わると賢王様《ヴァイゼル》が僕の予定を尋《たず》ねてきた。考えたいこともあるので1日はゆっくりさせてもらいたいけど、なるべく早めに移動したい旨《むね》を伝える。どうやら翠は、僕についてくる考えのようだ。

「アルカードさんに迷惑かけちゃダメよ？」

「分かってるのだっ！」

竜妃様《ケーニギン》から念押しされると、シュタッと真っ直ぐに手を挙げて答える翠。本当に分かっているのか微妙なところだ。

「ところで、やらなければならないこととは？」

「えぇ、ちょっと武具を作ってみようかと」

「なるほど……武具製作か。では申し訳ないが、明日の出発は日暮れ頃にしてもらえると助かるのだが」

「……？　分かりました。では陽が落ちてから出発することにします」

賢王様《ヴァイゼル》の話を受け、翠と一緒に移動するなら、日中より陽が落ちてからの方が好ましいと僕は思い快諾《かいだく》する。

「では、竜妃《ケーニギン》。それに翠も、明日は朝からちょっと付き合ってくれるか？」

「えぇ、構いませんけど……アルカードさん1人残すことになってしまいますわ」

「そこは、メイドたちに任せれば良かろう」

「ん？　父様《ととさま》、どっか行くのか？」

「あぁ、この際だから翠にも教えておいた方が良さそうな場所があってな」

賢王様《ヴァイゼル》は竜妃様《ケーニギン》と翠に声を掛け、明日の予定を決める。

その後、僕は賢王様《ヴァイゼル》に案内されて、翠と一緒に竜の城を見て回った。僕は竜の城を建造したものの、中をしっかり見たことがなかったし、賢王様《ヴァイゼル》や竜妃様《ケーニギン》の生活を垣間見る《かいまみ》ことができ、得難い知識を得ることができた。

その生活様式には龍爺さんも感心し、眼鏡さんに関しては物凄い食い付きようで、僕に色々聞くようにと指示を飛ばしてきた。僕が眼鏡さんからの質問を賢王様《ヴァイゼル》や竜妃様《ケーニギン》にすると、少し不思議な顔をしながらも快く答えてくれたのだった。

空いた時間は、翠との緩い手合わせをしたりして、ゆっくりと過ごすことにした。

†

「アルカード君、すまないな。我々は、少々出かけてこようと思う」

「僕は僕で色々やることがありますから大丈夫です」

「あぁ、それでは、この後出発するので広間へ」

次の日の朝食後に、賢王様《ヴァイゼル》は竜妃様《ケーニギン》と翠を連れて大広間に移動すると、3人は化身の術を解き、本来の姿に戻る。

そして円形の天井を開いた後に、大きく翼をはためかせ飛び上がって行くのを、僕とグランはメイドさんと一緒に見送るのだった。

そして、あてがわれていた部屋に戻ると、僕は3人に武具製作について聞く。

『武具なんだけど、1週間で完成できる方法は思いついたのかな』

『あぁ、鍛造は無理なので、鋳造風《ちゅうぞうふう》でやろうと思っている』

『鍛造？　鋳造？』

筋肉さんが答えてくれたが、違いが分からず聞き返すと、眼鏡さんと龍爺さんが説明してくれる。

『鍛造とは、金属を槌《つち》で叩き武具を生成する手法で、鋳造は鋳型《いがた》に金属を流し込み武具を生成する方法になります』

『鍛造は時間が掛かるが、質の高い武具を生成できる可能性があるのじゃ。鋳造は同じ品質の武具を早く大量に生成できるのじゃよ』

説明を聞いて鋳造を選んだ理由も分かった。

『時間も技術もないから、まずは鋳造という方法を使うんだね』

『あぁ、鋳造するにはまず鋳型を作る必要があるんだが……今回は鋳型を作る時間も惜《お》しいので、熱した金属を直接生成する方法を取ろうと思う』

やってみないと分からないけど、とりあえず3人の中では、武器を鋳造できる目処が立っているらしい。

途中、メイドさんが飲み物や軽食を運んできてくれて、それを頂いたりしながら、僕は3人から鋳造の方法を教えてもらう。初めて耳にする内容も多く、専門的な知識が必要で、頭が混乱してしまいそうになるが、根気良く聞きながら何となくイメージを掴むことはできた。

そうやって僕が部屋で3人と話している間、グランはベッドを占有《せんゆう》して悠々自適《ゆうゆうじてき》に昼寝を堪能《たんのう》していた。

それからあっという間に時間が流れ、日が傾《かたむ》き始める頃に、3体の竜が帰ってくるのだった。

「つ、疲れた、のだ……」

大広間の半球形の天井が開いた音がしたので、グランを起こし部屋を出て大広間に向かう。大広間にはぐったりと床に体躯を伏《ふ》せている翠がいて、その横には翠の身体半分ほどもある大きな包みが置かれている。

「この後もお前が持ち運ぶのだから、慣れておくのだぞ」

「少し鍛え方が足りないかしら？」

竜妃《ケーニギン》様の目が鋭《するど》く光ると、翠は急に飛び上がって後ずさり、空気を裂くほどの勢いで首を横に振る。

「だ、大丈夫、なのだ！」

「あら、そう。残念ね」

「おぉ、アルカード君か。待たせてしまったな」

僕に気が付いた賢王《ヴァイゼル》様が体躯を光らせて化身の術を使い、人形態になると、にこやかに話しかけてくる。

「いえ、色々やっていたらあっという間でした。凄い大きさの荷物ですね。竜の大きさでも持つのがやっとじゃないですか？」

「あぁ、どれがいいか迷ってしまってね。とりあえず翠が運べる分だけ持ってきたのだよ」

「とても重かったのだっ‼」

竜妃《ケーニギン》様と翠も化身の術で人形態になり、翠はその場にぺたんと座って、疲れたことをアピールする。

「翠？」

そんな翠を竜妃《ケーニギン》様がまたも鋭い視線で一瞥《いちべつ》する。

「な、何でもないのだ……ぴひゅ～♪」

その視線と目を合わせないように、明後日《あさって》の方を向きながら吹けていない口笛を吹く翠。

「それで、その大荷物は一体？」

「まぁ見てくれ給《たま》え」

賢王《ヴァイゼル》様が大荷物の隙間《すきま》から、一抱えもある銀色に輝く鉱石の塊《かたまり》を取り出す。

「これは精霊銀鉱《エレメンティウム》の鉱石だ」

『精霊銀鉱《エレメンティウム》か！　それに純度も高そうだ！』

賢王《ヴァイゼル》様の言葉に筋肉さんが反応する。

『精霊銀鉱《エレメンティウム》？』

『あぁ、金属硬度はそれなりにしかないんだが、魔力との相性が良くてな。魔導武具を作るのに適している金属だ。普段は銀色をしているのだが、魔力を通すと天色《あまいろ》に発光するのが特徴だ』

筋肉さんが少し興奮気味に説明してくれる。なんか、聞くだけでも格好良さそうな武具ができそうだ。

「凄い鉱石みたいですね。僕は鉄や銅とかしか目にしたことがないです」

「ほうほう。分かるかね？　他にも、コレとかコレとか……」

そう言って次々に金属を取り出す賢王《ヴァイゼル》様。あの黒っぽいのは先日使った魔封鉄鉱《アンティニウム》だろうか？　他にも白いのとか紫色《むらさきいろ》に輝いているのとか、色々あるみたいだ。

「貴方、それくらいに。後で片付けるのも大変になりますわ」

「あぁ、すまない。それもそうだな。持って行ってもらって時間のある時にでもゆっくり見てもらうとしよう」

竜妃《ケーニギン》様に窘《たしな》められた賢王《ヴァイゼル》様が、我に返って取り出すのをやめる。ちなみにちらっと見えたのだが、包みにしていたのは、この国アインルウム同盟国の巨大な国旗だったような……。国旗をこのような用途で使って良いのだろうか……

「翠、出発の時間も近付いているだろうから、軽く休んで、荷物を纏めてきたらどうだ？」

「分かったのだー」

賢王《ヴァイゼル》様に促されて、翠は立ち上がるとメイドさんが用意してくれた飲み物を一気に飲み干し、部屋に戻っていく。僕も一度部屋に戻ると出発のために荷物を纏めて、グランと大広間に戻る。

「はぁ……またこれを持って飛ぶのか」

中身が鉱石の塊だけあって、相当な重量があるようで、翠が嫌そうに言う。

「賢王《ヴァイゼル》様、これは全部持って行って良いのですか」

「あぁ、翠がお世話になっている君やクラスメイトのために用意したものだからね。これでも私の所有量のほんの一部でしかないから、武具にするなり売るなり気にせずに使ってくれると嬉しい」

「私たちが持っていても使い道がないのよ」

「あぁ、そうだ。これも使えるなら持って行ってもらおうか」

賢王様《ヴァイゼル》が足元に置いてある、僕でもかろうじて持てそうな大きな包みを指し示す。

「それは？」

「使い古しというか、廃棄物なのでどうかと思うのだが、人間には貴重だと聞いていてな……私たちから剥《は》がれたり抜け落ちたりした鱗と牙《きば》と爪だ」

『竜鱗《りゅうりん》と竜牙《りゅうが》と竜爪《りゅうそう》かよ！　下手な鉱石よりよっぽど強い素材だし、触媒としても超一流だぞ、それ！』

『そういえば儂も有り難がられていたのぅ、勝手にポロポロ剥がれるものでしかなかったのじゃが』

『竜は全身で使えぬものがないと、なんかの書物に書いてありましたね。貴重な素材として使えるのでは？』

「一応メイドたちに丁寧に洗浄《せんじょう》させておいたから、汚いことはないと思うのだが」

「いえ！　こんな貴重なものを頂いてしまって吃驚《びっくり》しているんです！」

「放っておいても勝手に剥がれるものだから気にしなくて良いぞ？」

賢王様《ヴァイゼル》が持ち上げた袋を僕に手渡す。見た目以上の重さに、一瞬肩が抜けそうになったが、何とか床に落とさずに受け取ることができた。袋から覗《のぞ》く緑色に輝く鱗は、本当に綺麗で硬そうだ。

「こんな高価で沢山《たくさん》のものを、僕たち2人で持ち運ぶのは危険だし大変なので、転送しちゃおうかな……」

僕はその袋を床にそっと置くと、袋に手を当てたまま算術魔法式を展開させる。

〈エグゼキュート《実行する》　アスポート《物質転送》　ターゲット《対象》　トレーニングルーム《訓練施設》〉

先日覚えた算術魔法式により、僕の手に触れていた袋が音もなく一瞬で消え、アインツ総合学園にある訓練施設の倉庫に転送される。あそこなら自分たちの管理下の施設なので安心だ。

「な？」

「え？」

「は？」

僕の魔法を見た賢王《ヴァイゼル》様と竜妃《ケーニギン》様と翠の目が点になる。

「な、何をしたのかね？」

「頂いた袋をアインツ総合学園に送っただけですが……あぁ、消してしまった訳ではないです」

驚いたまま聞いてくる賢王《ヴァイゼル》様を安心させるために、僕は再度算術魔法式を展開する。

〈エグゼキュート《実行する》　アポート《物質転受》　ターゲット《対象》　竜鱗　1ピース《個》〉

この算術魔法式で、先ほど〈物質転送《アスポート》〉した袋の中に入っていた竜鱗1つを手元に引き寄せる。

ずしっとした重量感が手に生まれ、僕の身体くらいはある大きく緑色に光る竜鱗が1つ現れる。

「これも、〈多重防御殻《マルチプルシールド》〉と同じ、別魔術体系の魔法か……」

「……そんな魔法があるなら、翠が重いのを我慢して運んだ意味がなくなるのだ……」

呆然としている賢王《ヴァイゼル》様と竜妃《ケーニギン》様の後ろで、翠がしょんぼりとした声を上げる。

こうして、翠が持つ予定だった大量の鉱石も〈物質転送《アスポート》〉の算術魔法式で訓練施設の倉庫に送り、僕たちは当初の荷物だけを持って、竜の城を後にするのだった。

第03話　実家への帰省

翠の背中に乗って、陽が沈んだ夜の空に飛び立った僕は、実家のある村——ベルゲドルフへと向かう。ベルゲドルフとは山の村という意味らしい。

想像していた荷物を持たずに済んだ翠は、気持ち良さそうに滑空《かっくう》している。グランは落ちないように僕の懐の中に潜《もぐ》り込《こ》み、顔だけ表に出して空の旅を堪能しているようだ。

普通に馬車に乗ると数時間はかかる旅程だが、翠に乗って飛べば2時間程度で済んでしまうし、防風壁で風の影響も受けないのでとても快適だ。

この防風壁は翠が飛ぶ時に発動する潜在能力《アビリティ》のようで、無意識で展開されており、僕たちもその恩恵《おんけい》を十二分に受けている。

「アルは、どれくらい家にいるつもりなのだ？」

「そうだなぁ、学園に戻ってやりたいこともあるから、長くはいないつもりだけど……3日から4日くらいかかな」

「翠も一緒していいのか？」

「大丈夫だよ。冒険者の宿をやっているから、部屋も余っているだろうし」

「キュィキュッキュィー（我もゆっくりするのである）」

翠の背中の上で、たわいない話をしながら家に向かって飛んでいく。別段何かに遭遇することもなく、村の側の草原に降り立つと、グランは僕の懐から飛び出て、定位置の肩へと飛び乗る。そして翠が人形態に化身すると、僕たちは陽が落ちて月光に照らされた草原を歩き、家に向かう。

まだ窓から明かりが漏れている冒険者の宿——僕の実家だ——に近付くと、人の話し声や笑い声が聞こえてきたので、まだお客さんが残っているらしい。

「ただいまー」

「お邪魔するのだー」

僕が帰宅の挨拶をしながら実家の扉を開けると、顔なじみのお客さんが談笑しているのがすぐに目に飛び込んでくる。

「おぉ、アルじゃないか。夏休みか」

「なんか可愛い子を連れているな。彼女か？」

「おーい、息子が帰ってきたみたいだぞー」

お客さんが振り向いて僕たちを見ると、少し茶化《ちゃか》しながら働いている父さんと母さんに知らせてくれる。

「彼女じゃなくてクラスメイトです」

「はははっ！　照れるな照れるな。一緒に帰ってきたんだから、そういうのなんだろう？」

「そうだそうだ。俺の若い頃なんかなぁ……」

「出た！　十八番《おはこ》の若い頃ネタ!!」

「うるせぇ！」

　僕は即座に否定したのだが、すっかり出来上がっているお客さんは、笑いながら僕の言葉を一蹴《いっ》
蹴《しゅう》すると、武勇伝《ぶゆうでん》を語り始め、周りの人たちもそれを肴《さかな》に盛り上がる。

「おかえりなさい、アル。酔っ払いに一生懸命説明しても仕方ないわよ？」

「ただいま、母さん」

　僕が戸惑《とまど》っていると、エールジョッキを手にした母さんが出てくる。

「そんなつれないぜ、クリスさん」

「はいはい。つれないですよー。そういうことを言う人にはお代わりあげませんよ？」

「いや、それは困る！　クリスさんは優しい！　村一番！」

「あらあら、お上手ね。じゃあこれ」

　お客さんから褒《ほ》められて笑みを浮かべた母さんが、エールジョッキをテーブルに置く。

「ええっと、アル。母さんは今ちょっと忙しいから、先に部屋に戻っていてくれる？　それと……その子は？」

「この子は翠といって、前回僕を迎えに来てくれた賢王様《ヴァイゼル》の娘の翠竜《エメラルドドラゴン》だよ」

「翠ちゃんっていうの。よろし……えぇ!?　賢王様《ヴァイゼル》の娘!?」

　僕の発言に吃驚《びっくり》し、両手で口を覆い隠して目を見開く母さん。

「ちょ、ちょっと、その話は後で詳《くわ》しく聞かせてもらうとして……翠様すみません。後で主人と一緒に伺いますので、まずはアルと待っていて頂けますでしょうか?」

「分かったのだっ!」

「じゃあアル、翠様をアルの隣の部屋に案内しておいてもらえる?」

「分かった」

母さんは手を前に揃えて丁寧に頭を下げると、急いで厨房《ちゅうぼう》に戻っていく。僕は母さんを見送り、カウンターの内側に吊《つ》り下げられている部屋の鍵《かぎ》を2つ取る。そして翠を連れたまま、まずは自分の部屋に戻り、荷物を一旦床に降ろす。僕の肩に乗っていたグランは机に飛び移ると、ここでの定位置である巣箱に戻り、自分の寝床の様子を確認しに行く。

「ここがアルの育った家なのか」

「うん。村で唯一《ゆいいつ》、外の人が泊まれる宿で、冒険者ギルド所属の宿屋兼酒場になるね」

翠が興味深そうに、僕の部屋を見渡している。変わったものと言えばグランの巣箱くらいで、後は大したものは置いていないはずなんだけど。

「これは何なのだ?」

翠は壁に立てかけられている、小さいものから少し大きいものまである4本の木剣を指差して聞いてくる。

「これは、小さい頃から訓練で使ってきた木剣だね。身体の大きさに合わせて、父さんが古木から削《けず》り出してくれていたんだ」

4本のうち、一番大きい1本は真っ二つに折れている。これは学園に入学する少し前だけど、筋肉さんから剣術を教えてもらっていた時に、折ってしまった1本なんだよね。

「ずいぶんと小さい頃から訓練してたのだなっ！」

翠は一番小さい木剣に近付いて、目を凝らしていたので、握り《グリップ》が相当に擦《す》り減《へ》っているのを確認したのだろう。

グランに目を向けると、寝床のチェックを終えたらしく、巣箱の縁《ふち》をパンパンと不満気に叩いている。

「あぁ、ごめん。牧草が古かったね」

部屋の隅に置いてある牧草入れを確認すると、新しめの牧草が入っていた。帰宅に合わせて、新しい牧草を入れておいてくれたらしい。

寝床の牧草を入れ替えると、グランはその上に腰を落ち着かせて目を閉じる。朝から動き回っていた僕に付き合っていたから、疲れてしまったのだろう。

「じゃあ翠の部屋に案内するね」

僕は再び翠の荷物を持ち上げると、部屋を出て隣の部屋の鍵を開ける。部屋の中は綺麗に掃除《そうじ》されていて、ベッドと書き物ができるような一組の机と椅子《いす》、服を入れるクローゼットがあるだけのシンプルな部屋だ。

「とりあえず、時間が来るまでゆっくり休んでいて」

「うーむ、1人で待っているのは暇なのだ。折角《せっかく》だからアルの部屋で色々聞きたいのだ」

机の脇に荷物を置き、翠にゆっくりするように言って、僕は部屋に戻ろうとしたが、翠は僕と一緒にいたいらしいので、２人で僕の部屋に戻る。

そして翠は僕の部屋にある家具や道具や本など、あれこれ質問してくるので、それに応えていると、思い出話であっという間に時間は過ぎていき、階下にある酒場の喧騒《けんそう》も静まっていく。

すると部屋に近付く足音が聞こえ、扉がノックされる。

「アル、起きているか？」

「うん。起きているよ」

「では、翠様と一緒に下に来てくれるか？」

「うん、分かった」

父さんが扉越しに僕に指示を出すと、足音が遠ざかっていく。

「キュー……キュイィ（ふにゅぅ……我も行くのである）」

僕と翠が指示通り部屋を出ようとすると、父さんの声で起きたグランが、一鳴きして起き上がる。

僕が手を差し伸べると、少し眠そうにしながら、僕の腕の中にすっぽりと収まる。

翠とグランを連れて酒場に降りると、食事と飲み物が用意されたテーブルがあったが、それとは別のテーブルに父さんと母さんが座って、僕たちを待っていた。

「翠様、ご足労《そくろう》掛けます。こちらに掛けて頂けますか？」

「う、うむなのだ」

僕たちが降りてくるのを確認した父さんと母さんはすぐに立ち上がると一礼し、自分たちの前の席に座るように促してくる。翠は用意されている食事が気になるようで、そちらのテーブルを凝視してから、両親に向き直ると、勧められたテーブルに着く。なんか涎が垂れていたような気がするけど、気のせいだよね……？

「お迎えできるような場所ではなく、大変恐縮なのですが……」

「うむ。気にしていないので構わない。そして話し方はもっと楽にしてもらいたい」

父さんが切り出すと、翠が少し真面目《まじめ》な声で返す。これは竜形態の時の堅苦《かたくる》しい喋《しゃべ》り方だ。

「はぁ、しかしかの賢王《ヴァイゼル》様の一族に礼を欠く訳にもいきませんので……」

「父さん、翠はそういう堅苦しいの苦手なんで普通にしてあげて」

父さんは目を瞑《つむ》って頭を掻きながら思案すると、腹を括ったかのように目を大きく開き、意を決する。

「そういうことなら分かりました。ここにはどういった用件で？」

翠が少し砕けた話し方になった父さんから僕に視線を切り替えたので、僕は頷く。

「良かったのだ。あの話し方はとても疲れるのだー。翠はアルと一緒にいたいからついてきたのだ！　よろしくなのだ！」

「……は、はぁ？」

急にいつものラフな口調に変わった翠に驚きを隠せず、唖然《ぽかーん》とした顔になる父さん。隣で母さんが、手で口元を隠しながら上品に笑っている。

「翠ちゃんっていうのね。とても元気で可愛らしいじゃない。私、こんな女の子欲しかったのよねー」

ちらりと父さんを見ながら、翠に合わせて砕けた口調で話す母さん。

「この人はレイオット、私はクリスティーナ、アルの両親になるわ。よろしくね、翠ちゃん」

「翠の本当の名前はグワッギッグフゥなんだけど、アルに翠っていう名前を付けてもらって、とっても気に入っているのだ！　よろしくなのだっ！」

「アルが竜《ドラゴン》に名付け？　どういうこと？」

ぐうううううーーー。

翠の言ったその内容に母さんが疑問を浮かべたけど、もう我慢できないという翠のお腹の声を聞いて、笑顔になる。

「あはははは。ごめんなさいね。お話はご飯を食べながらにしましょうか」

「むぅううう。お願いしますなのだ……」

恥ずかしかったのか、少し頬を膨らませながら翠が答える。僕たちは料理が置いてあるテーブルへと移動し、父さんと母さんに食事を取り分けてもらう。

「では、どうぞ」

「いただきますなのだーっ！」

「いただきます」

少し冷めてしまったが、構わず翠が猛烈《もうれつ》な勢いで食べ始める。今日の夕飯は川魚焼きと、芋《いも》と塩漬肉のキッシュ、夏野菜のサラダ、南瓜《かぼちゃ》と芋の野菜スープだ。

川魚は旬《しゅん》の魚を炭火でじっくりと熱したもので、頭から骨ごと食べられる。滋味深《じみぶか》い味だが、焼いてから時間が経過してしまったので、少し身が硬くなっているのが残念だ。冷えても美味しく具沢山なキッシュはお腹に溜まる一品だ。サラダとスープは、葉野菜や瓜《うり》、南瓜などの旬の野菜を使っている。

あまり贅沢《ぜいたく》な料理ではないけれど、身体が資本の冒険者や力仕事をする人たちの晩酌《ばんしゃく》の一品として、濃い目に味付けされているのもあって、僕はこの実家のご飯が好きなんだ。

「キュイ、キュキュキィキュイ（やはり家の野菜は美味しいのである）」

グランは専用の木皿に入った根菜の切れ端を器用に手で掴み取って、コリコリと良い音を鳴らしながら美味しそうに食べている。この村で採れた新鮮な野菜だからだろう。

「肉じゃなくてもうまいのだーっ!!　特にこの魚と卵のやつはモリモリ食べられるのだっ!!」

翠があっという間に自分の皿にある料理を平《たい》らげていく。それを見た母さんが嬉しそうに微笑みながら、お代わりをどんどん、翠の皿に追加していく。

「よ、よく食うな」

「元気だし、いっぱい食べるし、可愛いし……母さん、翠ちゃんのこと気に入っちゃった。頑張るのよアル」

冷や汗をかきながら翠の食いっぷりに唖然とする父さんと、僕にウィンクしてくる母さん。何を頑張るんだか……

「さて、色々と教えてくれないか、アル？」

「あぁ、うん」

父さんから促された僕は、まず翠との出会いと、一緒に学園に行くことになった経緯《いきさつ》から説明する。翠と出会って仲良くなり、名前を贈ったことなどを話した。流石に翠をワンパンで気絶させたり、城を作ったりしたことは内緒だ。

縁あって賢王《ヴァイゼル》様や竜妃《ケーニギン》様と会ったことに驚き、無礼を働かなかったかと、心配そうに問い詰められた。その際に翠から、両親共にとってもアルのことが気に入っているから大丈夫なのだとフォローしてもらう場面もあった。

次に学園での出来事を説明する。でも学園の結界を破壊し再生したこと、強力な魔法が試せる施設を作ったことなどは伏せておいた……というか話せないことが多すぎだよね、僕。

隣で聞いていた翠はうんうんと相槌《あいづち》を打ったり、街に出かけて楽しかったことなどは嬉しそうに自分から話したりしていた。

「で、家にはどれくらいいるつもりなんだ？」

「夏休み後半には、クラスメイトからヒルデガルド州に招待されていて、出かける前に武具を調達したり作ったりしてみたいので……家にいるのは３日から４日くらいかな」

それを聞いた父さんは顎に手を当てて、斜め上を見ながら呟く。

「ヒルデガルドへか……そういや、グランの両親に出会ったのもそこだったな。あぁ、確か元パーティメンバーのシグルスがまだヒルデガルドに住んでいたはずだ」

「確か、跳びネズミ《ラニー》の保護という名目でヒルデガルドに残ってたのよね」

「あぁ、跳《ラ》びネズミ《ニー》を従魔《じゅうま》にしたこともあり、そのままあそこで密猟者《みつりょうしゃ》を監視しながら、魔法の研究を進めているそうだ。気候もいいし、籠《こも》って住むには最適とか言ってな」

父さんと母さんが懐かしそうに会話する。僕も、グランの親であるグレンとフランをヒルデガルドの密猟者から保護した時のことは幼心に覚えている。

また、グレンと大冒険を共にしたランスロットという跳《ラ》びネズミ《ニー》が、父さんと母さんの仲間であるシグルスおじさんの従魔となり、今も生きているらしいことも聞いていた。

「まぁ何か困ったことになったら、シグルスを頼るといい」

そうした話を家族としていると、食事を食べ終わった翠が、少しつまらなかったのか船をこぎ始める。

「あらあら、翠ちゃんには悪いことをしちゃったわね。そろそろ休みましょう」

母さんはそう言うと、翠を抱きかかえる。

「もう食べられないのだ……」

翠はいつも通りお腹いっぱい食べる夢を見ているようだ。母さんが優しい笑みを浮かべながら、そのまま翠を寝室まで運びベッドに寝かせる。

僕も自分の部屋に戻り、グランも自分の巣箱にモソモソと入っていく。そして久しぶりの実家なので、その日はゆっくりと眠ることができたのだった。

次の日の昼、実家の手伝いをしていると、急に宿屋の扉が勢い良く開く。

バタンッ!!

「邪魔するぜっ!!」

どこかで聞いたことのあるような大きな声がして、大柄《おおがら》な人物が入ってくる。

「え!?」

その人物の姿を見て、僕は固まってしまう。全く知らない人だったらこうはならない。よく見知った人だが、ここに来るとは思えない人だったからだ。

「元気にしてたみたいだな。レイオット、クリスティーナ！ これは土産だ」

大柄な人物はそう言うと、背に担いでいた大きな猪《いのしし》をどさっと放り投げる。

「もうっ！ 床が抜けたらどうしてくれるの!? 相変わらずガサツなんだから！」

「がはははは。すまねぇ、すまねぇ」

「珍しいな……というか何年ぶりだ？ ゴルドー」

「あぁ、ヒルデガルドでの一件あたりが最後だったから、9年ってとこか？ がはははは!! よう！ アルカード！ 夏休みは満喫しているか？ それに……翠も一緒なのか！ 相変わらず仲がいいなお前ら！」

ゴルドー先生が本当に楽しそうに豪快に笑いながら、僕と翠を見つけて話しかけてくる。

「学園でお前の倅《せがれ》を見てな。ちょいと顔が見たくなっちまったんだよ。しっかし、お前の倅も尋《じん》常《じょう》じゃないな。まるで最初にお前に会った時のように吃驚《びっくり》したぜ」

ゴルドー先生は空いている椅子にドカッと座ると、大声で父さんに話を振る。

「まぁ、仲良く元気でやっているのはいいこった。今日は泊まっていくから、空いている部屋を貸してくれ」

「宿代取るわよ？」

「構わんよ。そのつもりで来たからな。折角だから、明日はこの村から依頼が出てる討伐《とうばつ》クエストでもやろうぜ」

「相変わらずマイペースだな、ゴルドー」

ゴルドー先生は父さんと母さんを見ると、本当に嬉しそうに笑みを浮かべる。父さんや母さんも満更《まんざら》でもないらしく、昔のことを思い出しながら再会を喜んでいた。

「何か倒しに行くのか？　面白そうだから翠も行くのだっ!!」

「おぉ、いいぞ。ちみっこにもベテランの強さを見せてやろう！」

「おぉ！　楽しみなのだっ!!」

翠が参加に名乗りを上げると、あっさり了承される。

「大丈夫なの？　アル？」

「まぁ、ちっちゃいけど竜だからね」

声を潜《ひそ》めて母さんが心配そうに尋ねてくる。翠は子供のような見た目だけど、竜種なので大丈夫だと思う。

「英気《えいき》を養《やしな》うためにも飲むぞーっ!!」

「おーっ!!」

「キューッ!!」

ゴルドー先生が景気良く拳を突き上げると、翠とグランも一緒に拳を突き上げる。いや、翠とグランは飲んじゃダメだからね？　あと、まだ昼だよ、ゴルドー先生？

積もる話の邪魔をするのも悪いと思ったので、僕は翠とグランを連れて部屋に戻る。まさかゴルドー先生が家に来るなんて想像もできなかったよ。

部屋に戻り、どんな武具を作ろうかと考えたりしていたのだが、翠が暇に耐えかねて、部屋の中をウロウロし始める。

「翠はやることなくてつまらないよね。小さな村だけど案内しようか？」

「いいのか？　お願いしたいのだっ！」

僕が提案すると、喜んで食い付いてくる。出掛ける時に酒場を通ると、父さんとゴルドー先生は昼だというのにジョッキを片手に出来上がっていた。


その日の晩の夕食時に討伐クエストの話が上がる。

「討伐クエストするって言ってたが、何をやるんだ？」

「あれだ、あれ。俺らじゃないと無理だろ？」

父さんが話を切り出すと、ゴルドー先生が壁に貼られたクエストボードの一番上を指差す。

「多頭毒蛇《ヒュドラ》の討伐か？　確かに並《なみ》の冒険者だと手に負えない敵だが……」

「俺とお前、クリスティーナがいれば訳ないだろ？　っというか依頼してからずいぶん放置されているじゃないか」

「好き好んで多頭毒蛇《ヒュドラ》討伐のために、この村に来る冒険者なんていないからな。幸《さいわ》い被害は出ていないが、いつ被害が出るか分かったものじゃないから、早めに討伐したいのは事実だな」

「丁度いいだろ？　村的にも肩慣らし的にも」

「確かにな」

「多頭毒蛇《ヒュドラ》？　そんなのが村周辺にいるの⁉　凄い危険なんじゃ⁉」

父さんとゴルドー先生が当たり前のように話をしているが、この村の近辺に多頭毒蛇《ヒュドラ》なんていう危険な生物がいることに、僕は驚きを隠せない。

「森の奥の沼《ぬま》に生息していて、近寄らない限り出てこないから大丈夫なんだが、万が一のこともあるので村長と相談して討伐のクエストを出しておいたんだよ。まぁ討伐に見合う報酬《ほうしゅう》が出せなかったから、誰も討伐しに来てくれなくて、少し困ってたんだよな」

「多頭毒蛇《ヒュドラ》って強いのか？」

翠に聞かれたので僕は知っている範囲で教える。

「頭が３つから９つもある毒蛇で、体長５ｍ《メートル》以上ある。頭の数が多いほど長く生きていて危険度が増すと本で読んだことがあるよ。主に薄暗い沼地を好んで生息していて、水を飲みに来る動物などに噛み付き、毒で麻痺《まひ》、もしくは衰弱《すいじゃく》させ丸呑みするらしい。大きな体躯《たいく》に強大な生命力、それに強力な毒には注意が必要だね。ちなみに頭が２本の時は双頭蛇《デュアルヘッドスネーク》と別の名前で呼ばれて区別されるんだ。首の数が２本と３本で強さが桁違《けたちが》いになるのがその理由みたいだね」

「アルの説明で大体合ってるな。首が2本ならDランク、首が3本でBランク、4本になるとAランク相当だ。首が3本になると、首の脇についている毒腺《どくせん》から、毒を含んだ瘴気《しょうき》を噴霧《ふんむ》するようになるんで厄介《やっかい》なんだ」

「うおぉぉぉぉ！　それは楽しそうなのだっ!!」

僕と父さんの説明を聞いて翠は俄然《がぜん》やる気になったようだ。父さんはやる気が溢《あふ》れ出ている翠に温かい眼差《まなざ》しを送ると厨房に戻っていく。

夕食でお腹いっぱいになった翠が瞼《まぶた》を擦って眠そうにし始めたので、僕たちは早めに部屋に戻る。翠を隣の部屋のベッドに寝かしつけ、同じくウトウトしていたグランがモゾモゾと巣箱に潜り込んだのを確認してから、僕もベッドへ入るのだった。

翌朝、僕は日が昇《のぼ》る時間にスッキリ目が覚めた。グランも僕の起きた気配を察して、巣箱から飛び出してくる。

「キュキュウキュイッ!!（おはようなのである）」

「うん。おはよう」

僕は木剣を掴むとグランを肩に乗せて1階に降りていく。1階の酒場では、酒瓶《さかびん》が転がったままのテーブルにゴルドー先生が突っ伏して寝ていた。ここで寝るなら部屋を用意する必要がなかったのでは？　と思いながら、裏庭へ向かう。

雲一つない青空の下、裏庭で型のおさらいをしていると、頭を抱えて怠《だる》そうな父さんがこちらに向かって歩いてきた。僕は井戸から水を汲《く》み上げて父さんに渡す。

「おぅ、ありがとう、アル。あぁ、頭が重い。畜生《ちくしょう》、ゴルドーのせいで飲みすぎた……」

「いつまで飲んでたの？」

「陽が昇るちょっと前までだ」

「じゃあ、ほとんど寝てないんじゃ？」

「少しだけは横になれたな。それに今日は討伐クエストのために、店は臨時《りんじ》休業にしているから、仕事に支障《ししょう》はない」

ちょっと青い顔をした父さんが冷たい井戸水を柄杓《ひしゃく》ですくうと、一気に喉《のぞ》に流し込む。

「あぁ、生き返るぜ。さっさと討伐の準備をしなきゃな、翠ちゃんも行くとか言っていたから、アルも用意しとけ。翠ちゃんを守るのがお前の仕事だろ？」

「うん。まぁ、翠は強いから守る必要はないだろうけどね」

今手元にある武器は、入学祝いにもらった鋼の小剣《ショートソード》くらいしかないが、元冒険者の父さんと母さんが選んでくれただけあって、造りはしっかりしているので、これを持って行こうと思っている。

ゴルドー先生に加えて父さんと母さんがいるから、いくら多頭毒蛇《ヒュドラ》とはいえ、離れた場所で見学する分には、護身用の小剣《ショートソード》があれば大丈夫だろう。盾《たて》や防具も手持ちにはないので、動きやすく少し厚手の服を選んで着ていくつもりだ。

「翠、朝だよ」

僕は隣の部屋の扉をノックして声を掛ける。しかし反応がない。何度かノックと声掛けをしても反応がないので、取っ手を回しながら扉を押す。どうやら鍵は掛かっていなかったらしくアッサリと開いた。

「女の子の部屋に入るのはどうかと思うんだけど……」

そう呟きながらも扉の隙間から部屋の中を覗く。

「んー。もっと食べるのだー」

翠はベッドの上で枕を両手両足で抱えながら涎を垂らして寝ていた。

「翠ってば食べ物のことばかりだよね……」

僕は溜息を吐きながらそう零すと、ちょっと抵抗を感じながら部屋に入り、翠の身体を揺らして起こそうとする。

「も、もう1本だけなのだ」

むにゃむにゃと両手を伸ばして僕の腕を掴んだ翠が、小さな口を大きく開ける。

ガブリッ！

「い、いたーーーーーーっっ!!」

翠の鋭い犬歯《けんし》が僕の腕に食い込む。夢うつつの翠が、僕の腕を骨付き肉と勘違いして噛み付いたようだ。

「むごごご、ほうひはのひゃ？」

「痛いっ！　痛いから!!　離してっ！　口を開けて離してよっ!!」

「むぉぉぉぉ、ほへんほへんはのは」

「いやっ！　いいからっ！　噛み付いたまま喋らないでっ‼　食い込む！　牙が食い込むっ‼」

翠が何か喋る度《たび》に、牙が浮いてはまた食い込んで傷口を広げていく。夢から醒《さ》めた翠が口を離してくれた時には、僕の腕には歯形の形に数個の穴が空いていて血が流れ出していた。

「キュイィ？（だいじょうぶであるか？）」

僕の足元にいたグランも心配そうに僕を見上げている。

「どうしたのっ⁉」

僕の大声を聞きつけて下の階からやってきた母さんが、僕たち２人を見る。

「あらあら、男の子がレディの部屋に入っちゃダメよ？」

「それで、骨付き肉と間違えて食われる男子はいないと思うよ……」

母さんがスカートから綺麗なハンカチを取り出し、素早く僕の腕を覆う。

「ごめんなのだ……」

「い、いや、不用意に行動した僕も悪いから。翠は悪くないよ」

「そ、そうか？」

しょんぼりとして上目使いに謝る翠に、僕の方が悪かったと伝えると、翠はぎこちない笑みを浮かべた。

「ほら、アルは自分の部屋に戻りましょう」

母さんが噛まれていない方の腕を掴んで、僕の部屋に引っ張っていく。心配そうなグランも僕の後ろをピョンピョン跳ねながらついてくる。

「朝食の用意ができているから、翠ちゃんも準備して降りてらっしゃいね」

「おー！　楽しみなのだっ！」

翠は部屋の扉を閉めて中でゴソゴソし始めたようだ。母さんは僕を引っ張り自室に連れて入ると扉を閉める。

「思ってたより深いわ。今日出掛けるっていうのもあるから、ちゃんと治しておいた方が良さそうね」

母さんは僕を椅子に座らせて僕の腕の状態を確認し、目を閉じながら僕の傷口の上に手を翳《かざ》す。

〈快癒《ヒール》〉

母さんの手から暖かい光が溢れ出し、僕の傷口に注がれる。すると十数秒後には、ズキズキした痛みが薄れていき、あっという間に傷口が塞《ふさ》がり、腕は元通りになった。

「これで大丈夫。もう痛まないわよね？」

「あ、うん。回復魔法って凄いね」

「キュィーィッ（凄いのである）」

「他の魔法と一緒よ。でも、母さんが回復魔法を使えて父さんが助かったシーンは幾つもあるわね。逆に父さんが剣で母さんを守ってくれたことも同じくらいあるけどね」

母さんはちょっと自慢気に、人差し指を立てながらウィンクをする。

「準備できたのだーっ！」

翠が部屋の扉を勢い良く開けながら元気に叫ぶ。

「じゃあ朝食に行きましょうか」

「あ、うん」

母さんは立ち上がると部屋の扉を開けて出て行く。僕は腕に異常が残っていないか、念のため腕を振ったり手を握ったりして確かめてから、グランを抱き上げて翠と一緒に1階に降りていく。

「おはよう。何だか朝からトラブっているみたいじゃねぇか」

僕たちが1階に降りると、さっきまで突っ伏して寝ていたゴルドー先生は目を覚ましていて、片手を上げて挨拶してくる。テーブルの上の転がった瓶などはそのままで、片付けるつもりはないらしい。

母さんが溜息を吐くと、散らかったテーブルの上の皿や瓶、ジョッキなどを纏めて、厨房に運んでいく。

「おはようございます、ゴルドー先生。起きてたんですね」

「あんなに大騒ぎしていちゃ、寝てられねぇよ。がははははは」

「アル、大丈夫なのか？」

「あ、うん。母さんが治してくれたから、この通りだよ」

僕が声を掛けると豪快に笑うゴルドー先生。さっきのことを思い出したのか、心配そうに声を掛けてくる翠に、元通りの腕を見せて安心させる。

「何にもなってないのだっ！　良かったのだっ！」

翠は目を大きく見開いて、興奮気味に安堵の声を上げる。そして鼻をクンクンと鳴らすと、カウンターの奥にある厨房に目を向ける。

「美味しそうなパンの匂《にお》いなのだっ‼」

そう喜声《きせい》を上げると足音を立てながら走っていき、カウンターの椅子に飛び乗る。

「とっても良い匂いなのだっ‼」

「焼き立てのパンの匂いは格別よねぇ」

口の端から涎を垂らしている翠に、厨房にいる母さんが同意する。

「でも、もうちょっと待っててね」

「分かったのだ。でも……ここから見ていていいか？」

「いいわよ。父さんの格好いいところ見ていて頂戴《ちょうだい》」

「おいおい……」

遅れて翠の隣に座った僕も厨房の中を見る。父さんは窯《かま》の中を見てパンの焼け具合を確認しているようだ。僕の肩に乗っていたグランもカウンターに飛び降りて立ち上がりながら、同じように厨房を覗いている。

「もうちょっとかかるな」

そう呟いた父さんは、焜炉《コンロ》にフライパンを載せ塩漬け燻製肉《ベーコン》を焼く。ジュワーッという心地よい音と共に、塩漬け燻製肉《ベーコン》が焼ける香《こう》ばしい匂いが漂《ただよ》う。パンの焼ける匂いと合わさって、暴力的な香りを振り撒《ま》き、僕たちの胃を刺激する。

「お、お腹が減ったのだ……」

グゥーッと鳴るお腹を押さえながら翠が悲しそうな声で呟く。

香ばしく焼けたところに、卵を落とし、少量の水を加えてから蓋《ふた》をする。そうすることで塩漬け燻製肉《ベーコン》の香りを含んだ蒸気で卵を蒸《む》し焼きにできる。どうやら朝ご飯のメインはベーコンエッグらしい。

ベーコンエッグを2つ作ったところで、窯に戻りパンの焼け具合を確認する。

「そろそろ、よさそうだな」

父さんは先が二股《ふたまた》になっている鉄の棒を、パンを載せている鉄板に引っ掛けると、窯から引き出す。鉄板の上に載ったパンはこんがりと濃いキツネ色に焼き上がっており、一気に食欲をそそる香りが広がる。そういえばオスローの実家もパン屋だから、この暴力的な香りを毎朝嗅いでいるのだろうか？

「我慢できなさそうなのがいるから、順次出していくぞ。母さん頼む」

「はーい。アル、翠ちゃん、席に戻って待っててね」

「分かったのだっ！」

「はーい」

翠と僕は、椅子から飛び降りると、ゴルドー先生のいるテーブルへと戻っていく。

「はい。どうぞ」

母さんが持ってきてくれたのは焼き立てのパンとベーコンエッグ、それに豆が沢山入った野菜スープだ。

「翠ちゃんは、更にこれね」

一式が1人前なのだが、昨晩の食べっぷりと先ほどの反応を見て、更に追加のパンと、厚切り塩漬け燻製肉《ベーコン》数枚が翠の前に置かれる。

「うぉぉぉぉぉ。美味しそうなのだっ！　いただきますなのだっ!!」

翠はそう言うと厚切り塩漬け燻製肉《ベーコン》にバクッと齧り付く。ちぎれた断面から脂が滴る。少しモグモグすると、今度は焼き立てのパンに齧り付く。

「うまいのだーーーーっ!!」

そう歓声を上げると次々に頬張っていく。シンプルで定番な朝食なんだけど、ここまで美味しいと喜んでもらえると、これを作った父さんが誇らしくて、僕も嬉しくなってくる。

母さんは僕やゴルドー先生の分、そして翠の追加分を手慣れた感じで次々と運んでくる。

「うむ。シンプルだからこそ、素材の旨さが際立つな。確かにこいつはいい塩漬け燻製肉《ベーコン》だ」

ゴルドー先生も頷きながら食べている。

「レイオットが狩って、捌《さば》いて、寝かせて、燻《いぶ》した完全お手製の塩漬け燻製肉《ベーコン》だからよ」

「なるほどな。というか、翠はえらい量を食うな。竜種だからか？」

「そうね……って、知ってたの？」

「あぁ、俺が担当している授業で人間離れした強さを見せてたから、学園長にちょっとな。ついでにお前んとこの倅のことも聞いたんだが、魂魄が普通じゃないとかって言ってたな」

「ちょっと！　そこら中に言いふらしてないでしょうね」

「するか。しばらく会ってなかったが死線《しせん》をくぐり抜けたパーティメンバーの身内だぜ？　それくらいの分別《ふんべつ》はあるさ」

「それならいいけど……」

母さんとゴルドー先生の会話が耳に入ってくる。なるほど、ゴルドー先生には僕と翠の情報が入っていたみたいだ。道理《どうり》で授業などで色々やらかしても、あまり大事《おおごと》にならなかったのか。

相変わらず大量に食べていく翠を横目で見ながら、僕は1人前を完食する。

「後片付けをしたらすぐに出発するわよ。多頭毒蛇《ヒュドラ》は森の奥深くの沼にいるから、そこまで結構時間が掛かるわ。アルはそっちのテーブルに用意した防具を着けておきなさい。着け方が分からなかったらゴルドーに聞いて。翠ちゃんはその服自体が強力な防具らしいから、そのままでいいかな」

母さんが食卓から食器を片付けながら、僕にそう指示する。

僕がテーブルの上にある箱を覗いてみると、革製の防具らしきものが入っていた。取り出してみると、肩当、胸当、肘当、小手、膝当、脛当《すねあて》があり、最低限の部位を守る部分鎧のようだ。

着ける角度や部位に合わせたベルトの締め具合の調整など、実践的な例をゴルドー先生に教えてもらいながら装着する。

肩当を着けるとグランが肩に安定して乗るのが難しそうだったので、フード付きの外套《がいとう》を羽織り、フードの部分に入ってもらった。

部分鎧を装着したのと、使い慣れていない護身用の小剣《ショートソード》を馴染《なじ》ませるために、庭で幾つかの型をなぞっていると、準備を整えた父さんと母さんに呼ばれる。

父さんは金属製の部分鎧と片手長剣《ロングソード》、母さんは革製の部分鎧と弓と短剣《ダガー》、投擲用《とうてきよう》の投剣《スローイングダガー》を数本装備していた。

ゴルドー先生はふらりとやってきたままの服装に巨大な両手剣《グレートソード》だけだ。

「ゴルドー先生、防具は？」

「あぁ、蒸れるから本番になるまでは着けないんだ、俺は」

「遭遇戦《ランダムエンカウント》の時に危ないと昔から言っているんだけどな」

「それでも、今日《こんにち》まで生きているんだから、大丈夫だろ」

「そんなこと言って次の日に帰ってこなかった冒険者は五万《ごまん》といるんだからね」

「あー、はいはい」

僕の疑問に乗っかって、父さんと母さんが苦言《くげん》を呈《てい》するが、ゴルドー先生は聞く耳を持たないようだ。

「じゃあ、行くとするか。今からなら昼過ぎには目的地に着くだろう」

父さんがそう言いながら、家の戸締まりをし、店の入り口に臨時休業の看板を掛けると多頭毒蛇《ヒュドラ》のいる森の奥の沼に向けて出発する。

村の反対側の出口から出て、少しだけある空き地を抜けると、すぐに森に入る。しばらくは村人が採取や狩猟のために踏み固めた道が続いていく。

2時間ほど歩いていると、道はどんどん細くなり、かろうじて2人で並んで歩けていた道幅も、

1人分しかない狭さになり、飛び出した木の枝などを避けるのに労力を費《つい》やしながら歩く。幸い数日雨は降っていないし、今日の天気も良いので、道の状態としては良いのだろう。

「この先は狩猟している村人くらいしか行かないからな。道は悪くなるぞ」

父さんはそう言いながら、腰から鉈《なた》を抜くと、突き出た枝などを断ち切りながら道を作っていく。そんな作業をしながら進むので、今までより進む速度は一気に遅くなる。

「そろそろ川にぶつかるはずなんだがな」

「そうね、そろそろじゃないかしら」

父さんがザクザクと枝を切り飛ばしながら呟き、母さんが周囲を確認しながら同意する。

父さんの言う通り、それからしばらく進むと、目の前が急に開け、川へと辿《たど》り着く。

「狩りをする村人もこの辺りまでしか来ない。この川に水を飲みに来る獣などを狩っていれば事足りるからな。多頭毒蛇《ヒュドラ》を発見した時は、ここでも獲物が捕れず上流まで探しに行っていた時に出会ったらしい」

「とりあえず、ここら辺で一旦休憩《きゅうけい》にしましょう」

森の中から何が出てくるか分からず、結構緊張《きんちょう》したまま歩いていたので、僕は相当に疲弊《ひへい》していて、母さんの休憩提案は嬉しかった。

「翠は平気なの？」

「んあ？　のんびり歩いていただけなので、全然大丈夫なのだ。強い奴の気配も全然なかったのだ」

僕は涼《すず》しい顔をしている翠に聞いてみると、そんな言葉が返ってくる。あぁ……〈詳細検索《ディティールサーチ》〉すれば良かったのかと気付く。でもこれも冒険の経験の一環《いっかん》だと思い、このまま父さんや母さんに倣《なら》って行動しようと決める。

僕が川の脇に転がっている座りやすそうな石に腰掛けると、父さんが水袋を手渡してくれる。

「結構疲れているみたいだな」

「あ、うん。父さんや母さんがいるから心配はしていないんだけど、何が出てくるか分からないし、足場の悪いところもあって大変だったかな」

「そうだな。気の配り方も色々あって、例えば森に入ってからは父さんが前、母さんが左右、ゴルドーが後ろに気を配っていたな。斥候《レンジャー》なんかがいると、危険察知などの技法《スキル》で、一手に引き受けてくれたりするから、道中楽なんだよな」

「全方位に気を配りながら歩いてたよ」

「気にしすぎて疲れてしまっては、いざという時に十分に動けなくなってしまう可能性がある。パーティで行動する時は役割分担するのが大事だ」

父さんたちと一緒に冒険するのは初めてだったので、父さんから冒険の注意事項を教えてもらうのも初めてだ。父さんが先頭、次は母さん、その後が翠で、僕。最後尾がゴルドー先生だったのは、安全を確保するための隊列だったことに、今更ながら気が付く。

「確か、ここから上流に遡《さかのぼ》っていくはずだ」

「そうね、確か大きな岩が目印だとか」

「大きな岩ならそこら辺に転がっているけどな」

冒険に慣れている父さんと母さんとゴルドー先生は、疲れた様子も見せずに辺りをうかがっている。

「翠、グランの反応がないので見てくれる？」

「んー、気持ちよさそうに寝てるのだ！」

翠に確認してもらうと、グランは僕のフードをハンモックに見立てて、気持ち良く寝ているようだ。

その後、翠は母さんから水袋をもらってゴクゴクと飲み干すと、川の脇まで水面を眺めに行った。

「魚がいるけどまだ小さいのだ……小さい魚は取っちゃいけないって言われているのだ……」

どこから得た知識か分からないが、そんなことをブツブツと残念そうに呟いていた。

「さてと、出発するか」

父さんが背負い袋を担ぎ直す。どうやら、この後は河原に沿って進むようだ。

ゴツゴツとした大きな岩が転がっている河原も相当に歩きにくい。ただ森の中と違って見通しが良いので、そこまで気を張らなくて済むのは助かる。

武装した人間を警戒しているのか、獣の姿も見ないので順調に進めているのだが、森の中と違って川沿いの場合は、日差しを遮《さえぎ》るものがなく暑いので、水で喉を潤す必要があった。

空を見上げて太陽がほぼ真上に来ていることを確認した父さんは、昼食を摂るための手頃な場所を探し始める。

昼食は朝焼いたパンに、塩漬燻製肉《ベーコン》と葉野菜を挟んだサンドなので、手早く食べて、すぐに出発する。

川は幾つもの小さい支流が合流して大きくなっているらしく、今までも小さな川が合流しているポイントがあった。昼食を摂った後、しばらく歩いていると支流が合流するポイントで父さんが足を止める。

「ここか」

「えぇ、目印っていうのはこれかしら？」

「あぁ、これが目印かっていうと微妙だが、この気配で分かるな」

3人が足を止めて確認し合う。確かにこの支流の先に嫌な気配がする気がする。

「キュィッキュー（嫌な気配がするのである）」

「むぅ、なんか嫌な感じがするのだ……」

グランもそれを察したのか、僕の首筋に手を当てて立ち上がりながら呟き、翠も眉間に皺を寄せながら嫌そうな顔をする。

「間違いなさそうだな。これから先は警戒していくぞ。クリス、ゴルドーと位置を替わってくれ」

「ちょい待ち、ささっと鎧着るわ」

「貴方、相変わらずね……」

父さんが確信した顔で指示を出すが、ゴルドー先生の待ったが掛かる。その間の悪さに思わず溜息が出る母さん。ちなみにクリスとは、クリスティーナ母さんの愛称だ。

ゴルドー先生はどこ吹く風といった表情で荷物から鎧を取り出して装着を始める。父さんも仕方ないなという表情を浮かべつつ、装着の手助けをして手早く終わらせた。

「よし行くか！」

準備万端とゴルドー先生は身体の各部位を動かして装着具合を確かめると、出発だと父さんの肩を叩く。ちなみに隊列は父さん、ゴルドー先生、翠、僕、母さんの順のようだ。

石が大きくて足場が悪い河原を歩いていくと、天気は良いはずなのに、周囲は薄暗くなっていき、淀みが濃くなっているのを感じる。

「クリス。頼む」

「えぇ、分かったわ。〈清き水よ《Warter》！　我らを《Party》　毒より《Poison》　護り給え《Protection》！　毒防護《ポイズンプロテクション》！〉」

母さんが魔法を発動すると、水の膜《まく》が僕たちを包み込み溶けていく。心なしか吸い込む空気に嫌な感じが少なくなったような気がする。

「多頭毒蛇《ヒュドラ》は常時強力な毒を撒き散らしているが、クリスの魔法があれば、30分程度はその毒を無効化できる。だが牙から直接身体の中に流し込まれる強力な毒は無効化できないから気を付けてくれ」

母さんの魔法を受けて父さんが再び歩き始める。進むほどに辺り一帯の薄暗さは増し、纏わり付くような淀んだ空気になっていく。

「んー、この瘴気の量、ここの多頭毒蛇《ヒュドラ》って4本首以上なんじゃゃねぇか？」

「あぁ、可能性は高いな……5本首以上は勘弁してもらいたい。伝説級《レジェンダリー》の化け物になるからな」

父さんが危惧《きぐ》を口にする。

「どういうこと？」

眉間に皺を寄せるゴルドー先生と、その発言に同意した父さんが危惧《きぐ》を口にする。

「多頭毒蛇《ヒュドラ》は頭の数が増えるごとに強くなっていってな。３本の頭を持つと成体と定義されている。だが更に年月を重ねて頭を増やし５本首にもなると、竜種相当の強さになる。神話では９つの頭を持つ多頭毒蛇《ヒュドラ》もいたらしく、そいつは古代竜《エンシェントドラゴン》に並ぶほどの強さだったって話だ」

「３本首だったら討伐は可能だが、それ以上になってくると苦戦するところでな。でもこの瘴気、３本首の時より濃い気がするんだよな……シグルスがいれば問題なさそうなんだが」

「いない人を当てにしても仕方ないでしょ？　それに放置すればするほど危険になるのだから、早めに討伐しないと」

ゴルドー先生が丁寧に説明してくれたのだが、父さんは不安を隠せないようだ。それを母さんが割り切るように促す。

「この森の向こうが怪しいな」

瘴気の流れを遡っていくと、支流の脇の森の奥から漂ってきているようだ。そして、その森の木々は、今まで見てきた木々と違って変質して捩《ね》じくれている。

父さんは片手長剣《ロングソード》の柄《つか》に片手を掛けながら、木々の隙間に身体を差し込むように森に入っていき、続いてゴルドー先生、翠、僕、母さんが続いていく。

最大警戒でどんな音も変化も見逃さないように気を張っていて息がつまりそうだ。そんな異常な森の中をしばらく進んでいると父さんがみんなを制止させる。

「いたぞ……どうやら3本首……何とかなるかもしれん」

「ん？　これだけの瘴気の濃さ……4本首じゃなかったのか」

「幸いこの森と沼の間に草地がありそうだ。泥水《どろみず》に足を取られたくないから草地まで誘《おび》き出すぞ。森の中からクリスの弓で攻撃して、草地に出てきたら俺とゴルドーで接近して叩く。翠ちゃんとアルはクリスの近くで周りに気を配っておいてくれ」

「分かったよ」

「分かったのだ」

僕と翠が返事をすると、父さんが頷き、母さんに目配せする。

「いや、ちょっと待ってくれ。多頭毒蛇《ヒュドラ》の体躯の色がおかしい」

母さんが矢を取り出し番《つが》えようとしたところで、父さんから制止の声が掛かる。

「体躯の色？　生息地によって違うが、大体緑か茶色、珍しいので紫だろ？」

「そうなんだが……目の前にいる奴は体躯も鱗も真っ黒だ。しかもこの濃密な瘴気……」

「まさか、魔獣!?」

「あぁ、ここアインルウムでは見かけたことはないが、グローリエ獣帝国《ベスティライヒ》やエールドライン森林王国《フォレストキングダム》で戦った闇系《やみけい》の魔獣に似ている」

「3本首の多頭毒蛇《ヒュドラ》の魔獣か……4本首相当の強さじゃねぇか。やってやれねぇことはないと思うが」

「あぁ、今倒さずにこんなのを放置して首が増えた日には、かなりまずいことになる。今ここで討伐しておくべきだろう」

父さんの提案に、母さんとゴルドー先生が頷く。

「じゃあ、レイ。私から行くわよ」

母さんはそう言うと、弓の弦《つる》に矢を番《つが》え、両拳を頭上に打ち起こした後、視線の高さに戻しながら弓を引き絞る。ちなみにレイというのはレイオット父さんの愛称だ。

そして狙いを定めて一呼吸置いた後、矢を放つ。

矢は一直線に飛行し、狙い違《たが》わず多頭毒蛇《ヒュドラ》の左頭の目を、見事に貫く。

Gyaaaaoooooo!!

不意を突かれて痛撃を受けた多頭毒蛇《ヒュドラ》が頭を天に向けながら咆哮《ハウル》する。その咆哮《ハウル》を耳にした僕は、恐怖と共に悪寒《おかん》が走り、ブルブルと身体が震えてしまう。

『気を強く持ちなさい。〈平静《サニティ》〉』

母さんが僕の手を優しく握って魔法を発動させると、恐怖心が薄れていく。

「う、うん」

恐慌《きょうこう》状態になってしまったのは僕だけで、グランも翠も多頭毒蛇《ヒュドラ》から目を離さず臨戦態勢を取っている。

そして多頭毒蛇《ヒュドラ》は矢の飛来方向に3つの頭を向けると、口から毒々しい色の液体を飛ばす。

こちらはまだ森の中にいて、射線が通っていないこともあり、毒液は木に当たり、僕たちには届かない。だが安心してはいられない、毒液が当たった木は、溶解され蒸気と共に異臭を放ちながら溶けていったからだ。こんなのを生身に食らったらただでは済まないと思う。

今の一撃は様子見だと言わんばかりに、多頭毒蛇《ヒュドラ》は大して気にもしない様子で、体躯を揺すりながら、シュルシュルと沼から這《は》い上がってきて草地へとその巨体を運ぶ。

大人が両手でも抱え切れないほどの太さの胴周り。その胴体は長く、8m《メートル》くらいはありそうだ。7m《メートル》までが胴体で、そこから首が3つに分かれて、それぞれ1m《メートル》くらい伸びている。口からはチロチロと濃紫色《こむらさきいろ》の舌を出し、牙からはポタポタ毒液が垂れ、毒液が触れた地面は溶けて煙が立ち上っている。

6つの目、僕たちから見て右側の1つは母さんの放った矢で潰《つぶ》れている……それは自分を傷付けた獲物を探すかのように周辺を見渡している。

「いくぞ！」

「応《おう》っ!!」

父さんが合図と共にゴルドー先生と一緒に森から飛び出していく。

ザシュッ!!

父さんは多頭毒蛇《ヒュドラ》の脇を駆け抜けつつ、鞘《さや》から抜き放った片手長剣《ロングソード》で胴を薙ぐ。父さんの長剣は真っ黒な鱗を切り裂き、本体を傷付ける。どうやら剣撃は有効なようだ。

「ちぃっ！　これだけしか通らんか！」

父さんが苦々しい声を上げる。

「どぉぉぉおりやぁぁぁぁぁっっ!!」

ゴルドー先生は巨大な両手剣《グレートソード》の柄を握り、背中に回していた両手剣を肩を支点に袈裟切りに振り降ろす！

相当な重量を持つ両手剣が勢い良く振り降ろされ、こちらから見て一番右の首深くにめり込む。

Ｇｙａａａａａａａ!!

首半分まで達した斬撃により、多頭毒蛇《ヒュドラ》の右側の首は苦しそうに体躯を振り、首筋に食い込んだ両手剣と、それを掴むゴルドー先生を振り払おうとする。

傷口から流れ出ている濃い紫色の血液にも、強力な毒が含まれているのか、血液が付着した地面からは毒液同様に煙が立ち上っている。両手剣を手放していないゴルドー先生にも毒を含んだ血液が降りかかり、煙を上げている。

「うおぉぉおぉぉおぉぉ？」

そして多頭毒蛇《ヒュドラ》は、振り払おうとしていた体躯を急に静止し、その反動で両手剣ごとゴルドー先生を吹き飛ばす。

ドゴォッ!!

かなりの勢いで吹き飛ばされたゴルドー先生は、周辺の細い木を薙ぎ倒し、太い木に激突して止まる。そして薙ぎ倒された幾つもの木が倒れ込んでくるが、ゴルドー先生は気絶してしまったのか、避けられずに木に埋《う》もれてしまう。

「ゴ、ゴルドー！」

それを見た母さんがゴルドー先生の元に駆け寄る。母さんの後ろで様子をうかがっていた翠は、今にも駆け出して行ってしまいそうな雰囲気だ。

多頭毒蛇《ヒュドラ》は両手剣が外れた首筋から毒を含んだ血液を撒き散らしながら、邪魔者がいなくなったとばかりに、父さんに狙いを定める。

Gyururururuaaaaaaaa!!

そして叫び声と共に、3つの頭を使い猛烈な攻撃を始める。舌下の毒腺からの毒液噴射、噛み付き、薙ぎ払い、叩き付けと左右上から様々な攻撃が繰り出されるが、父さんは、頭が近付けば長剣で切り払い、毒液は盾で防ぎ、その猛攻に耐える。

「やっぱり魔獣となった3本首の多頭毒蛇《ヒュドラ》はキツイぜ。ゴルドーのあの一撃、本来なら首1本切り落とす威力だったはずなのによ!!」

父さんは、そう叫びながら、多頭毒蛇《ヒュドラ》の猛攻を迎え撃っている。

「3連瞬斬《トリニティスライサー》!!」

僕に教えてくれた、一瞬で3斬撃を放つ技で、噛み付いてきた牙を切り払い、返す刃《やいば》で2本目の頭を牽制《けんせい》し、3撃目の一閃《いっせん》で尻尾での薙ぎ払いを弾き飛ばす。

「雷迅刺突《ライトニング・ピアース》!!」

父さんは3連瞬斬《トリニティスライサー》による3撃目の反動で後ろに回った手を引き絞り、地面を蹴って雷迅《らいじん》のような速さの刺突《しとつ》を見舞う。

ブレずに1点に収束された雷迅の一撃が真っ黒の鱗を貫き、痛撃を与える。そして多頭毒蛇《ヒュドラ》の肉が緊張して長剣が抜けなくなる前に、胴体を蹴って剣を抜きつつ後ろに跳び下がり、距離を取る。

Ｇｕｇｙａｇｙａｇｙａｇｙａａａａａａａ!!

多頭毒蛇《ヒュドラ》は耳障《みみざわ》りな叫び声を上げると、怒りと共に怒涛《どとう》の連撃を父さんに叩き込む。さっきより速く変則的な攻撃に、父さんの迎撃が遅延していき、ついにはその鋭い牙が父さんの肩に食い込む。

「ぐっ！」

父さんが顔を顰《しか》める。ただ噛み付かれただけではなく、毒液を流し込まれているのかもしれない。

ドンッッ!!

父さんの危機に僕が堪らず走り出そうとした時、僕の前から大砲を打ち出すような音が響く。

ドゥッッ!!

続いて硬いものを殴打したかのような音。

そして父さんから口を離して仰《の》け反《ぞ》る多頭毒蛇《ヒュドラ》。その懐では右正拳を胴体にぶち込んだ翠が目を爛々《らんらん》と輝かせていた。

「これも食らえ！　なのだっ!!」

下から突き上げる左手の一撃が更に腹部にめり込み、多頭毒蛇《ヒュドラ》の体躯がわずかに浮く。

「す、翠ちゃん!?」

父さんの驚くような声に応えるように、翠は一瞬父さんに顔を向けると、無邪気にニッと笑ってみせる。

先ほどの大砲のような音は、翠が地面を蹴って空気を押し出し突進した音。そして、その突進の威力のままに右正拳打《ストレート》を多頭毒蛇《ヒュドラ》の腹部に打ち込み、多頭毒蛇《ヒュドラ》を仰け反らせ、続いて左短上拳打《ショートアッパー》で宙に浮かせたのだ。

「まだまだなのだっ!!」

翠はそう吼えると、左右の拳と両足で多頭毒蛇《ヒュドラ》の腹部に無数の拳打蹴撃を放つ。翠の身体は小さく弱そうに見えるが、その正体は生物の頂点に君臨《くんりん》する竜の一族である翠竜《エメラルドドラゴン》だ。並の人間とは比べ物にならない魔力と膂力《りょりょく》を持っており、その一撃は、とても見た目から想像されるような柔《やわ》な威力ではない。

GuGyaGyaGyaGyaGyaaaaaaaaaaaaaaa!!

堅固《けんご》な鱗に身を守られた多頭毒蛇《ヒュドラ》とはいえ、その拳打蹴撃に曝《さら》されては無事ではいられず、真っ黒な鱗を貫通し、本体にダメージが蓄積されていく。

「うぉぉぉぉぉおっっ!!」

出発から今まで見物だけで我慢していた力を解き放つように、翠は目をキラキラとさせながら、その攻撃を加速させていく。

GyuGa……

幾多《いくた》の打撃を受けている多頭毒蛇《ヒュドラ》の叫び声が途絶える。あまりの猛烈な連撃に3頭の目がグルンと反転している。どうやら首を立てたまま気絶してしまったようだ。

そして多頭毒蛇《ヒュドラ》の頭がだらんと前に垂れる。

「ふふふふ。今なのだっ！　必殺っ！！！」

ドンッ!!

翠は大きく足を踏み込む。そして身体を小さく縮めた後、その反発力を使い飛び跳ねる。

「しょーりゅーげきっ‼　なのだっ！！！」

翠の大好きな必殺技、飛び上がりながらの打上拳打《アッパーカット》を放つ。目標は半分首が切れている左頭。

ドゴガッッ‼

大きな炸裂音《さくれつおん》と共に顎を打ち抜かれた多頭毒蛇《ヒュドラ》の頭が宙を舞う。半分くっついていた頭だが、翠の強力な昇竜撃により、千切れ飛んでいく。

翠はその威力のまま宙を舞う。

「ふはははははは！　なのだっ‼」

空中で嬉しそうに高笑いする翠。

GuGuGuGuGyaaaaaaaaaaa！！！

首がもげた痛みで一気に目を覚まし、絶叫を上げる多頭毒蛇《ヒュドラ》。そしてその4つの目は自分に驚異的なダメージを与えた存在を探し、無防備に宙に浮いていた翠をロックオンする。

そして多頭毒蛇《ヒュドラ》の真ん中の頭が大きく口を開ける。

「あ」

「あ」

「え⁉」

バクリ……

「え⁉」

「あ⁉」

「あぁ⁉」

ゴックン。

昇竜撃を放った後に無防備に落下してきた翠が、見事に多頭毒蛇《ヒュドラ》の大きく開けた口に吸い込まれていき、そのまま呑み込まれる。

「えぇぇぇぇぇぇぇぇ⁉」

「おいっ、ちょっ！　待て！！！」

「す、翠ちゃん⁉」

僕と父さんと母さんの驚愕の声が重なる。

………

多頭毒蛇《ヒュドラ》が僕たちの方に目を向け、満足気に首の脇についている毒腺と口から大量の瘴気を吐き出す。

「こ、このっ!!」

我に返った父さんが多頭毒蛇《ヒュドラ》を切りつける。業物《わざもの》の長剣の切れ味は鋭く、鱗を切り裂き本体にダメージを与えるが、多頭毒蛇《ヒュドラ》の膨大な生命力からすればちっぽけなダメージでしかなく、致命傷《ちめいしょう》には至らない。

「レイッ！　絶断破《アブソリュートスライサー》で!!」

「ダメだ！　翠ちゃんがどこにいるか分からない以上、纏めてぶった切っちまう!!」

母さんが悲鳴のような声で叫ぶが、父さんがそれを否定する。

「殴打系の技で吐き出させるしかっ!!」

父さんは長剣の柄を多頭毒蛇《ヒュドラ》の方に向けると、地面を蹴って接近し、肩から突っ込んでいく。

そして突進撃《ショルダータックル》をぶち込むと、続いて柄頭《つかがしら》での一撃を叩き込む。柄頭が強烈に発光していたところを見ると魔力を込めた一撃だったのだろう。

GuGuGuGyururururururu!

ダメージは入っているはずだが、多頭毒蛇《ヒュドラ》の声は余裕を感じさせる。

「こ、このっ！　翠を吐き出せ!!」

後方で控《ひか》えていた僕だが、翠を救わなければと飛び出す。僕だって学園での修練で武術の腕は上がっている。少なくとも助けにはなるはずだ！　僕の動きに反応したグランも同時に駆け出す！

「くっ!!」

接近した僕に反応した多頭毒蛇《ヒュドラ》がその長い尻尾《しっぽ》をしならせて、目にも留まらぬ一撃を僕の左側から放つ。

僕は咄嗟に小剣《ショートソード》を抜きながら迎撃するが、左側面からの攻撃なので、左腰に差していた小剣《ショートソード》は十分な速度を得られずに、弾かれてしまう。

逆に多頭毒蛇《ヒュドラ》の尻尾の一撃は十分な加速があり、そのままの勢いで僕を打つ。僕は弾き飛ばされそうになるが、何とか踏ん張って耐える。

「こ、このっ!!」

僕は目の前の尻尾に小剣《ショートソード》を振り降ろす。しかし、この小剣《ショートソード》では魔獣化した多頭毒蛇《ヒュドラ》には通用しないのか、僕の力が弱すぎるのか、小剣《ショートソード》が鱗に弾かれてしまって、全くダメージが通らない。

「やめろっ！　アル‼　逃げろ、まだお前の敵う相手じゃない‼」

「アル！　レイと母さんに任せて逃げなさい‼」

父さんと母さんの制止の声が届くが、翠が呑み込まれ、焦ってしまっている僕は、何とかしようと躍起《やっき》になってその尻尾に何度も剣を振り降ろす。

『坊主落ち着けっ‼　気を練《ね》るんだ‼　じゃなきゃその鱗は貫けねぇっ‼』

『冷静さを失っては勝てるものも勝てんぞ』

『落ち着いて魔力を練り上げるんです、少年』

３人の声も頭の中に響く。そうだった、僕の筋力だけではこんな強力な多頭毒蛇《ヒュドラ》に攻撃が通じる訳がない。そう思った瞬間だった。

Ｇｕｒｕｒｕ……

僕を一瞥した多頭毒蛇《ヒュドラ》の真ん中の頭が笑ったかのように見えた。

「え？」

僕の目の前にある尻尾が目にも留まらぬ速さで動き、あっという間に僕の身体に巻き付く。

「ぐっ！　あぁぁぁぁぁ‼」

そしてそのまま物凄い力で締め付けられる。

「「ア、アル‼」」

父さんと母さんの声が重なる。

『坊主っ!!』

『坊っ!!』

『少年っ!!』

3人の悲痛な声も重なる。

僕の危機にグランが駆け寄り、僕のフードの中に飛び込む。

「キュイー！（主《マスター》！）」

Ｇｙｕｒｕｒｕｒｕｒｕｒｕｒｕ！

「がぁぁぁぁぁっっ！」

多頭毒蛇《ヒュドラ》が勝ち誇ったような声を上げると、締め付ける力が増し、締め付けられている部位の骨がミシミシと悲鳴を上げる。そのまま多頭毒蛇《ヒュドラ》は僕の身体を、父さんと母さんに見せつけるように、頭の位置まで引き寄せる。

呑み込まれてしまった翠、尻尾に締め付けられている僕、２人とも絶体絶命《ぜったいぜつめい》な状況になってしまった。父さんと母さん、そして母さんに回復してもらったゴルドー先生が悲痛な表情で僕たちのことを見上げている。

Ｇｙｕｒａｒａｒａｒａｒａｒａｒａ!!

何も行動できない父さんたちを見た多頭毒蛇《ヒュドラ》は、僕を締め付けながら、２本の首で父さんたちを攻撃し始める。

父さんたちが防戦一方な中で、反撃を繰り出そうとすると、僕を前面に出して盾にし、動きを封じてしまう。

僕はなんて足手纏いなんだ……身体は常に締め付けられて、激痛を堪《こら》えるので精一杯な状態になっていて、僕の心は絶望で真っ黒に塗り潰されていく。

『な、何とかならんのか!?』

『この状態じゃ力任せ以外に締め付けは抜けられねぇ。気が練れれば鬼闘法で何とかなりそうだが』

『魔法もです。魔力が練れれば幾つか手はあるんですが』

僕の中の3人も必死に考えてくれている。

「気、気の練り上げ……ま、魔力の練り上げ……」

尻尾に巻き付かれる時に、かろうじて曲げられた左手を外に広げ、少しの隙間を作る。押し潰されていた肺《はい》に少し余裕を作ると、僕は集中し魔力を溜める。フードに潜んでいたグランも、その隙間に飛び込み、四肢《しし》を伸ばして隙間を広げようとしてくれる。

「ぐぎぎぎぎぎ……」

僕の抵抗に気付いた多頭毒蛇《ヒュドラ》が更に力を入れて締め付けてくる。僕はこの一瞬のチャンスを潰さないために、全身の力を左手に集中して隙間を維持《いじ》しつつ、締め付けに耐えながら魔力を集中させていく。

『これならいけるかもしれません。相手は図体《ずうたい》がいくら大きくても、その本質は蛇でしょう。となれば変温動物《へんおんどうぶつ》……』

眼鏡さんが眼鏡のブリッジをクイッと押し上げる。

『少年。魔力が練り上がったらこの算術魔法式を展開しなさい』

眼鏡さんが僕に1つの算術魔法式を授《さず》けてくれる。そして苦痛に耐えながらも魔力を練り上げ、魔力を高めていく。

僕は必死の思いで練り上げた魔力で算術魔法式を展開した。

〈エグゼキュート《実行する》　エクスパンド《拡張する》　ワンハンドレット《100倍》　スペース《空間》!!〉

ギ……ギギギギギッッッッ!!

僕の目の前の空間が悲鳴を上げる。無理やり空間が引き延ばされていき、急激な冷気が僕を襲う。

僕ごと冷気を浴《あ》びた多頭毒蛇《ヒュドラ》は体温を一気に奪われ硬直し、締め付けが止まる。

ギギギギギギッッッッ!!

空間の上げる悲鳴は更に大きくなっていき、周りの温度もそれに伴い下がり、空気中の水分が凝固し、キラキラと光る氷の結晶へと変わっていく。

「こ、これは……！　〈我らに《Party》　冷気からの《Cold》　抵抗を《Registlation》！　氷冷耐性向上《コールドレジストレイション》！〉」

母さんが周りの温度変化に反応して、咄嗟に〈氷冷耐性向上《コールドレジストレイション》〉の魔法を発動させ、視界に入っている父さん、ゴルドー先生、僕の氷冷耐性が向上する。締め付けが緩んだのを確認したグランは、僕のフードの中に飛び込み身体を丸める。

ピシッピシッピシッ……

多頭毒蛇《ヒュドラ》の表面に霜《しも》が降り、どんどん凍《こお》り付いていき、周りに浮いていた氷の結晶が集まって氷《こおり》の礫《つぶて》へと変わっていく。

そして僕の使用した算術魔法式は最終局面を迎える。

算術魔法式により強制的に拡張されていた空間が解き放たれ、その空間に一気に空気が流れ込み、氷の礫を伴う暴風となり荒れ狂う!!

周りの空気を巻き込んで立《た》ち昇《のぼ》る、氷の礫を内包する螺旋状《らせんじょう》の塔《とう》。まさに氷の竜巻が発生し、僕を中心に吹雪《ふぶき》が猛烈に吹き荒れたのだ。算術魔法式の展開と同時に〈防護障壁《セーフティーフィールド》〉が発生したおかげで僕は守られ、ある程度の冷気は防げたが、そのわずか外側にいた多頭毒蛇《ヒュドラ》は氷の竜巻の直撃を受けて、完全に凍結したようだ。

そしてその猛威が過ぎ去った後、目に映るありとあらゆるものが氷結し、氷の彫像《ちょうぞう》が乱立する世界へと変わってしまったのだった。

『名前を付けるなら〈絶冷氷嵐《コキュートス》〉ですかね?』

『……め、眼鏡ぇぇぇぇぇぇぇぇっっっ!!』

『な、何ということをしてくれたんじゃ……』

僕の中で得意気に語る眼鏡さん。筋肉さんの絶叫と、龍爺さんの溜息で僕の頭の中が塗り潰される。

完全に凍結した多頭毒蛇《ヒュドラ》は、少し力を入れるだけで、体躯がガラスのように粉々に砕けたので、僕は締め付けから解放される。

「……くっ、し、死ぬ……」

「何……これ……」

「さみぃ、夏なのに寒すぎるぞ」

身体の表面を霜に覆われた父さん、母さん、ゴルドー先生が凍《こご》えながら周りを見渡して絶句する。

「ぬおぉぉぉぉぉおっっ！　なのだっっ!!」

カチコチに氷漬けになった多頭毒蛇《ヒュドラ》の腹を突き破って、翠が無事に姿を現す。

「というか、超寒いのだっ!!　それに、どこなのだ、ここ？」

翠が身体をブルブル、歯をガチガチさせながら、周りの白銀の世界を見て首を傾げる。

「キュイッ（寒いのである）……」

僕と同様に〈防護障壁《セーフティーフィールド》〉で何とか寒さを防げたグランだが、寒いものは寒いらしく僕のフードの中で震えている。

「え、えーっと……」

『同一空間内で同一の質量のまま体積を拡張すると減圧されます。それが急激に行われた場合、周辺温度が追従できないため、断熱変化が発生します。減圧の場合は温度が下がりますので、変温動物である爬虫類《はちゅうるい》には特に効果があるでしょう。そして減圧された空間を解き放てば、周りの空気が流入し猛烈な風の流れを生みます。その結果で竜巻が発生しても、何らおかしくありませんね』

「……そういうことじゃなくて、これ、環境破壊してない？」

『そうですねぇ、想定温度マイナス200℃の風が吹き付けましたからね。脆化《ぜいか》、固化《こか》していると思いますよ。今だったら少しの力を加えるだけで全てを容易に粉砕できます』

確かに僕が抜け出した多頭毒蛇《ヒュドラ》の尻尾や、翠が飛び出してきた腹は粉々に砕かれている。

「また、やっちゃった？」

『……（コク）』

『じゃな……』

無言で頷く筋肉さんと、さっきから溜息しか出ていない龍爺さんだった。

「アル？」

「アル？」

「アルカード？」

笑みを張り付けたままやってくる、父さんと母さんとゴルドー先生。

「えっと……」

「「説明してもらうからな（ね）!!」」

「あ、はい……」

そうして真夏に氷原を作り上げた僕は、両親とゴルドー先生に説明を求められるのだった……

「体積拡張？」

「断熱変化？」

「気圧差？」

眼鏡さんの話していた内容を父さんたちに説明するが、やはり理解できないようだ。僕も理解できていないが、分かっているのは少ない魔力で、天変地異《てんぺんちい》を引き起こしたってことだけだ。

「そもそも、この真夏に視界に映る範囲全てを凍結させるなんて、いくら魔力があっても足りないはずなんだけど……」

「しかも一瞬で魔獣化した多頭毒蛇《ヒュドラ》を凍結させるほどの冷却魔法なんて、シグルスでも不可能だと思うんだが……」

「いやぁ、寒かったなぁ!!　金属鎧着けてなくて本当に良かったぞ!!　ガハハハハ」

「さ、さ、寒かったのだ……」

唖然とし続けている母さんと父さんに、あっけらかんと豪快に笑うゴルドー先生、そして涙目になっている翠。というか眼鏡さんの話を聞くと、あの冷却能力で僕たちが無事だったのが不思議だ。

『君の両親たちは氷冷耐性向上魔法、翠君は竜特有の耐性の高さに加え多頭毒蛇《ヒュドラ》の腹の中にいたから、そして少年は算術魔法式展開時の〈防護障壁《セーフティーフィールド》〉のおかげですね』

『おかげですね……ってお前、一歩間違っていたら坊主除いて全滅じゃねぇか!!』

『あのままでしたら少年が死んでましたから、どっちを取るか……という問題に最適解を導き出しただけです。とやかく言われる謂《いわ》れはありません』

またとんでもないことを言う眼鏡さんに、半ギレで詰め寄る筋肉さんだが、眼鏡さんの反応は冷ややかで断定的だ。

「とりあえず、これどうするかね？」

「これって言うのは多頭毒蛇《ヒュドラ》？　氷原？」

「氷原はどうしようもないだろ……夏だし早く溶けるのを願うのみだな」

「んだな。どうせ村の狩人《かりうど》たちもこんなところにまで足を踏み込みはしないだろうから、気付かれる可能性も少ないだろうぜ」

「そうね」

ゴルドー先生が腕を組みながら父さんたちに話しかける。

「お前の倅のとんでもない魔法で頭がそっちに持ってかれてたんだが……何でこの大陸に魔獣がいるんだ？」

「あぁ、俺も不思議に思っていたんだ。この大陸に住まう生物は人間と竜、神獣以外は魔素《まそ》を扱う器官がないはずだ」

「そうよね、魔素を扱えなければ魔獣化なんかできないでしょうし」

「まぁ、多頭毒蛇《ヒュドラ》くらいの強力な生物であれば、神獣のように進化の過程で魔素を扱う器官が生まれる可能性も無きにしも非《あら》ずだが……数匹の群《む》れの中の１匹が突発的に変異《へんい》したなら分かるが、ハグレの１匹だけが単独で変異するというのは想像しにくいな」

更にゴルドー先生が疑問を口にすると、父さんと母さんも不思議そうな顔をしながら頭を悩ませる。

「魔獣化って？」

「あぁ、アルは魔獣を見たことないから分からないよな。この大陸の外にある他の大陸では、魔獣と言われる生き物もいてな。姿かたちは普通の獣に酷似《こくじ》しているんだが、世界に満ちている魔素を取り込んで自己強化している。人間は魔素を魔力に変換し魔法を使っているが、魔素のみでも効率は悪いものの肉体の強化は可能で、魔獣は当たり前のように魔素を取り込み強化してるんだ。見かけは似ていても強さは魔獣の方が1ランクも2ランクも上になる」

「何でこの大陸に魔獣はいないの？」

「この大陸は狭い上、他の大陸からもかなり離れていて、独自の生態系を持っているの。その中に魔素で自己強化する生態に進化した獣はいなかったから、この大陸には魔獣が存在しないと考えられているわ。ただし、突然変異的に魔素を扱える獣は生まれていて、それらは神獣として崇められたりするわね。あと竜は魔素どころじゃなく魔力も呼吸をするように自由自在に扱っているのは、アルも知っての通りよ」

「じゃあ、人間ばかりで亜人種《あじんしゅ》がいないのも、そのせいなのか」

「えぇ、エルフやドワーフ、獣人種などをたまにしか見かけないのも、この大陸に渡ってきていないからよ」

僕の質問に父さんと母さんが答えてくれる。その内容に僕の中で魂魄の3人が納得したように会話をする。

『なるほど、ここは閉鎖された大陸だったのですね』

『道理でゴブリンやらコボルトやらの亜人種を見かけない訳だ』

『そんな中、竜だけがいるのも、ちょっと変な感じじゃがの』

「キュイッツキュキュ（我がいるのである）！」

仲間外れ感を感じたのか、グランが自己主張する。うんうん、グランも人の言葉が分かる希少種だけど、亜人種ではないと思うよ。

「魔素を扱うキカンって、もしかしてこれのことかー？　お腹の中に入っていて、嫌な気配がしたので壊したのだー」

父さんたちの話を聞いて、翠が粉々に砕けた真っ黒い石の破片《はへん》を見せる。

「これは……魔石《ませき》か？」

「うーん。知っているものと違うわね」

父さんと母さんがその破片を見て首を傾げる。

「多頭毒蛇《ヒュドラ》の素材は使い道が多いんだが……これじゃダメだな」

父さんが多頭毒蛇《ヒュドラ》を軽く叩くと、叩いた部分が簡単に砕け散ってしまう。強力な冷気を浴びて体組織が破壊されてしまったようだ。

「依頼達成は、俺が証人になるからいいとして、素材が確保できなかったのは残念だな」

「まぁ、みんな無事で何よりだったわ」

「確かにな。ガハハハハハ」

「ゴルドーはもう少ししっかりなさい！」

「あ、あいたっ!!」

豪快に笑うゴルドー先生の脛に、母さんが蹴りを入れると、ゴルドー先生が飛び上がって痛がる。

「じゃあ帰るか」

「おう、依頼達成《ミッションコンプリート》だな」

帰り道は特に問題なく、日暮れ前には家に着くことができた。こうして両親と一緒の初冒険を終えるのだった。

「楽しかったのだ！」

「うん。パックンされたけどね」

「……身体が臭《くさ》いのだ……」

翠の服は鱗の一部みたいなものだから、多頭毒蛇《ヒュドラ》の毒でも溶かすことができなかったようだ。だけど悪臭は服にこびり付いてしまい、家の風呂に入って綺麗に洗い流すまでは、その臭いに悩まされるのだった。


そして出発予定日までの2日間は、翠はグランを連れて、村に住んでいる僕の友達と野原を駆け回って遊んでいた。毎日泥だらけになって帰ってくる翠を見て、母さんがとても嬉しそうに世話をしていた。

「ねぇ、翠ちゃんみたいに可愛いんだったら、娘も欲しいよねぇ？」

「あ……あぁ」

「頑張っちゃう？」

「あ、いや……」

そう悪戯《いたずら》っぽく話す母さんに、父さんが狼狽えていたのが印象的だった。

よく食べ、よく遊び、母さんに可愛がられて過ごした翠は、僕の家が大層気に入ったらしく、出発前日の夜は、学園に戻りたくないと凄い駄々のこねようだった。

僕は諦めかけて、翠を残して自分だけ先に学園に戻る話をしたら、仕方ないと納得してくれた。

ずっと母さんの服の裾《すそ》を掴みながら……なんか本当に家の子みたいだったよ。

「そういや、武具の調達と製造をしてみたいなら中央大通りのゾッドの店に行くといい。ゴルドーからの紹介だといえば悪いようにはされないと思うぞ。手土産に品質の良い猛獣の素材や鉱石があると喜ぶんだがな……なければ幾らか払えば使わせてくれるだろう」

「レアな鉱石って……精霊銀鉱《エレメンティウム》とか？」

「質の良い鉄鉱石とかでも十分喜んでいたけどな」

「ゴルドー先生、ありがとうございます。行ってみます」

ゴルドー先生からは武具屋の話を聞けたので、アインツに戻ったら行ってみようと思う。

次の日の夕方、父さんと母さんに見送られて村を出て、僕と翠は村外れの空き地に向かう。

「楽しかったのだ。また来たいのだっ！」

「そうだね。今度は冬休みかな。冬は冬で楽しめることがあるから、きっと気に入るはずだよ」

「そうなのか！　今から楽しみなのだっ！」

「でも、この後もエストリアさんの家に行く楽しみがあるからね」

「リアの家も楽しみなのだ。肉もいっぱい出るって言ってたのだっ！」

「あははは。翠は本当に食べるのが好きだね」

「住処にいた時よりも、色々な食べ物があって美味しいのだ！　みんなと食べるともーっと美味しいのだ！　アルと一緒に住処を出てからは美味しくて楽しいことばかりなのだ‼」

「それは良かった。じゃあそろそろ行こうか」

来た時のように竜形態になった翠の背に荷物を載せ、グランを懐に忍ばせて、翠の背に跨る。翠は僕が体勢を整えたのを確認すると、地面を蹴って上昇し、学園に向かって翼を羽ばたかせるのだった。

第04話　鍛冶施設

夜が更《ふ》ける頃にアインツの町から少し離れた空き地へ着陸し、人形態になった翠と一緒に大きな荷物を持って町に戻る。

「ずいぶんと遅い時間だが、何かトラブルでもあったのか？」

「こんばんは。色々やっていたら遅くなってしまって……」

門番が少し詮索するように話しかけてくる。言葉を濁《にご》しつつ僕と翠は学生証を取り出して門番に見せる。

「アインツ総合学園の生徒か。その大荷物、帰省っぽいんだが、戻ってくるのが早くないか？」

「はい。また出かける用事があるので一旦戻ってきたところです」

「まぁ、あまり詮索することじゃないか……学生証に変なところはないし、通っていいぞ」

「ありがとうございます」

問題なく門をくぐり抜けると、学生寮に向かう。大通りは光結晶を利用した街灯や窓から漏れる明かりに照らされて足下まで見えるが、細い路地に入ると真っ暗だ。

光結晶は、常にほのかな光を発している水晶で、魔力を込めると、光量が増す特性がある。地方都市のアインツでは学生や冒険者が小遣い稼ぎの一環として、街灯に魔力を込める作業を行っているので、基本的には毎日灯っている。

眠そうな翠の手を引きながら、大通りに沿って学園の正面門に着いたのだが、既に閉ざされていたので、正面門から少し離れたところにある守衛室まで向かい、学生証を見せて学園の中に入る。

学園の中も主となる道は街灯からの光に照らされており、僕と翠は問題なく学園寮に到着する。

学園寮の扉を開けようとしたら、扉に鍵がかかっており開くことができない。僕は扉に付いているノッカーを叩き、金属同士がぶつかり合う甲高い音を響かせる。

「お帰りなさいませ。できればもう少し早い時間に戻られるか、事前にご連絡を頂けると助かるのですが」

「あ、すみません……」

「はい。次から気を付けて頂ければと」

すぐに反応があり、背が高く眼鏡を掛けた寮母のグレイスさんが扉を開けて出迎えてくれたが、やんわりと注意を受ける。確かに、こんな夜更けに何の連絡もなく帰ってくるのは非常識だった。寮が開いてなかったとしても文句は言えないだろう。

しかし、こんな時間にもかかわらず、グレイスさんはきちっとしたメイド服を身に着けていた。

対応してくれたのは凄くありがたいんだけど、一体いつ休んでいるのか心配になる。

僕は翠とエストリアさんが使っている部屋の前まで行き、肩に担いでいた翠の荷物を降ろす。翠は代わりに持っていた僕の荷物を差し出すと、自分の荷物を持って部屋に入っていく。

「おやすみなさいなのだ……」

「うん。おやすみ」

その様子を見ると、多分片付けとか整理はしないで寝てしまうんだろうなぁ。そう想像しながら言葉を交わすと、僕も自分の部屋に戻る。

僕は部屋に入ると自分のチェストの前に荷物を降ろす。グランは僕の肩から飛び降りると、さっさと自分の寝床に戻ってしまう。翠といい、本当に君たちは自由だね。

僕は背負い袋を開けると、荷物を取り出しチェストに片付けていく。明日ゾッドさんの店に行く時に、背負い袋を使う予定だからだ。

一通り整理できたところでグランに目を向けると、目を瞑ったまま仰向けにひっくり返り、時折お腹をポリポリと掻いている。そんな幸せそうなグランを横目に僕もベッドに身を投げ出すのだった。


アインツに戻ってからの1日目、グレイスさんが用意してくれた朝食を食べた後、僕は翠とグランと一緒に訓練施設に向かう。僕は〈物質転送《アスポート》〉したものが無事届いているかを確認し、幾つかの鉱石や素材を見繕《みつくろ》って、ゾッドさんの店に持って行くつもりだったからだ。

翠は先日の多頭毒蛇《ヒュドラ》との戦闘で思うところがあったのか、訓練施設で技の特訓をするつもりらしく、何故かグランも翠に付き合って特訓するそうだ。って一体グランは何の特訓をするのだろうか？

昼食が摂れなさそうだったので、グレイスさんに相談すると、手軽に食べられるサンドイッチを人数分用意してくれた。

†

「小僧に使わせる鍛冶場はねぇ!!」

ゴルドー先生に紹介されたゾッド武具屋に行き、鍛冶場を使わせてもらいたいとお願いしたところ、見るからに頑固《がんこ》親父っぽい店主に一蹴された。

ここは鍛冶屋も兼ねているだけあって、多種多様な武具が取り揃えられており、所狭しと並べられている。冒険者の頃からゴルドー先生も利用していた店と聞いているので、その品質は疑うまでもない。筋肉さんから見ても、普段使いする鉄／鋼製品としては問題ないらしい。

店のカウンターには鍛冶とは縁遠そうな女性従業員が控えていて、はじめに僕がその女性に鍛冶場を借りたい旨を話すと、確認しますと奥に引っ込んでいった。しばらくすると、頑固親父っぽい人が出てきて、僕の顔を見るなり、けんもほろろに断られたのだ。

確かに14歳の割に身体が小さめの僕が、鍛冶をやるように見られないのは仕方ないのかもしれない。

「あ、あのゾッドさん……ゴルドー先生からの紹介で来たのですが」

「あぁん？　お前のような小僧《こぞう》が何でゴルドーの名を知ってるんだ？　あぁ、そういやアイツ、先生なんてガラじゃねぇことしてるって言ってたな」

「僕はアルカード・ヴァルトシュタインと言います。僕の父はレイオット・ヴァルトシュタイン。ゴルドー先生とは同じパーティだったので縁があって紹介してもらったんです」

「な！　お前レイオットの息子か！　だったらゴルドーを知っててもおかしくねぇか」

「はい。あと、こういうのをお渡しすれば快く貸してくれるはずだって……」

僕は袋の中に手を入れて、そっと精霊銀鉱《エレメンティウム》の塊を取り出す。片手で持てる程度の小さな塊だが、かなりの重さで、銀色の輝きを放っている鉱石だ。

「ちょっと待て！　よく見せてみろ!!」

ゾッドさんが目の色を変えて、ひったくるようにして鉱石を受け取ると驚嘆の声を上げる。

「な、何という純度の精霊銀鉱《エレメンティウム》だ……100kg《キログラム》の原石から100g《グラム》くらい製錬できれば良いと言われているが、この塊が全て精霊銀鉱《エレメンティウム》だと？　純精霊銀鉱《エレメンティウム》5kg《キログラム》相当、これだけで金貨250枚は下らねぇ品じゃねぇか！」

受け取った精霊銀鉱《エレメンティウム》を色々な角度から確認し、本物だと確信してくれたらしい。

「それで鍛冶場を使わせてもらいたいんですが……」

「これをもらえるなら、幾らでも使って構わん！」

「えぇどうぞ、元々お渡しする予定だったので。それで、鍛冶場の使用料は幾らでしょうか？」

「使用料なんかいらねぇ！　空いていた鍛冶部屋があったはずだから、そこをいつでも好きなだけ使え！」

ゾッドさんはすんなりと使用許可をくれると、店員の女性に案内するように指示を出す。

「そ、それでは、こちらにどうぞ」

「あ、はい。お願いします」

店員の女性はゾッドさんの態度の豹変《ひょうへん》に少し戸惑いながらも案内してくれて、僕は裏口から鍛冶場の方に向かう。

「ゴルドー、何てガキを連れてきてくれたんだ……」

カウンターに残ったゾッドさんは、手に持った純精霊銀鉱《エレメンティウム》をまじまじと眺めながら1人呟くのだった。


案内された鍛冶部屋は離れの1室で、中は炉が設置されている一方の壁だけが強固なレンガで組まれているようだ。金床《かなどこ》や槌などの鍛冶に必要な道具が一通り用意されていて、窓は入口の扉側に1つだけあるシンプルな造りだ。

この部屋は使われていなかった期間があるようで、床や机にうっすらと埃《ほこり》が積もっていた。ちょっと掃除をすれば、すぐにでも使えそうだ。

「すみません。使うとは思っていなかったので、掃除が行き届いておりませんでした。申し訳ございませんが、掃除などに必要な道具はあちらの共同の納屋《なや》にしまってありますので、そちらを使って頂けますでしょうか？　また燃料の木炭《もくたん》や練習用の鉄鉱石はその横の小屋にありますので、ご自由にお使いください」

店員からそう説明を受けて、鍵を渡される。

「ありがとうございます」

「はい。では」

僕がお礼を言うと、店員は丁寧に頭を下げてから武具屋の方に戻っていく。

「じゃあ、まず掃除をするかな」

教えてもらった納屋に行き、掃除道具を見繕って持ってくる。扉と窓を開けると、魔法を発動する。以前、訓練施設を掃除する時に使った〈風嵐《ウインドストーム》〉の魔法だ。あの時の反省を生かして、出力は最低限に抑えてある。

少し強めの風が吹き付け、溜まっていた埃が開けた扉と窓から外へと吹き飛ばされる。後は吹き飛ばせなかった埃やゴミを掃除道具で掃き出したり、机や木枠を拭くだけだ。

†

「こんなものかな……」

一通り掃除をし終わった僕は、納屋の横の小屋から大量の鉄鉱石と石灰《せっかい》の粉と木炭を部屋に運び込む。

『そろそろ始めるのか？』

「うん。よろしく、筋肉さん」

『まぁ初めてだし簡単なものから感触を掴んでいこうか。しかし質の悪い鉄鉱石だな、ほとんど不純物じゃねぇか』

「練習用って言ってたし、タダだからそんなものじゃない？」

『まぁな。練習するなら逆に都合がいいか。まず、木炭を炉の奥に放り込んで着火しろ。その魔法は眼鏡が作っていたみたいだぞ』

『えぇ、龍爺さんと不本意ながら筋肉バカから精錬の話を聞き、それに適した〈加熱炉《フォージ》〉の魔法を作りました。燃料を媒体にして瞬時に着火し、高熱状態を長く維持させる魔法です。とりあえず使いやすいように0・5m《メートル》四方、1500℃、30分で展開するようにしてあります』

『お前なぁ……まぁやってみろ』

「あ……うん」

僕は言う通り木炭を10本ほど炉の奥に入れると、〈加熱炉《フォージ》〉の算術魔法式を展開し着火する。

〈加熱炉《フォージ》〉の算術魔法式は媒体が必要で、媒体の燃焼力を向上させると共に持続性を高めることができるようだ。

今回は木炭を媒体とし、木炭の限界温度までの高熱を発生させ、燃え尽きるまでの時間を長くしてくれる。

『では順序だが、鉱石から目的の素材を取り出す製錬、その塊から不純物を取り除き純粋な素材を取り出す精錬、その素材を武器に仕上げる鍛造及び鋳造だ』

「製錬、精錬、鍛造、鋳造。なんか分かりにくいね」

『まぁ言葉は分かりにくいが、工程を覚えてできるようになればいい。まず製錬だ。これは鉱石を炉に放り込んで熱すると、鉱石に含まれる様々な物質が融解《ゆうかい》される。融解の温度は物質それぞれで異なるので、融解した物質を除去することで、目的の素材を手に入れることができる。とりあえず、凹《へこ》みが手前に来るように凹型《おうがた》に木炭を配置して、その凹みに鉄鉱石を放り込んでみろ』

僕は筋肉さんの指示通りに炭掻きで木炭の位置を調整し、幾つかの鉄鉱石を木炭の囲いの中に放り込む。木炭は〈加熱炉《フォージ》〉の魔法により高熱を発生させているので、炉内の温度は１０００℃を超え始めているだろう。

激しい熱にさらされた鉄鉱石はしばらくすると赤く光り始め、表面がドロドロと融《と》け始める。

炉内はそんな高温で熱放射されており、季節が夏ということもあり、鍛冶部屋は尋常じゃない暑さになっている。

何もしなくてもダラダラと大量の汗が流れ落ち、脱水症状を起こしそうだ。

『この暑さに慣れてねぇから熱耐性の魔法を使っておいた方がいいぞ』

筋肉さんのアドバイスを受けて、熱耐性の魔法を発動する。多頭毒蛇《ヒュドラ》の時に母さんが使用した〈氷冷耐性向上《コールドレジストレイション》〉の類似魔法である〈炎熱耐性向上《ヒートレジストレイション》〉だ。これにより、暑いことには変わりないが、耐えられないほどの暑さではなくなる。

『そろそろいいだろう。それが銑鉄《せんてつ》と言って、武器に使う前段階の鉄だ。これはまだ脆《もろ》く武器なんかには使えない。こいつを武器として使えるようにするのが精錬だ』

赤く発熱している鉱石を炭掻きで手前に掻き出して、冷ましていくと黒い金属塊になる。これが銑鉄《せんてつ》らしい。

『こいつを石灰と一緒に更に熱しながら、空気を送り込むと不純物が石灰にくっついて、純粋な鉄になるんだ。大きな団扇《うちわ》で扇《あお》いだり、機械を使って空気を送り込むんだが……』

『空気などという曖昧《あいまい》なものではありません。鉄の製錬というのは、まず不純物と混ざっている3Fe2O2にCOを化学反応させて、2Fe3O4+CO2に化学反応させるのです』

「3Fe2O2？　CO？？」

急に眼鏡さんが割り込んで不可思議な言葉を使い始める。

『これは化学式というものです。世の中の現象は、こういった式で示されるのですよ。何と美しい……』

『また、恍惚とした表情をし始めたのぅ……じゃが鉄なんぞは、そのものを生成すれば、こんな工程不要なのだがのぉ』

眼鏡さんの表情を見て、龍爺さんが身も蓋もないことを言い始める。確かに魔法で生成すれば、いきなり良い鉄が作れそうだ。

『鉄のように簡単な素材だったらまだしも、他の素材を加工するにも基礎を知らないと上手くいかないでしょう。しかも素材を深く理解していなければ魔法を使う時のイメージも正確に描けないから失敗してしまいませんか？』

『まぁ、それはそうなんじゃが』

『それでですね、更に熱するとFe3O4+COが……』

『だから、そんな意味の分からない言葉で説明されても分からねぇーんだって』

『ふん、これだから未文化人は……まぁとにかく次の精錬は酸素というものを大量に送り込む必要があるのです。空気なんていう曖昧なものを物理的にパタパタ送るより、直接酸素を送り込んだ方が効率的ですよ』

『確かに坊主が一生懸命団扇でパタパタ扇ぐのもな……』

『酸素を送り込む魔法式は簡単です。〈エグゼキュート《実行する》　サプライ《供給》　オキシゲン《酸素》　ターゲット《対象》〉になります』

最終的に眼鏡さんが算術魔法式を教えてくれるので、そのまま算術魔法式を展開してみる。

〈エグゼキュート《実行する》　サプライ《供給》　オキシゲン《酸素》　ターゲット《対象》〉

カッッッッッッ！！！！

僕の魔法が発動した瞬間、とてつもない閃光が発せられる。


チュドドドドドドドドーーーーーンッッッッ！！！


そしてとんでもない爆発が発生し、強固に作られた炉側のレンガ壁以外の三方の壁が吹き飛ぶ!!

「あ、あの……」

『あぁ、酸素を生成する量が想定以上でしたね。大気には酸素が満ちているので、消費魔力は控

えめでも十分な量が生成できたはずですが、多めに魔力を使ったせいで、必要以上に生成されてしまったようです』

「こ、これは……」

『想定以上に作られた酸素が1箇所に集中したことにより圧縮。そして圧縮した酸素が燃焼を促進。一気に燃え広がって、いわゆる酸素爆発というのが起きたようです』

『お、お、お、起きたようですじゃねぇぇぇぇっっっっ！！！』

涼しい顔で説明している眼鏡さんを怒鳴りつける筋肉さん。というか、部屋の壁が吹き飛ぶほどの爆発があったのに何で僕は無事なんだろう……

『あぁ、それは算術魔法式を展開する時に発生する〈防護障壁《セーフティフィールド》〉が、術者を守るからです。だから多頭毒蛇《ヒュドラ》の時に使った〈絶冷氷嵐《コキュートス》〉でも凍傷にならなかったでしょう？　算術魔法式の安全装置として、最初から展開後の魔法式に組み込まれているんですよ』

そして、当然この爆発音は工房全体にも響いているはずで……

「な、な、な、何だこりゃぁぁぁぁぁぁっっっ!!」

あ、うん。まぁ、そうなるよね……

店主のゾッドさん及び、高弟《こうてい》と徒弟《とてい》、店員の女性含め、全員が中庭に集合し、見るも無残な姿になった離れをポカーンとした表情で眺めている。

みんなの口があんぐりと開いていて、見ているものが信じられないという顔になってしまっている。この爆発音と破壊力、どこからの何の攻撃かと思うのは当然だろう。

僕はバツの悪い表情を浮かべながら、爆散した離れの中からゾッドさんの前に進み出る。

「ご、ごめんなさいっ！」

そう言って頭を下げる。

「……」

ゾッドさんは無言のまま僕に目を向けた後、何も追及せずに爆散した離れの中に入っていく。

そして炉の中に残っていた鉄の欠片《かけら》を、火箸《ひばし》を使って拾い上げると、目を見開いて確認する。

「おいっ！」

そして、後ろを振り向き、２人の男性に向けて手招きする。手招きされた男性たちも、あまりの惨状に呆けていたが、すぐに我に返りゾッドさんの元へ走り寄る。

「なっ……これは」

「素人《しろうと》なのに……」

「えぇ⁉」

「まだ半日しか……」

「い、いや。あり得ないでしょう。俺もここまでは……」

ゾッドさんと2人の男たちが頭を突き合わせてヒソヒソと話をしたかと思うと、一斉に僕の方を向いて歩いてくる。

「これはどうやったんだ！」

ゾッドさんが手に持った鉄の欠片をぐいっと僕の鼻先に突きつける。銑鉄《せんてつ》の時は真っ黒な物体だったが、一部精錬が成功していたらしく、今は綺麗な白鋼《しらはがね》色に輝いて光を反射している。

「せ、精錬を……でもその時にちょっと失敗しちゃって……」

「どう精錬したかと聞いている!!」

「さ、酸素だけを大量に送り込んで……」

「酸素?」

「く、空気中に含まれていて、燃える力を持っている……もの……みたいな?」

「空気ではなく、その酸素っていうものだけを大量に送ることで、こんな品質の鋼ができるのか……!?」

僕に詰め寄っていたゾッドさんが一転して呆けた表情になり、鉄の欠片を見つめる。

「俺たちでも、こんな品質の精錬はできないんだ。精錬が不十分だと、作られる鋼の質も悪く、結果作られる武具の品質も悪くなる。良い鋼を精錬するのは鍛冶師の大命題なんだ」

「あぁ、白く輝いていやがる。こんな鋼で武具を作ったら、さぞかし……」

呆然としているゾッドさんに代わって2人の男性が、交互に僕に話しかける。恐らくこの2人がゾッドさんの高弟なのだろう。

「部屋をぶっ壊したのは度し難いが、この鋼の精錬ができるようになるなら帳消しだ。この鋼を作るやり方を教えろ。それでチャラにしてやる」

「え、えっと……も、もうちょっと時間をください。ま、まだ成功していないので」

不機嫌な顔をしたゾッドさんに言われ、僕は戸惑いながらも返事をする。

「分かった……また部屋をぶっ壊されてはかなわん。人払いするから共有の鍛冶場を使え」

「あ、はい」

「という訳だ、お前ら悪いが今日はここまでにしてくれ……あんな爆発に巻き込まれたくはないだろう？」

ゾッドさんが中庭に集まっていた徒弟さんたちに命令すると、彼らは一瞬不満気な顔をしたが、爆発に巻き込まれるのは勘弁と、すぐにコクコクと了承する。

そうして人払いされた共有の鍛冶場に僕とゾッドさん、そして高弟の2人だけが残る。

「眼鏡さんの魔法は僕にしか使えないし……困ったな……」

『原理は分かったので、儂の方でこの世界の魔法にしておいたぞ』

「龍爺さん！　ありがとう」

『ついでに出力も相当に弱めておいたのじゃ』

「じゃあ、試してみようか……」

共有の鍛冶場に残っていた銑鉄《せんてつ》を、火がまだ残っていた炉の中に放り込み、熱されるのを待つ。

〈大気よ《The Air》　炎を補助する糧となれ！《Fire Assist Fuel》　供給酸素《サプライオキシゲン》！〉

そして、銑鉄《せんてつ》の表面の色が変わったところで、僕が魔法を発動させると、銑鉄《せんてつ》の赤い輝きが増し、黄色、白と変わっていく。

そして魔法の効果が切れた後は色が戻っていくのを確認し、炭掻きで火の側から掻き出す。しばらく待っていると白熱していた銑鉄《せんてつ》が冷めていき、やがて白鋼《しらはがね》色に輝く金属塊となる。

『中々いい出来じゃないか？』

『綺麗なもんじゃのぅ』

『ふっ、私のアドバイスが生きていますね』

『『お前（お主）は爆発させただけだろう（じゃろう）がっ!!』』

満足気に頷く筋肉さんに龍爺さん、そしていつものごとく、全く悪気のない眼鏡さんなのであった。

「こ、これは……」

「あり得ない……」

「な……」

熱さを確認しながら白鋼色に輝く金属塊を手に取り、ゾッドさんと高弟さんに見せると、３人は驚愕の表情を浮かべる。

「こ、これで、だ、大丈夫でしょうか」

僕が恐る恐る差し出すと、ゾッドさんが震える手でそれを手に取り、高弟さんたちと一緒に様々な角度から確認する。

「なんて純度の鋼なんだ」

「この輝き、一切余計な不純物が入っていないに違いない」

「これで武具を作ったら、どれほどの……」

「で、これは何か魔法のようなものを使っていたようだが、どうやったんだ!?」

そして3人が製法について興奮気味に聞いてくる。

「えっと……精錬する時に補助魔法で効率良く熱と酸素を……」

「補助魔法……そうか、そういう使い方か！」

「確かに〈豪炎の壁《フレイムウォール》〉とかの魔法を使えば、高火力を確保できそうだ！」

「しかし、そういう魔法を鍛冶に活かすなんていう話は聞いたことがないぞ⁉」

僕の回答を聞いた3人は顔を突き合わせながら相談する。

『この世界の魔法は、意味も分からず言い伝えだけで体系化されていましたからねぇ。新しい魔法を作ることも、魔法を改良することもできていなかったので、こういった生活魔法のような補助魔法は、魂魄からの閃《ひらめ》きがない限りは存在しなかったのだと思われます』

『知らなきゃ使いようもないからな』

『生活魔法は便利なんじゃがのぅ』

僕の中の3人も顔を突き合わせて頷いている。

「それで、その魔法というのは？」

「待て待て、俺たちが聞いたところで使えるのか？」

「鍛冶を手伝ってくれる魔術士なんて聞いたことないぞ？」

「今から覚えるか？」

「魔術士の魂魄もないのに覚えられる訳ないだろう」

「うーむ」

高弟さんが僕に質問してきた矢先に、もう1人の高弟さんが反論して、皆で頭を抱える。

「どこぞかの魔術士に一時だけ手伝ってくれとか依頼してても受けてくれるか分からんし……」

「だったら冒険者の魔術士に依頼するというのはどうだ？」

「なるほど、それはいい案だ。彼らも高品質な武具は喉から手が出るほど欲しいだろうからな」

「名案だな。では早速、冒険者ギルドに依頼するとしよう」

話が纏まったようで、3人が揃って僕の方を見る。

「という訳で、依頼を受けた冒険者にその魔法を教えてやってくれ。それで離れの破壊はチャラにしてやる」

「あ、はい……」

僕は自分たちの武具を生成するまでは使わせて欲しいと言いたいところだったけど、そんなのが言い出せる雰囲気ではなかったので口を噤《つぐ》むのだった。

困ったな……

『ないなら作ればいいじゃないですか』

『だな。どっち道、ここの設備じゃ精霊銀鉱《エレメンティウム》の加工が精一杯だろうからな。それに上手くいっても二流品までしか精錬できん』

『じゃな、火力が足りないのと不純物が混入する環境じゃからな』

『となると、どこに作りましょうかね……地上だと目立つので地下にしますか』

『地下じゃと排熱とか空調の問題がありそうじゃが』

『そこら辺は機構で何とでもできますよ。あの訓練施設の地下が良いですね。使用許可も出ていますから』

『地下を掘って良いっていう許可は出ていないと思うんだが……』

そして僕は冒険者が見つかったら魔法を教えるという約束をし、武具屋を後にする。日が落ち始めていたので、訓練施設で翠とグランに合流し、寮へと戻るのだった。今日も色々ありすぎて疲れたよ。

2日目、朝早くからグランを連れて訓練施設に向かう。翠にも声を掛けたが、起きてこないのでグレイスさんに、今日は大人しくしていて欲しいと言伝《ことづて》をお願いして出てきた。

そして訓練施設の前で、僕は以前の魔力枯渇《こかつ》した時のことを思い出す。あの時も無茶やらされたなぁ……昨晩、眼鏡さんが嬉々として算術魔法を作っていたので、嫌な予感しかしない。

『大丈夫です。相当に癖の強かった魔封鉄鉱《アンティニウム》は今回使いませんから』

と言っていたが眼鏡さんの大丈夫は全く当てにならないからなぁ……

眼鏡さんに促されるまま訓練施設に入っていく、そして魔封鉄鉱《アンティニウム》で覆われた訓練部屋の隣の倉庫に入る。

『とりあえず、ここを潰しますか。とりあえず〈地掘《トンネル》〉の魔法で穴を掘ってください。後で階段を作りますが、降りやすいように下、前と交互に掘りましょう』

僕は眼鏡さんの言う通り、〈地掘《トンネル》〉の魔法で床をぶち抜き、地下に潜っていく。

〈光よ《Light》。周りを《Around》照らせ《Shine》！　灯明《トーチ》〉

すぐに暗くなってきたので〈灯明《トーチ》〉の魔法を使い、宙にフワフワ浮く発光体で灯《あか》りを確保しながら、〈地掘《トンネル》〉の魔法を使い穴を深くしていく。

〈灯明《トーチ》〉の魔法は、松明《たいまつ》の灯りより明るく、半径10ｍ《メートル》程度を照らせる発光体を作り、時間と共に光量が少しずつ低下していき、40分で半径2ｍ《メートル》に縮み、50分で完全に消失する魔法だ。

しばらく掘った後に〈詳細検索《ディティールサーチ》〉の魔法を使って現在位置を確認し、眼鏡さんが満足できる場所まで到達することができた。

〈エグゼキュート《実行する》　コンストラクション《構築する》　コンプレックスファシリティ《複合施設》〉

そして眼鏡さんが用意してくれていた算術魔法式を展開する。また大量の魔力が消費されて、目の前がクラクラし始める。頑張って耐えようとするが、だんだん意識が遠のいていき、僕はまたしても気を失うのだった。


「キュイー、キュイー（主《マスター》、主《マスター》）」

小さくて冷たいもので、頬をペシペシと触られる感覚で僕は意識を取り戻す。

どのくらい気絶していたのだろうか、気が付いた僕が上半身を起こして座ったまま周りを見渡してみると、真っ暗で何も見えない。気絶する前の〈灯明《トーチ》〉の明るさから考えると、どうやら30分以上は気絶していたらしい。そんな僕の膝にグランが手を置いている感覚がある。

「大丈夫だよ。大量に魔力を使ったけど、欠乏症《けつぼうしょう》が起きるほどまでにはなっていないみたいだから。

「それにしても暗いな……地下だから当たり前なんだけど」

僕はグランの心配を払拭《ふっしょく》するかのように呟くと、〈灯明《トーチ》〉の魔法を発動させる。

先ほどと同様に僕の掌に光の球が生まれ、フワフワと浮きながら周りを照らす。上下と左は光の球に照らされ綺麗に成形された壁が見えるが、右や奥は光が届かないようで先が全く見えないので10m《メートル》以上ありそうだ。

『ふむ、気が付きましたか。魔法式は無事展開されて施設の空間は確保されました』

『気が付きましたかって、また気絶するほど魔力吸い出してるじゃねぇか!!』

『本当に容赦ないのぅ』

『この後は内装や設備を整える必要があるのですが、動力が必要なんですよね』

相変わらず眼鏡さんは、筋肉さんや龍爺さんの突っ込みを無視しながら話を進める。

「動力？」

『えぇ、〈構築《コンストラクション》〉の算術魔法式は、予め設計しておいた図面通りに建設や空間確保や設備の生成、配線などはできるのですが、設備を使用するためには動力が必要になるのです。まぁ、学園地下にあった防御結界を張る部屋を作るのが、〈構築《コンストラクション》〉の算術魔法式ですね。そしてそれを起動するのが魔晶石の魔導具です。ですので、あの魔晶球を作りましょう。大きさはあれの5倍くらいで、埋め込む魔法陣は15層です。魔素収集、魔力変換、魔力出力に加えて、魔力蓄積、属性変換、魔力出力向上、硬度向上、自己修復、魔力結界、物理結界、人工知能、自己成長、魔力収束、自己防衛……魔力暴走の15個です』

『おい、なんか物騒《ぶっそう》なのが混じっているんだが』

『気のせいです』

眼鏡さんがピシャリと筋肉さんの発言を撥ね除ける。

「た、大変そうだ……」

『以前の方法と何ら変わらないので、大したことではありませんよ。この先の区画に大量の鉱石が保管されているので、そこから丁度良い魔晶石を探しましょう』

そう指示された僕は立ち上がり先に進む。床は綺麗に切り揃えられているが、わざと表面を粗くし滑らないようになっている。また50cm《センチメートル》角になるように細い溝《みぞ》が掘られており、床の表面に水気が溜まらないように加工されている。

眼鏡さんの示す方向へ進んでいくと、左手に長方形に切り取られた入口が見える。まだ扉などは付いていないので、〈灯明《トーチ》〉の魔法で照らしながら覗いてみると、様々な色や形をした鉱石が、天井近くまで積み上げられているのが見えた。

『複合施設《コンプレックスファシリティ》を作る際に掘り起こされた、利用価値のある鉱石です。希少価値の高い鉱石や、一般的ですが純度の高い鉱石を取り溜めておきました』

僕は大小様々な鉱石の山に驚き、声も出ない。そもそも鉱石の価値が十分に理解できていないけど、煌《きら》びやかに光を反射している鉱石の量に圧倒されてしまう。

〈詳細検索《ディティールサーチ》〉を使うと、比較的手前にあった大きめの魔晶石で十分だと分かった。

「でもこれ……凄く大きいんだけど」

指定された魔晶石は、幅1m《メートル》を超える大きさで、びくともしない。

『まぁ、3t《トン》近くありますからね、それ』

『3t《トン》か、俺が鬼闘法を使えば持てるレベルだな』

『お主のような筋肉お化けと一緒にしちゃいかんと思うんじゃがの』

『これを使うのは少し先の部屋なんですが……ここで加工して、そこに行ってから〈物質転受《アポート》〉で受け取りたいので、この部屋も〈魔法陣付与《エンチャントマジックサークル》〉し、〈有効化《アクティベート》〉しておきましょう』

普通に運ぶのは無理なので、〈物質転受《アポート》〉の魔法に頼ることにする。以前に精霊銀鉱《エレメンティウム》をアインツに送ったのが〈物質転送《アスポート》〉の魔法で、〈物質転受《アポート》〉の魔法は逆に、自分のところに引き寄せる魔法だ。実はゾッドさんに精霊銀鉱《エレメンティウム》を渡した時も、こっそりとこの〈物質転受《アポート》〉の魔法を使っていたのだ。

更衣室と倉庫を保管庫《ストレージ》にした時のように、この鉱石保管庫に魔法陣を刻み〈有効化《アクティベート》〉しておいた。

次に僕は以前のように巨大な魔晶石塊に〈研磨《ポリッシング》〉の算術魔法式を展開し、ツルツルの魔晶球に加工する。

そして〈積層型魔法陣付与《エンチャントラミネイテッドマジックサークル》〉の魔法で、魔法陣を魔晶球の中に転写する。

前回より魔晶球が大きく、魔法陣の数も多かったので、消費する魔力や集中力が必要だったけど、無事に生成することができた。

そして、台座のある部屋に向かう。左手の壁伝いに歩いて行き、幾つかの入り口を素通りして、目的の部屋に到着する。

かなり大きな部屋で、僕の出した〈灯明《トーチ》〉の魔法で照らし切れない大きさだ。学園の結界を生み出していた部屋と同様に、床にも壁にもびっしりと溝が文様《もんよう》のように刻まれている。そしてその中心には、大きな台座が設置されていた。

〈物質転受《アポート》〉

使いやすく単語化させた算術魔法式を展開し、台座の上に、先ほどの魔晶球を呼び寄せる。そして僕は魔晶球に魔力を流し込み起動する。

魔晶球の中で複雑に絡み合った魔法陣が起動し、魔晶球が周りの魔素を吸収し始める。魔晶球が発光し、台座の文様に光が流れ込み、台座から床、床から壁、壁から天井へと光が文様を伝っていく。

『これで施設は起動しました。鍛冶をするぐらいなら問題なく使えると思います。ちなみに鍛冶室は鉱石が積み上がった横にありますので、使ってみてください』

魔晶石のある動力室を出て、来た道を引き返し、鍛冶室とやらに入ってみると、そこは硬い金属の壁に覆われた部屋になっており、部屋の奥の壁に炉らしきもの一式が設置されていた。左手に扉が設置できそうな長方形の穴が空いていて、隣の鉱石が積み上がった倉庫に繋がっているようだ。

『その炉の横の水晶に魔力を流すと、炉の制御ができます。少量の魔力を流すだけで発熱する仕組みになっており、発熱には動力室で集めた魔力を使用するので、操作以外は魔力も燃料も消費することなく鍛冶することができるようになっております』

試しに鉄鉱石と石灰石を持ってきて、炉を稼働させる。すると、あっという間に鉄鉱石がドロドロになったので、〈供給酸素《サプライオキシゲン》〉の魔法で酸素を送り込む。

「もうできちゃったよ……」

あっという間に高品質の鋼が生成されてしまう。

「今日はもう疲れたので、とりあえず訓練施設の倉庫にある賢王様《ヴァイゼル》から頂いた精霊銀鉱《エレメンティウム》を、新しく作った鉱石保管庫の方に〈物質転送《アスポート》〉したらおしまいにしよう」

僕は今日の成果を確認しつつ呟くと部屋を出る。

「あ、階段になってる」

ちなみに〈地掘《トンネル》〉で掘った穴は土を固めた綺麗な階段になっていたので、簡単に訓練施設の倉庫に出られたのだった。

第05話　精霊銀鉱武器

たっぷり睡眠を取って魔力が回復した3日目は、朝から精霊銀鉱《エレメンティウム》の武器を作るため、地下施設へ向かうことにする。今日は翠とグランもついてくるようだ。

まだ数部屋しか見ていないが、相当巨大な施設になっているように思える。地下にちょっとした鍛冶場を作るだけだから大丈夫だろうと思っていたが、こんな巨大な施設になってしまった。最悪、後で埋めるとかするか……

そんなことを考えながら訓練施設の倉庫から地下施設に降りる。

「おぉぉぉぉ、なんか凄いのだ」

「キュキュィキュッキュー（相変わらず主《マスター》は凄いのである）」

新設された地下施設に翠は大興奮だ。グランも興味深げに僕の肩で鼻を鳴らしている。

起動させた地下施設は壁の溝や、所々に設置されている透明な板が発光しているため、明るさは十分確保されているようだ。

僕は鉱石倉庫に行き、前日に〈物質転送《アスポート》〉しておいた、賢王様《ヴァイゼル》からもらった精霊銀鉱《エレメンティウム》の一塊を持って鍛冶室に入る。翠とグランは真新しく見たこともないような壁や床、設備を見つける度に駆け寄って、観察していた。

『まずは道具を作らなきゃならんな。最低限、槌、金敷《かなしき》、火箸、玉箸《たまばし》当たりは必須だな』

『槌と金敷は何となく分かるが、火箸、玉箸はどういうものでしょう？』

筋肉さんが切り出すと、眼鏡さんが問う。筋肉さんの説明ではイメージが湧かないらしく、眼鏡さんは細かい形状を聞く。

『これに書いてみてはどうかの？』

龍爺さんが紙と筆を筋肉さんに渡し、筋肉さんが不慣れながらも道具の絵を描いていく。

『なるほど、火から熱せられた鉱物を取り出すのが火箸、それを押さえ付ける道具が玉箸ということですね』

眼鏡さんは納得すると、パソコンと呼んでいる道具に向かって、せわしなく指先を動かす。

『こんな感じですか？』

『なんか俺の知っているのと違う部品が付いているが、そんな感じだ』

『よし、では……』

眼鏡さんは筋肉さんにそれを見せて確認した後、再び数分間、指を躍らせる。

『少年、道具を作る算術魔法式を構築しました。Mold("item","tong1",120,20,100)ですね』

『はぇぇな、おい！』

『お主、本当に無茶苦茶じゃの……』

『一旦作られた鋼を熱して加工しやすくした後に、この算術魔法式を展開すると良いでしょう。ちなみに1番目の引数は生成する種別《カテゴリ》、２番目の引数は使う設計図の名前、３番目の引数は全長、４番目の引数は挟む部分の長さ、５番目の引数は挟む時に開ける角度になります。短縮詠唱文は〈エグゼキュート《実行する》　モールド《型成形》　アイテム《道具》　火箸〉、これを実行すると様々なパーツが形成されるので、それを組み合わせれば完成です』

眼鏡さんから算術魔法式を教えてもらい、僕は昨日試しに作った鋼を炉に入れる。操作水晶に微量の魔力を流すと、炉が反応して鋼を熱し始める。

『この算術魔法式の難点としては、柔らかいものにしか適用できないことですね。岩石などにこの魔法を使っても、成形できずに終わってしまいます』

眼鏡さんが更に注意事項を付け加える。

鋼の色が赤から橙、そして白に変わったところで僕は算術魔法式を展開する。

〈エグゼキュート《実行する》　モールド《型成形》　アイテム《道具》　火箸〉

僕の魔法により、白熱した鋼が幾つかの塊に分かれて、その塊が形を変えていく。そして変化が止まったところで炉を停止させ、炉の手前にある、幾つもの空孔や溝が彫ってある金属台の上に置く。すると白熱していた鋼の色がどんどん戻っていく。

『炉の構築の際に組み込んでおいた、熱変換効率の良い鉱石で作られた冷却板です。数千度の高温には耐えられませんが、それ以下であれば素早く自然な感じで粗熱《あらねつ》が取れます』

眼鏡さんが眼鏡ブリッジをクイッと上げながら自慢気に話す。

冷めた鋼は、先端が半円形になっている棒2本と、クルクル巻かれた鋼線、あと幾つかの小さな部品に分かれていた。

それらを眼鏡さんの指示通り組み立てると、ハサミのような形をした道具が組み上がる。先端が刃ではなく何かを掴むような形になっており、クルクル巻かれた鋼線が交差部分のあたりについている。ハサミを開く時にちょっと力がいるけど、閉じる時は勝手に閉じる仕組みになっているようだ。このクルクル巻かれた鋼線が肝《きも》らしく、眼鏡さんはその部品をバネと呼んでいた。

そして鋼を精錬しながら、同じように玉箸も作る。

「うーん。暇なのだ。あっちの部屋を見てきていいのだ?」

僕の作業を眺めていた翠がつまらなさそうに、鉱石倉庫の方を指差しながら言う。

僕は魂魄と話しながら製錬や加工をしているので夢中になっているが、端《はた》から見ると地味な作業なので、翠はつまらなくなってしまったのだろう。

鉱石倉庫にはキラキラ光っている鉱石もあり、翠は気になっていたようだ。

「いいけど、投げたり落としたりしないでね」

「分かってるのだー。グランも行くのだ！」

汗水を垂らして作業をしていた僕が答えると、翠はグランを連れて走り去っていく。

『では、精霊銀鉱《エレメンティウム》の製錬に入ろう。前にも話したが精霊銀鉱《エレメンティウム》は魔力との親和性が高く、他の希少鉱石より加工は容易だ。何故容易かというと、魔力を流す量によって反応が変わるからだ。まず製錬時は熱しながら多くの魔力を流し込む。すると他の金属は熱と共に融解し形を保てなくなるが、多くの魔力を流し込んだ精霊銀鉱《エレメンティウム》は炎への耐性が高くなるので融解しない。それを利用し、他の不純物を融解させて、こそぎ落とすんだ。かなりの高温を維持するのが難しい上に、魔力を注ぎ続ける必要があるので、腕の良い鍛冶師と魔術士が必要になる。だから、精霊銀鉱《エレメンティウム》の加工は中々に面倒なんだ』

筋肉さんは昔を振り返るようにそんな話を交えながら、加工法を教えてくれたので、僕は言う通り精霊銀鉱《エレメンティウム》を炉に入れた後、炉を操作し温度を高めていく。鋼のように鉱石は赤から橙に変わっていく。

『そろそろ１０００℃に近付いてきたな。鉱石を火箸で掴んで、魔力を注ぎながら温度を上げろ。少なくとも鉄の融点である１５００℃は超えないとダメだ。その火箸は鋼製で魔力の通りが悪いから、多めに注げよ』

火箸で鉱石を掴みロックしつつ魔力を注ぎ、空いた手で炉を操作する。これは魔力の扱いに長《た》けていないと難しい。炉の温度と魔力の量を同時に制御《コントロール》する必要がある。

火箸にバネの力で掴む機能が付いていなければ、炉の操作はもっと困難だろう。

魔力に反応したのか、橙から白に白熱していた精霊銀鉱《エレメンティウム》の芯《しん》が天色になり始める。そして精霊銀鉱《エレメンティウム》の周りに付いていた鉱石部分は融解しドロドロと零れ落ちていく。精霊銀鉱《エレメンティウム》を掴んでいる火箸も、その温度に耐えられず先の方が少しずつ融けていってしまう。

『よし取り出せ』

火箸が保つかどうか心配になりながら作業をしていたが、何とか火箸の先端部分が残っている状態で取り出すことができた。

不純物が全部融解し、全て天色に発光する鉱石のみになったように見える。そして精霊銀鉱《エレメンティウム》を冷却板の上に置くと、色の変化により熱がどんどん失われていくのが見て取れる。

冷めた精霊銀鉱《エレメンティウム》は銀色で、磨き上げられた鏡のように周りの景色を反射している。

『よしよし。上手くできたようだな。とりあえずこの方法を使えば、通常の精霊銀鉱《エレメンティウム》は製錬だけで精錬は不要だ。不純物は全部落ちてしまっているからな。まぁ精霊銀鉱《エレメンティウム》鉱石の中に青藍極鉱《アダマンタイト》や神鋼鉱《オリハルコン》が含まれていると話は別だ。こいつらは１５００℃でも融解しないから、別の方法を使う必要がある』

とりあえず、製錬だけで素材として扱えるようになるらしい。

「うん。でも、火箸がこれじゃ次が……」

僕は先端が融けてしまって使い物にならなくなった火箸を見て呟く。

『そうだな。だから今度は精霊銀鉱《エレメンティウム》で火箸を作るんだ』

「あぁ、なるほど」

『魔力伝導率も高いから、魔力を注ぐ量も鋼に比べて少なくて済むし、魔力を通せば熱耐性が上がるから、鋼のように融けない。精霊銀鉱《エレメンティウム》を加工する分には事足りるだろう』

「確かに、そうだね」

そして、再び精霊銀鉱《エレメンティウム》を熱し、先ほどと同じ要領で火箸を作る。続いて、玉箸と槌と金敷も製錬した精霊銀鉱《エレメンティウム》から作成する。

『殻付短剣《マンゴーシュ》は1kg《キログラム》、小剣《ショートソード》と細剣《レイピア》は1・5kg《キログラム》、巨大な両手剣《グレートソード》は4kg《キログラム》、斧槍《ハルバード》は穂先だけでいいんだが1・5kg《キログラム》くらい必要になるな。仲間の近接武器を考えると殻付短剣《マンゴーシュ》1本、小剣《ショートソード》2本、細剣《レイピア》1本、巨大な両手剣《グレートソード》1本、斧槍《ハルバード》1本だから、約11kg《キログラム》なので、あと10回だな』

「この作業を、後10回……」

『まぁ製錬も慣れれば早くなっていくから頑張れ』

「は、はぁ……」

そうして僕は無心で炉を操作し、精霊銀鉱《エレメンティウム》に魔力を注ぎ込み、合計11個の塊を作り上げるのだった。

「お、終わった……」

鍛冶室で大の字になって寝転ぶ僕。確かに最後の方は、流し込む魔力の調整が上手くなり進みが早くなってきたが、結構な時間、炉を操作していたのではないだろうか。

そんな疲れ果てた僕を余所に筋肉さんと眼鏡さんが話をする。

『鍛造はまだまだ難しいし、精霊銀鉱《エレメンティウム》だけの武器であれば鍛造の必要はないから、鋳造でいいんだが……』

『では、槌を作ったように魔法で成形しますか』

『だな。坊主も、もういっぱいいっぱいだろうし』

『では、完成品の形を教えてもらいましょう』

『あぁ。精霊銀鉱《エレメンティウム》の特性を生かすにはちょっとしたコツが必要だからな』

『あとは儂らが話し合っておくので、坊はゆっくり休むのじゃ』

龍爺さんはそう言うと、筋肉さんと眼鏡さんと話をし始める。

「あれ、翠とグランは？」

僕はふと気付き鉱石倉庫に向かうと、鉱石の山がかなり崩されていて、綺麗な光を放つ鉱石だけ集めた一角ができていた。

そしてその場所の中心には、翠がグランを抱えたまま丸まって寝ていた。

「翠、グラン。こんなとこで寝てちゃダメだよ」

放っておいたことを申し訳ないと思いながら、声を掛ける。

「んー。もう終わったのかー？」

翠が目を擦りながら起きて、キョロキョロと周りを見渡す。

「アル！　凄いのだ！　綺麗なのだ!!」

翠は周りに散らかった、様々な色を持った鉱石を手に取ると、次々に僕に見せる。確かに地下施設の光に照らされて、赤や青や緑に光を反射する鉱石は綺麗だった。

『ほう、紅玉石《ルビー》、蒼玉石《サファイア》、翠玉石《エメラルド》じゃな。魔導具の触媒として様々な用途に使えそうじゃな』

「とてもいいものを見つけてくれたね。翠、ありがとう」

「えへへへへ。頑張ったのだっ!!」

龍爺さんから鉱石の価値を教えてもらったので、翠の頭を撫でて褒めると、翠は嬉しそうに鼻の下を擦って、大きな笑みを浮かべる。

そして僕は翠とグランを連れて地上に出ると、日は沈みかけており、お腹を空かせて寮に戻るのだった。


4日目、いよいよ武器製作の最後の工程で、精錬した精霊銀鉱《エレメンティウム》を魔法鋳造し、鍔《つば》と柄を付ければ完成の予定だ。

魔法鋳造の作業は半日くらいだと聞いていたので、朝食を食べ終わった後に、グレイスさんにお昼の用意をお願いしてから、地下施設に向かう。

翠とグランは、今日は僕と分かれて訓練施設で秘密の特訓をするようだ。

訓練施設まで一緒に向かい、倉庫の手前で翠たちと分かれた僕は、地下施設に降りて鍛冶室に向かう。

魔法鋳造する場合も、精錬した鉱石を熱して加工しやすくするようなので、昨日精錬した精霊銀鉱《エレメンティウム》を炉で加熱し、火箸で掴んで魔力を注ぐ。

すると、精霊銀鉱《エレメンティウム》の色は赤から橙、白と変化していき、やがて天色に輝く。

〈エグゼキュート《実行する》 モールド《型成形》 ウェポン《武器》 ショートソード《小剣》〉

昨日、火箸などを作った算術魔法式を展開する。形が違うだけで火箸を成形した時と作業内容は変わらないから、魔法式もほとんど同じだ。

炉で熱された精霊銀鉱《エレメンティウム》が細長く形を変えていき、やがて刃渡り60cm《センチメートル》、全長75cm《センチメートル》の大きさの剣に姿を変える。

変化が落ち着いたところで、冷却板に載せ、冷ましていくと、天色だった色が銀色へと戻っていく。

『無事できたようですね』

『あぁ、想像していた通りの形だな』

「鍔とか柄は……」

『本当は木や、動物の牙などを削り出して作りたいんだが、素材も時間もないから、武具屋に頼んで、とりあえずありものでも付けてもらったらどうだ？』

『あと、きちんと成形はされているので、それなりの切れ味はあるとは思いますが、きちんと研《と》いで調整してもらった方が良いかと』

「なるほど……じゃあ、まずは他の武器も作っちゃうね」

そして僕は、もう1本の小剣《ショートソード》、殻付短剣《マンゴーシュ》、細剣《レイピア》、巨大な両手剣《グレートソード》と斧槍《ハルバード》の斧と槍の部分を生成する。

最後の工程は熱して魔法式を展開するだけだったので、昼頃には作業を終えることができた。

出来上がった武器を布に包んで鉱石保管庫に並べ、〈物質転受《アポート》〉の魔法で取り出せるようにしてから、地下施設を出る。

訓練施設で翠とグランに合流して学園寮に戻る。高温を扱う鍛冶作業で汗をかいていたので、手早く風呂に入り汗を流す。

風呂から出た僕は、翠とグランと一緒にグレイスさんの用意してくれた昼食を摂る。そして午後は武器の仕上げをお願いするために、ゾッドさんの武具屋兼鍛冶屋に向かうのだった。

†

「おぉ、丁度いいところに！」

僕が武具屋さんを訪れると、冒険者風の2人が店主のゾッドさんと話していた。僕が来店したのを見つけたゾッドさんが手招きする。

「こちらが協力してくれそうな冒険者さんたちだ」

「話にあった新しい魔法を使うというのは、この少年のことか？」

「そうだ。少年でも使える魔法だから、冒険者として活動している君たちなら容易に使えると思うのだ」

ゾッドさんが僕を紹介すると、冒険者さんが胡乱気《うろんげ》な視線で僕を見る。1人は金属製の部分鎧を着ていて腰に長剣を佩《は》いた、見るからに戦士風の男の人。もう1人は身長ほどもある大きな杖を持った魔術士風の男の人だった。

「まぁ、特殊な魂魄を授かったのなら可能性がないこともないだろうけど……」

魔術士の人がそう零して、横目で僕を見る。

「ここで立ち話してても埒《らち》が明かないだろう。鍛冶場に行って実際見てもらった方が早い」

「それもそうだな。魔法を使って支援するだけで報酬をもらえて、なおかつ高品質の武具を優先して購入させてくれるという依頼だ。あまり多くは言うまい」

戦士の人も納得したみたいで、ゾッドさんと一緒に鍛冶場に移動する。僕は何となく居心地の悪い雰囲気に萎縮してしまう。

「キュイッ！　キュキュキュイィッ‼（何だこいつらは？　主《マスター》に対し無礼であるぞ）」

僕の肩に乗っているグランが抗議の声を上げるが、僕は子供なので仕方ないんだよとその頭を撫でて落ち着かせる。

今回は共有の鍛冶場ではなく、高弟さんの使っている個室の鍛冶場に通される。そこには製錬だけ済ませた銑鉄《せんてつ》の塊が用意されていた。

「とりあえずやってみてくれ」

「分かりました」

ゾッドさんからの指示を受けて、既に火を焚いてある炉に銑鉄《せんてつ》の塊を入れる。しばらくすると銑《せん》鉄《てつ》が熱を帯びて赤く輝き始める。そして全体が赤く輝いたところで、酸素供給の魔法を発動させる。

〈大気《The Aier》よ　炎《Fire》を補助《Assist》する糧《Fuel》となれ！　供給酸素《サプライオキシゲン》！〉

僕の魔法が発動すると、先日と同様に銑鉄《せんてつ》の赤い輝きが増し、黄色、白と色が変わっていく。

「あとは冷めるのを待つだけです」

「な、何だ？　その魔法⁉　見たことも聞いたこともないぞ！」

僕の発動させた魔法に魔術士の人が、目を見開いて素っ頓狂な声を上げる。そりゃ僕の中の魂魄たちが作ったオリジナル魔法だから初耳だろう。そして胡散臭《うさんくさ》いものを見るような視線を送られながら、しばらく待っていると、高品質の鋼の延べ棒《スティールインゴット》が生成される。

「子供でもできるんだから、お前なら簡単だろう？」

戦士の人が、次はお前の番だと魔術士の人に声を掛ける。

「馬鹿言うな。魔法というのは明確なイメージを持った上で正しく詠唱文《スペル》を唱えなければ、まともな効果など期待できないんだ。見てみろ、この鋼の延べ棒《スティールインゴット》」

魔術士の人は首を振りながら、鋼の延べ棒《スティールインゴット》を指差す。

「子供にもできるのに……はぁ？　何だこりゃ⁉　鏡みたいに顔が映ってんぞ！　名工が精錬したといわれる鋼の延べ棒《スティールインゴット》を見たことはあるが、こんな綺麗じゃなく、もっと曇《くも》っていたぞ？」

不可思議そうな表情を浮かべた戦士の人が鋼の延べ棒《スティールインゴット》を見て驚愕する。

「こんなのを作る魔法なんて明確にイメージできんぞ……」

魔術士の人が頭を抱える。

「その鋼の延べ棒《スティールインゴット》が大量に作れれば、武具の品質も一気に上げられるのだ。やってみてくれ」

「わ、分かったよ……」

ゾッドさんが期待した眼差しで魔術士の人を促すと、魔術士の人は渋々といった表情で魔法を試みる。

「少年、確認な。The Air Fire Assist Fuel Supply Oxgen で良いんだな？」

魔術士の人は、僕の詠唱を1度聞いただけで詠唱文《スペル》を覚えてしまったようだ。やはり本当の魔術士は凄いんだなぁと感心しながら、こくこくと頷く。

そして先ほどと同じように、銑鉄《せんてつ》の塊を炉に入れて、十分に熱されるのを待つ。

魔術士の人が僕と同じタイミングで詠唱文《スペル》を唱える。

〈The Air Fire Assist Fuel Supply Oxgen !!〉

「何も起こらんぞ」

「何も起こらないな」

「だから、無理だって言っただろう……」

ゾッドさんと戦士の人に白い目で見られて、魔術士の人は溜息を吐きながら答える。

「魔術士は魔法を唱えれば、魔法が使えるんじゃないのか！」

ゾッドさんが声を荒らげる。

「それだけで使えるなら、世の中の魔術士は全ての魔法を使いこなせているよ」

「そこは、こう魔力の扱いでゴニョゴニョとするんじゃないのか？」

「いや、まぁ、そういうのもあるんだけどな……さっきも言った通り、明確なイメージと正しい詠唱文《スペル》が必要なんだよ。この場合、詠唱文《スペル》は少年が使ったのを聞いて使ったから、そんなに間違ってはいないだろうが、俺の中に明確なイメージがないから発動しないんだ」

「じゃあ、彼にイメージを聞けばいいんじゃないか？」

戦士の人が顎で僕を指し示すと、魔術士の人がこちらを向いたので、イメージを伝えてみる。

「えっと、酸素という要素が空気の中に20％くらい含まれていて、酸素は他の物質の燃焼を助ける要素があるので、それをぎゅっと圧縮して流し込んで燃焼を助ける……みたいな？」

「はぁ？」

眼鏡さんから受けた説明をそのまま伝えてみたが、何言ってるんだこいつという目で見られてしまう。

『それに、文節《ワード》の意味も理解していないから、発動する訳がないです。アシストという文節《ワード》が補助《Assist》を意味していることを知らなければ、ただの空気を震わせる音でしかありませんから』

僕の説明を聞いた眼鏡さんから更なる突っ込みが入る。

『まぁ、少年の仲間の髪で目を隠した女の子だったら、きちんと説明すれば使えると思いますが、この世界の間違った教科書通りにしか、魔法を使ってこなかった者には対応は難しいでしょう』

キーナさんだったら使えるってことか。眼鏡さんも認めているってキーナさんは凄いな。

「炎の魔法の延長線上だろうからできると思って、この依頼を受けたが、少年と同じことを要求されても難しい。悪いが、依頼は破棄《キャンセル》させて頂く」

「お、おい。違約金が……」

「できないんだから仕方ないだろう。それとも何か？　俺がこの少年に弟子入りして、この魔法を学ぶまで、仕事をやめても良いのか？」

「い、いや……それは困る……分かった」

冒険者の2人はそうやり取りすると、ゾッドさんに頭を下げて帰ろうとする。

「ちょ、ちょっと待ってくれ」

「申し訳ない。この埋め合わせはどこかでさせてもらう」

ゾッドさんが引き留めようとするが、2人は足早に立ち去ってしまった。

「ど、どうしたらいいんだ……そ、そうだ！　金なら出すから君が作ってくれ！」

がっくりと項垂《うなだ》れていたゾッドさんが、ばっと僕の方を向くと肩を掴んで揺すってくる。

「え？　えぇ!?」

「最初は少しでいい！　そうだな、週に鍛冶師が1本の完成品を作るとして、儂と高弟2人の3人で月に12本。1本に必要な量は平均2㎏《キログラム》として……とりあえず毎月24㎏《キログラム》もあれば十分じゃわい！」

ゾッドさんは僕の肩をユサユサと揺らしながら唾を飛ばす。

『24㎏《キログラム》だったら大した量ではないですし、学園の仲間と小遣い稼ぎがてらやればいいんじゃないですか？』

確かに昨日1日で11㎏《キログラム》の精霊銀鉱《エレメンティウム》を加工したし、鋼の方が、あれよりは楽だからな。ゴルドー先生も使っている店みたいだし、今後も頼みたいことも出てくるだろうし、受けてもいいかな。

「あ、はい。僕で良ければ……」

「おぉぉぉぉ！　ありがとう！　助かる!!」

ゾッドさんは僕の手を握ると、ぶんぶんと縦に振る。僕はその勢いに呑まれてガクンガクンと身体が揺れる。

「で、その代わりと言ったら何ですが……」

「ん？　儂にできることなら何でもやるぞ!!」

「これに装具を付けてもらって、刃を研いでもらいたいんですが」

「装具って言うと、鍔と柄、あと鞘《さや》か？」

「えぇそうです」

そう言って僕は袋の中から、ごそごそと探すふりをして、午前中に成形し布に包んでおいた小剣《ショートソード》のタングを持って取り出す。どう見ても袋に入れられる大きさではなく、こっそり〈物質転受《アポート》〉の魔法を使っているのだが。

ちなみにタングとは、刃と柄を固定させるための目釘穴が開けられた、武器を手で持つ部位のことだ。

「な、なんじゃぁぁぁぁぁぁ!?」

ゾッドさんは、取り出されたものを見ると、目を見開いて絶叫する。どうやら〈物質転受《アポート》〉の魔法で取り出したことには気付かれなかったようだ。

「お、おま、お前!!」

「は、はい」

「この輝き！　この質感！　銀じゃねぇな!!　精霊銀鉱《エレメンティウム》か!!」

僕から見ると銀にしか見えないんだけどな……

「どう作ったか、どう加工したか気になるが！　まずはこれの研ぎと装飾だな。分かったやってやる。鋼の方が一段落したら、精霊銀鉱《エレメンティウム》の方も聞くからな!!　全く楽しくなってきやがったぜ!!」

「あの、料金は……」

「あぁ、前回もらった精霊銀鉱《エレメンティウム》やらなんやらで、ぶっ壊した部屋の再建費入れてもおつりが出てるから気にするな」

「ありがとうございます。ではこれも……」

ただでやってくれるらしいので、僕は袋から布に包まれた武器を次々と取り出して並べる。

取り出された、もう1本の小剣《ショートソード》、殻付短剣《マンゴーシュ》、細剣《レイピア》、巨大な両手剣《グレートソード》と斧槍《ハルバード》の斧と槍の部分を、ゾッドさんが1つひとつ確認していく。

「お、お前なぁ……流石に金取るぞ？」

「い、幾らでしょうか？」

「とりあえず鋼の精錬費用から差っ引いとくから、ちゃんと頼むな」

「あ、はい。じゃあとりあえず、ここにある銑鉄《せんてつ》の塊を処理しておきましょうか？」

「お？　それはありがたい。是非頼むわ。あとタングの部分が特徴的なんだが、この部分は柄の表に出して、手で触れられるようにすればいいのか？」

普通の武器のタングは、留め具を嵌める目釘穴が数個開いているだけなんだけど、今回の武器全般は、そこに2枚の板が並んで出っ張っており、柄を付けても手に持った時に掌が金属部分に触れられるようにしている。なので柄には溝を彫ってもらい、この板を通す必要がある。

何故このような造りになっているかというと、精霊銀鉱《エレメンティウム》は魔力を通すと高い熱耐性を持ち、更に硬化する特性があるので、その特性を生かすために直接精霊銀鉱《エレメンティウム》を手で触れられるようにする必要があるのだ。

「はい。そのようにお願いします」

熟練の鍛冶師であるゾッドさんは、その形だけで、特殊形状の役割を理解したらしい。やっぱりその道で熟達している人は凄いんだなぁ。

ゾッドさんは3日後に取りに来るように言い残すと、僕の作った武器を持って自分の工房に戻っていく。部屋に残された僕は、用意されていた銑鉄《せんてつ》の塊を炉に放り込んで、鋼の延べ棒《スティールインゴット》を精錬するのだった。

武器ができるまでの間にクラスメイトたちが続々と寮に帰ってきたので、みんなと一緒に魔法の新規習得と習熟、物理攻撃の訓練をしたり、鍛冶屋でのバイトの件を伝えたり、息抜きがてら町にお出かけなどをしながら、充実した毎日を送る。

地下施設の件は言い出すタイミングが計れなかったので、伝えられなかった。

†

「あぁ君ね。こっちよ」

3日後の夕方に僕が店に行くと、店員の女性が倉庫に案内してくれる。倉庫には僕の預けた武器が並べてあったので、まずは僕のものであろう小剣《ショートソード》を観察する。

一目見ただけで、質の良い木と革と金具で拵《こしら》えてくれたのが分かる。

「おう、来たか」

僕が小剣《ショートソード》の出来具合をじっくりと確認していると、ゾッドさんが倉庫に現れる。

「なんか凄く立派なんですが……」

「この武器の価値を考えたら、これでも安っぽく見えるくらいだ」

「ありがとうございます」

小剣《ショートソード》を手に取って柄を握ってみると、手触りも太さも良好でとても握りやすい。注文通り、柄のスリットからタングの金属部分が露出しており、軽く持っている時は触れないが、少し握り込むとタングに触れて、金属特有のヒンヤリとした感触を掌に感じる。この握り込まないと触れないようにする粋《いき》な調整は熟練の鍛冶師ならではと思う。

そのまま鞘から抜くと、シャランと金属が震えるような音がして精霊銀鉱《エレメンティウム》の刃が現れる。成形した時点でも相当な輝きだったが、熟練の鍛冶師が研ぎ澄ました刃は引き込まれるように美しかった。

「じゃあ、ちょっと……」

僕はそう言うと、魔力を掌から放出する。刃と繋がっているタングを通じて、僕の魔力が鍔元の方へと注がれていく。

「おぉぉぉぉぉ……美しい」

鍔元から刀身へと、徐々に透き通るような天色に染まっていくのを見たゾッドさんが、感嘆の声を漏らす。

「ありがとうございます。素晴らしい装具です」

先端まで透き通るような天色に染まったのを確認してから、僕は剣を鞘に納めて、お礼を言う。

「あと、鋼精錬の料金だが、金貨10枚だな」

「え？　多すぎじゃないですか？」

「これでも少ないくらいなんだよ。お前さんが精錬した鋼は、本来1kg《キログラム》の鉄から50g《グラム》くらいしか取れない品質以上のものだ。となると価値は少なくとも鉄の20倍。1kg《キログラム》当たり銀貨100枚の価値だ。それを10kg《キログラム》分製錬してもらったから10倍の銀貨1000枚だ。銀貨1000枚なぞ持ってられないだろうから金貨に両替して10枚になる」

「なるほど」

「まぁ鉄の小剣《ショートソード》は通常で銀貨20枚くらいだが、この高品質の鋼製なら、10倍の銀貨200枚以上で売れて、10本で銀貨2000枚、つまりは金貨20枚で売れる想定だから、こちらの損にはならない。で、装具の料金が金貨5枚だ。それを差し引いた額が、今回渡す報酬になる。1番金を食ったのは斧槍《ハルバード》の柄だったな。とりあえず強度としなやかさのバランスが良さそうな鋼を使っておいたぞ」

ゾッドさんがそう説明しながら、カウンターに金貨を5枚置く。僕はその説明に頷きながら金貨を受け取る。

「えっと、狩猟用の弓と矢、あと弩《クロスボウ》の矢が欲しいんですが、どれが良いですか？」

僕は受け取ったお金で、すぐさまクラスメイトの弓と矢、弩《クロスボウ》の矢を購入するのだった。

第06話　ヒルデガルド州への移動

そして出発当日の朝、予定時間通りに学園の校門前に行くと、エストリアさんの家族が手配した馬車が2台到着していた。

夏も本番になっており、非常に暑い日が続いている。出発する今日も例外ではなく、みんなに薄手のものや、手足が露出した私服を着ているようだ。

それぞれの馬車は幌《ほろ》が付いており、1台に8人くらいは乗れそうだ。御者《ぎょしゃ》さんはそれぞれに付いていて、前の馬車には護衛として雇われた戦士系2人と斥候1人、魔術士1人の冒険者さんたちが乗るようだ。

僕たちは後ろの馬車に乗るようだったが、人数と荷物が多く、スペースに余裕がなかったので、荷物の一部は前の馬車にも積み込ませてもらった。移動も含め13日分の長旅になるので1人ひとりの荷物は多くて、特に女性陣は猶更《なおさら》だ。

「何で、そんなに荷物が多いんだ?」

「女の子は何かと色々入り用なの!」

オスローの疑問に、エストリアさんが怒りを露わにするシーンもあった。

「そもそも貴方たちも鎧とか武器とか物々しいわね。遊びに行くようには見えないわよ」

「森に入って狩りでもしようと思っているからな。道中も何があるか分からないし」

街道は整備されていて安全性が高いルートだが、盗賊や猛獣などが出ないとは限らないので最低限自分の身を守る必要があると、僕やオスローは考えている。

荷物を全て積み込み終えて、冒険者さんと僕たちはそれぞれ馬車に乗り込む。馬車の中は両側に長い椅子があり、自然と男女が分かれて向かい合わせになるように座った。そして全員の用意が整ったことを御者さんが確認すると、エストリアさんの実家があるヒルデガルド州に向けて馬車を発車させる。

馬車はアインツを出ると北西に伸びる街道を進む。馬車で大体1日進むことができる距離の場所には宿場町があり、基本的に野営は不要だ。

また今回はエストリアさんのお父さんが宿場町の宿を手配してくれているので、宿の心配もなく、僕たちは気兼ねなく旅を楽しむことができる。

1日目の宿場町までの街道は人通りが多く、治安も良い状態なので順調に進んでいく。

みんなと一緒の旅行で、はじめは嬉しさではしゃいでいた翠も、変わらない風景が続き、暇を持て余し始める。そんな翠を見たイーリスさんが夏休み前半の行商で行った周辺の街の話をすると、翠は目をキラキラさせながらイーリスさんの話に聞き入っていた。イーリスさんの独特のイントネーションからの軽快な語り口は、翠だけでなく馬車にいた僕たち全員が聞き入ってしまうほどだ。

のんびりとした移動で時折休憩や食事を挟みながら、何事もなく夕方には1日目の宿場町に到着する。

この宿場町は冒険者が多く、町の中では多くの冒険者を見かけることができた。この先の2日目の宿場町は3つの州へ分岐《ぶんき》する地点に作られており、人が3方向に分散する。そのため、2日目の宿場町を過ぎると、人通りがぐっと減り、盗賊や猛獣と遭遇する確率が上がる。それで2日目以降の護衛の仕事にありつくために、1日目と2日目の宿場町は冒険者で賑わっているのだ。

宿に着き馬車を預けると、護衛をしていた冒険者さんたちは冒険者ギルドが運営している酒場に繰り出し、僕たちは男女別々の4人部屋をあてがわれたので、それぞれの部屋に分かれて一息つくのだった。

しかし馬車で長時間揺られたせいか、身体の節々が固まってしまったようで、身体を動かしてリフレッシュしたくなる。

「お、ちょっと外行くか？」

オスローも同じ気持ちだったようで、申し合わせたように誘ってくれたので一緒に宿屋の中庭を借りて、型や組み手を行う。

「ずっとグランを膝に乗せてもらって悪かったね」

「あぁ、大丈夫だぜ。毛ざわりいいしな、暑いけど。ただ、ずっと膝の上で寝られてたから、ちょっと身体が凝《こ》っちまったなぁ」

肩をグルグル回したり、屈伸したりして、2人共身体の筋を伸ばす。

「道中暇すぎてたまらないぜ」

そして準備が整ったところで、オスローが軽口を叩きながら上段蹴りを繰り出す。

「馬車に乗っているだけだしね」

僕は会話しながら、左手で受けて、そのまま軸足を払う。

「でもなぁ……あと4日も馬車に乗りっぱなしだからなぁ」

オスローは飛び上がりながら逆に回転して、後ろ回し蹴りを放ちながらぼやく。

「確かに暇は暇なんだけどさ。そういやキーナは宿題で出てた〝魔法を1つ習得しておく〟っていうのをやっていたから楽しそうだったよ」

身体を後ろに反《そ》らして蹴りを見切って、無防備な背中に掌底を叩き込む。オスローは左手で掌底を受け止めると、そのまま僕の手首を極《き》めて投げを打つ。

「そういやそんな宿題もあったな。確かに魔法の習得なら馬車の中でもできそうだ」

「明日はそうしてみる？」

僕は自ら飛んで極められた関節を解き、着地と同時に上段蹴りを放つ。すると、オスローは左手でブロックした。

「あ、貴方たちね……何て高度な攻防をしながら、当たり前のように雑談してるのよ？」

いつの間にかエストリアさんたちが中庭に降りてきて、オスローと僕の攻防を観察していたらしい。

「走りながら話しているようなもんだろ？」

オスローが何気なく答えると、エストリアさんは、こめかみを押さえながら溜息を吐く。

「……まぁいいわ。私たちはこれから露店でも見て回ろうと思うんだけど」

「アルとオスローも一緒するのだっ！」

エストリアさんの後に翠が元気良く姿を現したので、散歩がてら付き合うことにする。

宿場町の中央通りには噴水がある広場があり、その周辺に色々な露店が出ていた。食べ物だけではなく、小物なども多く売っているようだ。とはいえアインツからそんなに離れていないので、珍しいものは少ないように感じる。

翠は小物より、串焼きの方に興味があるみたいで、そちらをしきりに気にしていた。仕方なく串焼きを買ってあげると、翠は喜んで食べたのだが、一瞬で食べつくしてしまい悲しそうな顔をする。

「美味しいけど、ぜんぜん足りないのだ……」

「宿に戻れば夕食があるから、我慢しないとダメだよ」

そう言って諌《いさ》めるがあまりに寂しそうな顔をするので、ついもう1本買ってあげてしまう。何かペットに餌付《えづ》けしているようだ。

女の子たちは小物の露店を吟味《ぎんみ》しながら回っていたが、特にめぼしいものも見つからなかったようなので、宿に帰って夕食にする。

慣れない馬車での移動で少し疲れていた僕たちは、夕食後はそれぞれの部屋に戻って早めに休むのだった。


2日目の朝、いつもの習慣でまだ暗いうちに目が覚めたが、訓練ができる環境ではないので、ベッドで横になりながら算術魔法式を展開してみる。

〈エグゼキュート《実行する》　ディティールサーチ《詳細検索》　ワイドマップ《広域地図》　エネミー《敵性生物》〉

僕の右目に周辺地図と様々な点が投影される。この辺は緑色の点で敵性のない生物が多いようだが、分岐点となる町の先には橙色の点が多く見られる。

橙色の点は、僕に対して現在は明確な敵性はないが、近付くとこちらを標的とするような敵性生物を指す。やはり3日目以降は少し警戒した方が良さそうだ。

日が昇る頃になると、みんなも目が覚めてモゾモゾと動き始める。僕はベッドから降りると、グランを連れて中庭の井戸に向かい、冷たい水で顔を洗う。

みんなが揃ってから朝食を食べ、部屋から荷物を持って外に出ると、既に馬車の準備は整っており護衛の冒険者さんたちも待機していた。僕たちが馬車に乗り込むと、馬車は2つ目の宿場町に向けて出発する。

昨日の話通り、僕とオスローは馬車の中で宿題の1つである魔法の習得を試みる。事象の具現化の訓練としては、その場にないものを魔力で具現化する訓練が適当で、以前僕も石を作る魔法を龍爺さんに色々教えてもらいながら習得したものだ。

空気中には石の素材となる物質が存在しないため、具現化するためには魔力を使って明確なイメージを基に物質を作り出す必要がある。

炎や風などは決まった形や材質がある訳ではないので、イメージがしやすく具現化も比較的容易《たやす》い。だが一方で、氷や石などは、明確な物質を作り出さなければならないので失敗しやすい。

僕が参考までに掌に収まるくらいの石を作り出すと、オスローはその石を見ながらイメージを固めて具現化にチャレンジする。最初は上手くいかないが、根気良く続けていると、2つ目の宿場町へ到着する頃には、何とか小石を作り出すことに成功していた。

宿場町から北西に進めばヒルデガルド州。北に進むとギリアムやツァーリという上級生の実家があるヨルムガルド州、南西に進むとアインルウムの首都であるロイエンガルド州へ進める。

分岐点に位置するこの宿場町は３つの地方からの道が交わるだけあって、人が多く活気に溢れていた。市場も開かれており、屋台も多く、美味しそうな匂いが漂ってくる。

この町でもエストリアさんのお父さんが予め用意しておいてくれた宿に宿泊する。翠は屋台で何かを買って食べたがっていたが、宿に着くとすぐに夕食が準備されていたので、屋台での間食は取りやめる。ごねる翠には、帰り道の時に余裕があったら寄ることを約束して断念させた。


３日目は、宿屋の前から馬車に乗り込み、ヒルデガルド方面の西門から出て、そのまま道なりに北西へと進んでいく。高地が多くを占《し》める地方だけに、少しずつ上り坂が多くなり、周りの木々も少しずつ様変わりしていく。標高が上がったせいか暑さも穏やかになってきた気がする。

３方向に分岐したこともあり、この道を進む馬車や人は少なく、前後を見ても人影が見えないほど、道行く人がまばらになっていく。

左右に深い森が広がる道を進んでいくが、特段何も起こらずに３つ目の宿場町に到着する。

３日目の宿場町は、ここに来るまでの人通りが示すように、２日目に比べて小さい規模の宿場町になっている。市場もないようなので、僕たちは宿屋の中で時間を潰していた。

酒場も少なかったので、冒険者さんたちと一緒に夕食を摂ることになる。

その席では、景色を眺めるだけの道中に飽きて、つまらなそうにしている翠のために、カイゼルが冒険者さんたちに話を持ち掛けた。

その内容は、明日の馬車移動では誰かがこちらの馬車に乗り込んで、冒険の話をしてくれないかというお願いだ。

最初は護衛任務の都合で断っていた冒険者さんたちだったが、瞳をウルウルさせた美少女《スイ》のお願いを了承してくれて、戦士風の冒険者さん1人がこちらの馬車に乗り込み、話を聞かせてくれることになった。


4日目の出発の時には、約束通り戦士風の冒険者さん1人が、ちょっと狭いけどこちらの馬車に乗ってくれる。

あまり話が得意ではなさそうだったけど、人間を襲う木や、硬い鱗を持つ蜥蜴《とかげ》、人食い熊、山賊《さんぞく》討伐の話などを、実体験を踏まえて僕たちに話してくれた。

普段耳にすることのない話題に、僕たちも聞き入り、様々な質問をしていたら、あっという間に時間が流れていった。

物語とは違って現実味《リアリティ》溢れる話に、翠は楽しそうに、目を輝かせて聞いていたので大満足だったようだ。

冒険者さんの話を聞きながら移動し、暇を持て余すことなく4日目の宿場町に到着する。エストリアさんの家への馬車の旅も残すところ、あと1日だ。

4日目の宿場町は、3日目の宿場町同様に小さい規模だった。とはいえ、既にヒルデガルドの領地に入っており、ヒルデガルドの名を冠《かん》する家から紹介された客として宿泊したので、とても丁寧に対応してもらえた。

夕食の席で、翠のお願いを聞いてくれた冒険者さんに改めてお礼を伝え、僕たちは部屋に戻り、それぞれ時間を潰してから休んだ。


5日目は最後の移動日になり、今日中にはエストリアさんの実家に着く予定で、空を見上げると雲一つない快晴だった。これから向かうエストリアさんの実家は、ここより標高が高いようなので、今日の移動は更に坂道が多くなるらしい。

急な勾配《こうばい》が多い地形なので、適宜、馬を休ませたり昼食を摂ったりしながら進んでいく。特に山賊や猛獣に襲われることもなく無事に、エストリアさんの実家の近くまで来ることができた。

「この坂を越えたら家が見えるはずよ」

エストリアさんが声を弾ませながら言うので、僕たちも馬車の前方に集まって、幌の隙間から御者さん越しに先を見る。

道の左右には木々が生えており、目の前の上り坂の向こうには雲一つない青空が広がっている。だが、薄く細長い何かが立ち昇っているように見える。

「あれ？　何か煙のようなものが見える気がするんだけど……」

「確かにうっすらとだが見えるな」

僕がそう呟き指差すと、みんなが僕の指差した方を注視してカイゼルが同意する。

「しょ、食事の用意している……からじゃない？」

「いや、食事の煙くらいだと、この距離では見えないと思うが」

エストリアさんが不安を振り払うように言葉を発すると、冷静なウォルトがそれを否定する。

そして僕たちは御者さんに急いでもらうようにお願いし、馬車の速度を上げて、前の冒険者さんの馬車に続いて坂道を上り切る。

「あぁっ!!　い、家が燃えてる!!」

坂道を上り切った先、まだ小さくしか見えないが、大きな湖の脇にある大きな屋敷が見えた。屋敷の上を何だか判らないが小さな影が旋回《せんかい》しており、屋敷の離れの1棟《むね》から火の手が上がっているように見え、エストリアさんが悲痛な声を漏らす。

「御者さん！　急いで!!」

エストリアさんが切羽詰まった声でお願いすると、御者さんが手綱《たづな》を振るい、馬車は全力で走り始める。

既に勾配のきつい上り坂は終わり、逆に緩やかな下り坂になっており、その道を馬車はできうる限りの速度で駆け抜けていく。

近付いていくにつれて、空飛ぶ影が少しずつはっきりと見えてくる。

「んー。アレは飛竜《ワイバーン》みたいなのだ」

一番前にいた翠が目の上に庇《ひさし》を作って確認する。

「鱗が赤いから多分、灼熱飛竜《フレアワイバーン》なのだ」

「灼熱飛竜《フレアワイバーン》!? 確かにここら辺の山奥に生息してるかもって言われていたけど」

「だとすると、何かがおかしいのだ。灼熱飛竜《フレアワイバーン》は棲家《すみか》の山からはあまり離れない習性のはずなのだ」

その灼熱飛竜《フレアワイバーン》は何かを探るように、エストリアさんの実家の上空を旋回している。

馬車が屋敷に近付いていくと、灼熱飛竜《フレアワイバーン》のサイズもどんどん大きくなっていく。頭から尻尾の先まで10m《メートル》はあろうかという巨体で、僕たちを視界に入れると喉を鳴らして威嚇する。

伝え聞いている話での強さとしては、実家で戦った3つ首の多頭毒蛇《ヒュドラ》と飛竜《ワイバーン》は同等くらいだ。とはいえ、あの多頭毒蛇《ヒュドラ》は魔石により魔獣化しており、こちらの灼熱飛竜《フレアワイバーン》は火属性を身に宿した1ランク上の飛竜《ワイバーン》なので、比較は難しいが同等に近しい強さがあるだろう。

先を走っていた冒険者さんの馬車が速度を緩めたので、僕たちの馬車との距離が詰まっていく。

「俺たちが受けた依頼は君たち学生の護衛だ。飛竜《ワイバーン》は危険すぎる相手で、Dランクの俺たちじゃ敵わない。ほとぼりが冷めるまで様子を見ようと思う」

速度を緩めた馬車の中からリーダーらしき冒険者が、僕たちの身の安全を考えて対応方法を持ち掛けてきた。

「ダメよっ！　家が、家族が!!　急がないと」

しかしエストリアさんはその方針を断る。

「あー、あの襲われている家だが、あの家はヒルデガルド家で、依頼主はあの家にいるはずだ」

「マ、本気《マジ》かよ」

「行かないという選択肢はなくなったな。万が一の事態になったら依頼料がもらえん」

「でも相手は飛竜《ワイバーン》ですよ？　どうしようって言うんですか」

カイゼルが一言告げると、冒険者さんの日和見《ひよりみ》的な意見が切り替わるが、それでも強敵相手には変わりなく、腹が決まらないようだ。

「もういいっ！　御者さん、急いで!!」

「え、でも……」

「危なくならない程度の距離まででいいからっ！」

待ち切れなくなったエストリアさんは、鬼気迫《ききせま》る表情で僕たちの乗る馬車の御者さんを急《せ》き立《た》てる。御者さんは気迫に押され、危険が及ばない距離までならばと、馬車の速度を上げてくれる。

「あ、ちょ、ちょっと!!」

「護衛対象に先行させて何かあったら問題になる！」

「あぁ、もう!!」

僕たちの馬車が追い抜いて走り出したので、冒険者さんの馬車も追走し始める。

「みんな手伝ってくれる？」

「手伝うのだっ！」

「まかせとき！」

「もちろん、手伝わせてもらうよ」

「仲間の家族の危機だ。当然だな」

「頼まれなくてもやるぜ」

「……わ、私も」

「うん。エストリアさんの家族を守るためだもんね」

僕たちはエストリアさんのお願いに力強く応じる。

「じゃあ、これとこれと……」

僕は袋の中に手を突っ込み取り出すふりをしながら、〈物質転受《アポート》〉の魔法で作成した武器を取り出し、みんなに渡していく。

「ありがと……ん？」

「アル、サンキュー……ん？」

「悪いな……ん？」

「ありがとう、アル君……？」

各自の武器を受け取ったみんなが違和感を覚える。

「えっと、これ……」

「急がないと」

「あ、うん」

エストリアさんは何かを言いかけたが、一刻を争う状況なので装備を急がせる。

ギャアオオオオッ!!

灼熱飛竜《フレアワイバーン》の大きな咆哮《ハウル》が耳に入ると、馬車の進む勢いが止まる。

「ダメでさ。馬が怯《おび》えちまって」

御者さんが馬車の中にいる僕たちに、申し訳なさそうな顔でこれ以上進めないと告げてくる。

「分かったわ。ここまでありがとう！」

エストリアさんはそう言うと馬車から飛び出していく。

「こっから先は走るしかあるまい」

「だな」

「競走なのだーっ！」

「よっしゃ、行くぜ！」

カイゼル、ウォルト、翠、オスローも馬車から降りて走り出す。

「しゃぁない走りまっか」

「は、走るのは、得意、じゃないですけど」

弩《クロスボウ》を受け取ったイーリスさんと杖《スタッフ》を抱えたキーナさんも後に続く。

みんなに武器を渡し終えた僕も、自分の武器を〈物質転受《アポート》〉すると、小手だけはめてみんなを追いかける。

「おいおい、学生たちが飛び出したぞ」

「俺たちが遅れる訳にはいかんだろ！」

「手綱を貸してくれ」

魔術士さんが怯えている馬に何らかの魔法を掛け、リーダーさんが御者さんを避難させると、斥候さんが手綱を操り馬車が走り始める。

馬車はエストリアさんを追い越し、真っ先に灼熱飛竜《フレアワイバーン》の射程圏内《しゃていけんない》に入っていく。

「空中にいては手が出せねぇ、頼む」

「仕方ないですね……距離が遠くて上手くいかないかもですが……」

冒険者さんたちが馬車を降り、リーダーさんに頼まれた魔術士さんが魔法を発動させ、風の刃を灼熱飛竜《フレアワイバーン》に向けて投擲《とうてき》する。

風の刃は上空を旋回している灼熱飛竜《フレアワイバーン》に見事命中したが、大したダメージは与えられなかったように見える。

しかし攻撃されたことに気付いた灼熱飛竜《フレアワイバーン》は、こちらに目を向けると、大きな吼え声で威嚇し、こちらに体躯を向ける。

「突撃が来るぞ！　みんな身構えろ!!」

灼熱飛竜《フレアワイバーン》は一気に加速しながら、こちらに突っ込んでくる。リーダーさんが声を上げると、冒険者さんたちは対衝撃の構えを取る。

灼熱飛竜《フレアワイバーン》が冒険者さんたちの頭を掠《かす》るように突撃し、その勢いで発生した強烈な突風に煽られ、冒険者さんたちは馬車ごと吹き飛ばされてしまう。

何とか馬車から這い出した冒険者さんたちの側に灼熱飛竜《フレアワイバーン》が降り立つと、まだ戦闘態勢を取れていない冒険者さんたちに巨大な咆哮《ハウル》を浴びせかける！

ギャアオオオオオッ!!

その咆哮《ハウル》を聞いた冒険者さんたちは、ガタガタ震え始めると、口から泡を吹いて気絶してしまう。

僕が多頭毒蛇《ヒュドラ》から受けた威圧の咆哮《ハウル》と同じだろう。

まだ、距離の離れていた僕たちは、咆哮《ハウル》の影響を受けずに、そのまま灼熱飛竜《フレアワイバーン》のいる戦場に突入する。

〈水よ《Warter》！　彼の敵を《Target》　撃て《Shoot》!!　水の礫《ウォーターボルト》!!〉

エストリアさんが〈水の礫《ウォーターボルト》〉を発動する。確かに灼熱飛竜《フレアワイバーン》は水属性が弱点っぽいけど……

優位属性の〈水の礫《ウォーターボルト》〉だが、灼熱飛竜《フレアワイバーン》の魔法耐性の高さにより鱗で弾けて消える。

そこに1本の矢が飛来し灼熱飛竜《フレアワイバーン》に当たるが、これも鱗に弾かれてしまいダメージにならない。

「やはり、私の力程度ではダメか。エストリア嬢《じょう》！　灼熱飛竜《フレアワイバーン》は飛竜《ワイバーン》より魔法耐性が高いはずだ。魔法を使うなら、もう少し強力な魔法を使いたまえ！」

狩猟弓《ハンターボウ》で矢を放ったカイゼルがエストリアさんに向かって叫ぶ。

「うぉぉぉぉぉっっ!!」

そこに走り込んできたウォルトが、灼熱飛竜《フレアワイバーン》に巨大な両手剣《グレートソード》を一閃《いっせん》させる。

だが、灼熱飛竜《フレアワイバーン》は、強く羽ばたいて宙に浮き、その一撃を躱《かわ》すと、更に上空に飛び上がっていく。

「くっ、また飛び上がったか。灼熱飛竜《フレアワイバーン》の前足は退化しているが、鋭い牙と強靭な尻尾、それと火属性の竜吼《ドラゴンブレス》が主な攻撃手段になると聞いたことがある。空から竜吼《ドラゴンブレス》を吐かれ続けると不利になるので、翼を攻撃して地面に落とさないとどうにもならん」

「ウチの弩《クロスボウ》と、キーナはんの魔法の出番やな」

「うむ。イーリス嬢とキーナ嬢が灼熱飛竜《フレアワイバーン》を地上に落としたら、オスロー君と翠嬢、ウォルトで更なる攻撃を行《おこな》い制圧する形にしよう。あぁ、アル君はあまり変なことをしないように。エストリア嬢の家の近くで天災を起こされてはたまらんからな」

みんなが追いつくとテキパキとカイゼルが指示を出す。

「護衛の冒険者たちは……とりあえず何とかする余裕はないので寝ていてもらおう」

上空を警戒しながら、泡を吹いて気絶している冒険者さんをチラリと見たカイゼルが言う。

上空を飛んでいる灼熱飛竜《フレアワイバーン》は、依然として僕たちの動きをうかがっている。

エストリアさんの家の方を見ると建物は3つあり、その内の1棟が燃えているが、もう2棟に目立った損傷はないようだ。燃えていない方に家族がいれば良いのだけど。

「おかしいのだ。灼熱飛竜《フレアワイバーン》が本気だったら、この程度の被害で済まないはずなのだ」

『確かにのぅ。あの手の竜じゃったら、あの程度の家、一瞬で燃やし尽くせるじゃろう』

翠が首を傾げながら口にした疑問を、龍爺さんは肯定する。

「さっきは何か探しとるように見えたわ。せやけど、今はこっちを警戒しとるようやね」

「そうだな。空から竜吼《ドラゴンブレス》を連射されたら、あっという間に全滅してもおかしくはない」

イーリスさんの呟きにカイゼルが頷く。静観して放置できる状況ではないので、僕たちは警戒を強めながら戦いやすそうな地形に誘導し、灼熱飛竜《フレアワイバーン》を迎え撃とうとする。

「イーリス嬢は援護射撃で灼熱飛竜《フレアワイバーン》の意識をこっちに！　意識が逸《そ》れたらエストリア嬢は家族の安《あん》否《ぴ》を！」

「承知や！」

「わ、分かったわ！」

平らな草原に移動したところでカイゼルは攻撃開始の合図をし、まずはイーリスさんが灼熱飛竜《フレアワイバーン》に弩《クロスボウ》を放つ。エストリアさんは、灼熱飛竜《フレアワイバーン》の動きを確認しながら、僕たちの陣から少しずつ離れていく。

弩《クロスボウ》の矢は、僕たちの隙をうかがうように上空を旋回している灼熱飛竜《フレアワイバーン》の腹の部分に命中する。先ほどと同様に硬い鱗に弾かれてダメージは通らなかったようだが、灼熱飛竜《フレアワイバーン》は鬱陶《うっとう》しそうな眼差しを僕たちに向ける。

そしてこちらに狙いを定めて突撃する素振りを見せた灼熱飛竜《フレアワイバーン》に向けて、キーナさんが杖《スタッフ》を眼前に突き出しながら魔法を発動させる。

〈烈風よ《Burst》！　彼の敵を《Target》　嵐の渦で《storm》　切り裂け《Slash》!!　烈風の嵐《バーストストーム》!!〉

キーナさんが発動させた風属性の中級魔法が、上空にいる灼熱飛竜《フレアワイバーン》を嵐の渦で捕らえ、風の刃で切り裂いていく。

〈烈風の嵐《バーストストーム》〉は以前に、僕が訓練施設を掃除する時に使った〈風嵐《ウインドストーム》〉の攻撃性を高めた中級魔法で、猛烈な旋風を起こして空気の断層を発生させ、その断層から生まれる真空の刃で敵を切り裂く魔法だ。

キーナさんは暇があれば訓練施設に籠《こも》って、僕に様々な魔法を聞いて訓練していた。僕は請われるまま、眼鏡さんと龍爺さんの知識を基に、この世界に適応させた魔法を教えたので、キーナさんの正しい魔法理解と習得数は僕に次いでいる。

風属性には強い耐性を持つはずの灼熱飛竜《フレアワイバーン》であったが、キーナさんの魔法の威力はその耐性を上回ったようで、胴体部の鱗だけではなく、翼にもダメージを負わせる。

翼が傷付いた灼熱飛竜《フレアワイバーン》は飛行の維持が困難になり、バランスを失い墜落してくる。

ここで隙をうかがっていたエストリアさんが、屋敷に向かって駆け出す。僕たちは灼熱飛竜《フレアワイバーン》の意識がエストリアさんに向かないように、落下予想地点に駆け寄る。

地面に向かって墜落してきた灼熱飛竜《フレアワイバーン》だが、地上に激突する前に何とか傷付いた翼を羽ばたかせ、減速して降り立つ。

翼を傷付けられた灼熱飛竜《フレアワイバーン》は、息を吸い込み頭を大きくもたげる。

「咆哮《ハウル》が来るぞ！　気を強く持て!!」

グギャアアアアオォオォオッッッ!!

冒険者さんたちを恐慌させた咆哮《ハウル》が放たれる。だが、カイゼルの指揮《しき》により身構えていた僕たちは、誰１人恐慌することなく耐え抜く。

「ウォルト！　オスロー君！　接敵!!」

カイゼルが叫ぶと、その声に反応するようにウォルトが飛び出し、伸ばした首筋目掛けて巨大な両手剣《グレートソード》を振り降ろす。

ガシュウゥッッッ!!

巨大な両手剣《グレートソード》の重厚な一閃は、硬い鱗の数枚を切り裂き、本体を傷付ける。

「危ねぇな！　初見でやられてたら、ビビッてたぜ!!」

オスローも灼熱飛竜《フレアワイバーン》に接敵すると、胴体部に遠心力を加えた斧槍《ハルバード》の一撃を放ち、鱗の数枚を切り裂く。

「ぐっ。想像以上に硬いぞ。コイツ!!」

オスローが斧槍《ハルバード》の柄を握り直して、追撃を入れようとするが、灼熱飛竜《フレアワイバーン》は大きく首を振り、接敵していたオスローとウォルトを纏めて薙ぎ払う。

次の攻撃態勢に入っていた2人は、躱せずに直撃を受け、数m《メートル》吹っ飛ばされてしまう。しかし受け身を取ってすぐに立ち上がろうとしているところを見ると、咄嗟にそれぞれの武器で防御をしたようだ。

距離が開いたのを見計らったのか、灼熱飛竜《フレアワイバーン》は頭を大きく仰け反らせ口元に魔力を収束させていく。

「マズイ！　竜吼《ドラゴンブレス》が来るぞ!!」

その魔力の高まりを感じたカイゼルが切羽詰まった声を上げる。

そして灼熱飛竜《フレアワイバーン》は首を勢い良く振り降ろしながら、口腔に溜め込んだ炎の魔力を放出しようとする!!

「そうはさせないのだっ！」

ずっと飛び出すのを我慢していた翠が、ここぞとばかりに飛び出した。翠は姿が霞《かす》むほどの速度で懐に入り込むと、灼熱飛竜《フレアワイバーン》の顎を目掛けて跳躍打上拳打《ジャンプアッパーカット》を放つ。

「しょーりゅーげきっ!!　なのだっっ!!」

翠の拳は、あり得ない打撃音を響かせながら灼熱飛竜《フレアワイバーン》の頭を吹き飛ばし、溜めていた炎の魔力は、一条の線となり虚空《こくう》へ放たれる。

そのまま翠は宙に浮いた身体を水平方向に回転させ、回し蹴りを首筋に放つ。

ボグゥウッツッ！！！

鱗に覆われた首が翠の脚の形にへこみ、堪え切れず灼熱飛竜《フレアワイバーン》は土煙を立てながら地面に倒れ込む。

「危なかった。竜吼《ドラゴンブレス》を食らってたら全滅してたかもしれん。翠嬢感謝する」

カイゼルが冷や汗を拭って軽く頭を下げた。

翠の攻撃を食らった灼熱飛竜《フレアワイバーン》はヨロヨロと起き上がると、弱々しく甲高い声を一声上げる。

『何か訳ありのようじゃの。言語形態が違うからはっきりとは分からんが……できれば話を聞いてやった方がいいと思うんじゃが』

龍爺さんが僕の中で呟く。僕も灼熱飛竜《フレアワイバーン》の行動に疑問を感じていたので同意する。しかし話を聞こうにも、向こうは殺《や》る気に満ちているので、鎮静化《ちんせいか》する必要がある。

「キーナさん。僕が動きを止めるから、拘束の魔法で動きを封じてくれるかな？」

僕と一緒に戦況を見守っていたキーナさんが頷くのを確認すると、灼熱飛竜《フレアワイバーン》に向け駆け出す。

灼熱飛竜《フレアワイバーン》は、新たに近付いてくる僕を目で捉えると、翠も巻き込むように身体を反転して、勢いをつけた尻尾による薙ぎ払いを見舞ってくる。

『伏せろ!!』

「のぅわっ」

地面すれすれに放たれた尻尾は、僕が飛び上がって躱そうとするのを想定してか、途中から上に跳ね上がる。尻尾を避けようと飛び上がっていた翠は、跳ね上がってきた尻尾の直撃を受け、素っ頓狂な声を上げながら吹っ飛ばされてしまう。僕は筋肉さんの助言により地面に伏せて尻尾の一撃を躱し、そのまま起き上がり様《ざま》に懐に入る。硬い鱗に覆われた尻尾が目の前まで迫ってきていたので、伏せて躱すのはかなり怖かったけど。

そして僕は左手に魔法を付与《エンチャント》する。今回は灼熱飛竜《フレアワイバーン》の動きを封じるのが目的なので、麻痺《まひ》させれば十分だ。

〈雷霆付与《サンダーエンチャント》〉

中級雷魔法を発動して、僕は灼熱飛竜《フレアワイバーン》の耐性を超えるために左手に強力な雷属性の魔力を付与させる。入学試験の日にエストリアさんの弟のヘンリー君を助けた時に使った〈気絶付与《スタンエンチャント》〉の上位魔法だ。

「雷霆衝《らいていしょう》‼」

そして、僕はそのまま左足で大きく地面を踏み込み、その力を損なわないように、小手で包まれた左手の掌を開きながら斜め上に突き出す！

雷属性の魔力を帯びた掌底が灼熱飛竜《フレアワイバーン》の胴体にめり込み、放射状に雷が解き放たれる。

ドゴゥッッッ！！！

バシュッッ！　バシュッッ！　バシュッッウウウウッッッッ‼

「キーナさん！」

〈大地《Earth》よ！　彼の敵《Target》を　戒めの鎖《Chain》で　束縛《Bind》せよ!!　土鎖の束縛《アースチェインバインド》!!〉

流れるようにキーナさんから土属性の拘束魔法が放たれ、大地の鎖が灼熱飛竜《フレアワイバーン》の首、翼、足、尻尾を絡めとり身動きを封じる。

†

一方、その頃私――エストリアは、家族の安否を確認するために敷地内を走っていた。

灼熱飛竜《フレアワイバーン》から意識が逸れるのを待っていた私は、キーナの魔法で灼熱飛竜《フレアワイバーン》が傷を負って落下したのを見て、屋敷に向かって走り出した。離れから煙が上がっているのは気になるけど、あちらは来客向けの建屋なので、家族はいないはず。

私は門をくぐり本棟の屋敷に向かう。そこには本来綺麗に手入れされた庭園が広がっているはずだったのだが、灼熱飛竜《フレアワイバーン》の突撃により木々は薙ぎ倒され、草花は踏み荒らされていた。また竜吼《ドラゴンブレス》を受けたと思われるところは、焼け焦げている。

小さい頃の大事な思い出が詰まった庭への郷愁《きょうしゅう》の想いに浸《ひた》る暇もなく、私は庭園を走り抜けて本棟に辿り着くと、本棟の入り口にある大きな扉を開ける。

「お父様！　お母様！　ヘンリー!!」

私が家族の名前を呼びながら扉を開けると、いつものロビーが目に入ってくる。荒らされた様子はないが、いつも出迎えてくれるメイドもおらず、誰の反応もない。

ロビーに隣接する応接室や食堂なども、家族の名前を呼びながら開けていくが、反応はない。食器や茶器が片付けられていないところを見ると、慌てて避難した様子が見られる。

「となると……地下室ね」

ロビーには、緊急事態になった時に避難できるように地下室へと続く階段がある。私は一縷《いちる》の希望を持って、ロビーの奥にある壁一面に並んだ本棚へ駆け寄って確認すると、端の本棚が少しずれているのに気が付く。逸る気持ちを抑えながら本棚をスライドし、地下へと続く隠し階段を確認する。

足早に階段を下りていった先に、頑丈な鉄製の扉が見える。扉は中から鍵が掛かる構造になっていて、中に誰もいなければ簡単に開くはずだ。私は取っ手を捻《ひね》って奥に押し込もうとするが、何かに引っかかって扉が開かない。やはり鍵が掛かっているようだ。

「お父様！　お母様！　ヘンリー‼　私よ！　リアよ‼」

扉を叩きながら、大きな声を出して家族を呼ぶ。

「リア……なのか？」

扉の向こうから、微《かす》かにお父様の声が聞こえる。

「そうよ。助けに来たから、ここを開けて頂戴！」

私がそう告げると、ガチャリと鍵が外れて扉が開く。

「おぉ、エストリア。よく無事で」

お父様とお母様が少し疲れた顔で出迎えてくれる。

「お姉ちゃん！　お姉ちゃん!!」

ヘンリーが両親の間をすり抜けて私に抱きついてくる。

「私たちが来たからもう大丈夫。飛竜《ワイバーン》くらいあっという間に倒しちゃうんだから」

私はヘンリーの頭を撫でながら安心させるように笑顔で語り掛ける。

「大丈夫、なのか？　飛竜《ワイバーン》とはいえ、灼熱飛竜《フレアワイバーン》はA級冒険者でなければ相手できないほどの難敵と聞いているが」

「私の仲間たちは強いから大丈夫なはずよ。それよりここにいる方が危ないわ。家が崩落したら閉じ込められてしまうから」

両親は私の言葉に頷くと、一緒に地下室を出る。

「表では、まだ仲間たちが戦っていると思うから、裏口から避難しましょう」

両親と裏口へ向かいながら、どうしてこうなってしまったかを聞く。

「リアが今日の夕方に到着すると聞いていたので、朝から準備をしていたのだ。そして昼を迎えた頃、大きな何かの叫び声が聞こえたので、外に出てみると、この辺にはまずやってこないはずの灼熱飛竜《フレアワイバーン》が屋敷の上を旋回していてな。どうしたものかと呆然としていたら、離れの方に竜吼《ドラゴンブレス》を吐かれたのだ」

お父様は何でこうなってしまったのかと首を捻りながら私に説明をする。

「離れには昨日から冒険者が泊まっていたはずなので、確認に行ってみたら、竜吼《ドラゴンブレス》の直撃で大半が破壊されて火の手が上がっていたのだ。心配になって冒険者に呼びかけてみたのだが反応がなくて、私たちが住んでいる本棟の方に同じように竜吼《ドラゴンブレス》を撃たれたら一巻の終わりだと考え、一番安全だと思われる地下室に逃げ込んだのだ」

「冒険者？　泊めてあげたら襲われた？　怪しいわね……」

私は訝《いぶか》し気に眉をひそめながら、裏口の扉を開く。

「っっ!!」

私は殺気を感じて身体を横に投げ出す。一筋の銀閃が走り、私の首があったであろう空間を裂く。

「お父様！　扉を閉めて!!」

私が切羽詰まった声を上げると、お父様はもたもたしながらも扉を閉める。

キンッ！　キンッ！　キンッ！

私目掛けて、迫りくる幾つもの銀閃を、地面を転がりながら躱していく。銀閃が途切れたタイミングで、私は跳ね起きると攻撃してきた者を確認する。

裏口で待ち構えていたのは、革鎧を着た男が1人と金属製の胸鎧《ブレストプレート》を着た男が1人の合計2人組だった。革鎧の男が投剣《スローイングダガー》を持っているところを見ると、銀閃はその男が放った投剣《スローイングダガー》らしい。

胸鎧《ブレストプレート》を着た男は肩から大きな布を吊り下げていて、その布は何か丸いようなものが入って膨れていた。

「昨日から泊まっていた冒険者って貴方たちね」

私は小剣《ショートソード》と殻付短剣《マンゴーシュ》を鞘から抜いて構えながら聞く。

「ちょろいもんだよなぁ、田舎《いなか》の貴族って言うのはよ。猛獣退治に来て迷って困っていると言えば、すぐ泊めてくれるんだからな。自分たちを罠に嵌めて殺そうっていう輩《やから》をなぁ」

革鎧の男が嗜虐的《しぎゃくてき》な笑みを浮かべて、手に持った投剣《スローイングダガー》を弄《もてあそ》びながら楽しそうに言う。

「あと、お前のような別嬪《べっぴん》さんを用意してくれるとは中々旨いボーナスがある仕事じゃねぇか。気が利《き》いてるってお前も思わないかよぉ？　こんなど田舎くんだりまで来たんだ。とりあえず、四肢《しし》を刻んで動けなくしたところを、たっぷりと楽しませてもらうとするよぉ」

目に剣呑《けんのん》な光を宿し、投剣《スローイングダガー》に舌を這《は》わせながら革鎧の男は攻撃姿勢を取る。私は、そのおぞましい欲望を向けられて背中から冷たい汗が流れ落ちる。自分が負ければ家族の身にも危険が迫る現実に、気持ちを持ち直して剣を構える。

相手は2人。でも1人は大きな布で包まれた何かを抱えていて、剣を構える素振りもない。油断はできないが、まずは1人だけ相手にすれば良さそうだ。

誰からの刺客《しかく》かは判らないが、話している内容を踏まえると、こちらの実力は正確に伝わっていない様子だ。となると、ワザと隙を見せたところを一撃で制圧するのが上策かな。

革鎧の男は投剣《スローイングダガー》を持った右手を内側に折りたたみ、右肩をこちらに突き出した半身の姿勢を取る。私は右足を前に、右手の小剣《ショートソード》を正眼に構え、左手の殻付短剣《マンゴーシュ》を中腰に構える。

革鎧の男の手が一瞬動くと、二筋の銀閃が私の左肩・右肩に伸びてくる。1投で正確に左右の肩口を狙ってくるとは、相当に腕の良い冒険者のようだ。しかし、急所を狙ってこないのは分かっていたので、剣筋を予測した私は右肩へ投擲された投剣《スローイングダガー》を小剣《ショートソード》で弾き、左肩へ投擲された投剣《スローイングダガー》は身体をずらして避ける。

「キャァッ！」

私が当たってもいないのにワザとバランスを崩した体《てい》で尻餅《しりもち》をつくと、革鎧の男はニヤリと舌なめずりをしながら距離を縮めてくる。そして腕を数回振るって投剣《スローイングダガー》を投擲し、私の身体に当たらないギリギリの場所にキッチリと着弾させ、私を追い詰めてくる。私は顔をかばうように右手と左手を交差させ、怖がっているような仕草を装《よそお》う。

「そうそう！　そうやって大人しくしてれば、いい思いさせてやるからよぉ……」

革鎧の男は厭《いや》らしい笑みを浮かべながら無防備に近付いてくる。私は怖がるふりをしながら、相手が間合いに入るのを待つ。そして、私まで後1歩というところで、私は小声で唱えていた魔法を発動させる。

〈地の壁《アースウォール》!!〉

革鎧の男の真下でいきなり地面が隆起し、その股間を痛打しながら、空中に吹っ飛ばす。

「ぐえっ！」

蛙《かえる》を踏み潰した時のような呻《うめ》き声を上げた革鎧の男は、股間を押さえて地面を転がり悶絶《もんぜつ》する。そして私が恨みを込めて股間を思いっ切り蹴り飛ばすと、革鎧の男は白目を剥《む》きながら泡を吹いて気絶してしまう。

「小娘と侮《あなど》って油断するからそうなる……小物めが」

金属製の胸鎧《ブレストプレート》を着ていた男が、布に包まれていたものを地面に降ろすと、背中から両手剣《クレイモア》を抜き油断なく構える。

「お前たちに恨みがある訳ではないが、仕事なのでな」

胸鎧《ブレストプレート》の男は、さっきの革鎧の男と違って油断も隙もないように見える。冒険者としての実力が高そうな立ち振る舞いだ。

「どうしてこんなことをするの？　その包みは何？　最後に少しの疑問に答えてくれるくらいいいでしょう？」

理解できないことだらけだったので、私はダメ元だが問いかけてみる。

胸鎧《ブレストプレート》の男は、上段に構えながら少し思案すると、一旦両手剣《クレイモア》を降ろす。

「まぁいいだろう。本来は依頼内容を明かさないものだが、ここで息絶えるお前には話しても問題は起こらんだろう。冥途《めいど》の土産《みやげ》というやつだ。とあるクライアントから、今日のこのタイミングでエストリア・フォン・ヒルデガルドの実家を焼き払えという依頼を受けた。大っぴらに動くと問題になるから人以外の何かの襲撃に見せかけてとの条件でな。ちなみにその布の中身は灼熱飛竜《フレアワイバーン》の卵だ」

私の質問に、あっさりと胸鎧《ブレストプレート》の男が答える。

「な、なんてことを！　竜とはいえ命を何だと思ってるの!!」

「所詮《しょせん》は人間以外の生物だ。いずれ駆除《くじょ》しなければならない生物を有効活用してやろうっていうんだ。問題なぞある訳もないだろうが」

自分の家の焼き討ちよりも灼熱飛竜《フレアワイバーン》に対する仕打ちや、それを全く気にも留めない男に憤りを覚える。そして何故灼熱飛竜《フレアワイバーン》が実家を襲っていたかの理由も分かる。盗まれた卵を取り戻しに来ていたのだ。

「貴方たちは許せないわね」

私はフツフツと沸《わ》き起こる怒りを胸に小剣《ショートソード》を構える。

「はなから許しを請う気も許してもらう気もない。どうせ、お前たちはここで死ぬのだからな。こんな汚れ仕事を請け負うほどに堕《お》ちてはいるが、元A級冒険者だ。勝てるとは思わんことだ」

胸鎧《ブレストプレート》の男はそう言うと、再び両手剣《クレイモア》を大上段に構える。

「キエエエエッッッ!!」

胸鎧《ブレストプレート》の男は裂帛の気合と共に、一気に踏み込みながら両手剣《クレイモア》を振り降ろす。

その必殺の一撃に対し、私は右方向に身体を投げ出して回避する。そのまま、右足で地面を蹴り、両手剣《クレイモア》が地面にめり込んで生まれた隙を見逃さず、無防備になった胸鎧《ブレストプレート》の男に躍りかかる。

「ぬぅんっ!!」

男は地面にめり込んだ両手剣《クレイモア》を強引に引き抜きながら迎撃する。私は急制動をかけ、後ろに跳ねてそれを回避するが、両手剣《クレイモア》と一緒に巻き上げられた石礫が私を打つ。

「む……この初撃を避けるとは、思ったよりやるようだ。女の身に、その若さで大したものだ」

そして胸鎧《ブレストプレート》の男は、三度《みたび》両手剣《クレイモア》を大上段に構える。さっきの一連の動きを見ると、隙が隙になっていない。攻撃↓ワザと隙を作る↓迎撃が一連の攻防になっているようだ。私の剣技や体術で何とかなるものではない強さに思える。

そう考えあぐねている私に容赦なく胸鎧《ブレストプレート》の男は攻撃を仕掛けてくるのだった……

キーナさんの放った〈土鎖の束縛《アースチェインバインド》〉が灼熱飛竜《フレアワイバーン》の身動きを封じたところで、僕は周辺に危険が残っていないかを調べるために〈詳細検索《ディティールサーチ》〉を展開する。

〈詳細検索《ディティールサーチ》〉が検知した敵性反応は真っ赤で、その点《ポイント》の大きさからすると強さはA級相当だ。とてもリア1人で対応できるレベルじゃない。

「つっっ!! リアがヤバイのと1対1で戦っている!! オスロー、グランをよろしく!!」

戦場の端で状況を見守っていたグランをオスローに頼みつつ、キーナさんと翠に目を向ける。

「灼熱飛竜《フレアワイバーン》はそのまま拘束しておいて!! 翠! 威嚇をお願い!!」

「まかせるのだ!」

翠が元気良く了承してくれる。

「頼む! 間に合ってくれ!!」

僕は剣を鞘に納めると限界まで速度を上げて駆ける。魂魄たちと鍛え始めてから、今まで本気で走ったことはないけど……今はあり得ないくらいの速度で、周りの風景が後方へと流れていく。

屋敷の門をくぐり抜ける。リアは裏門にいるので、最短ルートは屋敷の中を突っ切るか、迂回するかのどちらかだ。しかし迷っている暇はない! 兎《と》に角《かく》一刻も早く!! と思い、僕は庭園の地面を強く踏みつけ跳び、瞬時に魔法を発動させる。

ドンッ!

†

〈烈風の爆裂《バーストエクスプロージョン》!!〉

ゴウッッ！！！

全力で踏み切った上に、地面に向けて強烈な風魔法を放つことで加速した僕の身体は、一瞬で周りの景色を置き去りにして15m《メートル》近くの高さまで飛び上がる。

そして屋敷の裏手に目を向けると、リアを両手剣《クレイモア》で攻撃しようとしている胸鎧《ブレストプレート》の男が見える。

だが普通に落下していては間に合いそうにない。

『坊主！　空を蹴るんだ』

『事象の具現化を自由に操れる坊なら、空気をも地面のようにすることもできるはずじゃ』

『足の裏に圧縮した空気を纏わせ、空気中にも圧縮した空気を作りそれぞれを反発させ合うのです』

3人の魂魄のアドバイスを受けて、僕はおとぎ話にあった天馬《ペガサス》が宙を蹴る様をイメージする。筋肉さん、龍爺さん、眼鏡さんができると言ってくれるなら、それはできるはずだ。

頭を地面に向けて、足を限界まで縮める。そして足の裏と、足の裏が蹴ろうとする空間に空気の足場をイメージし、勢い良く両足を突き出す！　まるで地面を蹴ったかのような感触と共に、僕の身体は弾丸のように飛び出す。

僕の目に、胸鎧《ブレストプレート》の男の攻撃を受けて吹っ飛ばされ、無防備になったリアが見える。そしてトドメとばかりに両手剣《クレイモア》を振り降ろそうとしている。

「間に合えぇぇぇぇぇっっっ！！！」

空中を蹴って弾丸のように加速した僕が、その速度そのままに、小手で包まれた左拳を振るう。

胸鎧《ブレストプレート》の男が僕の叫び声に気付いて空を見上げるが、もう遅い。

ドゴォォォォォォォンッッッッ！！！

15m《メートル》もの高さからの落下力と全力の突進力を加えた衝撃が、胸鎧《ブレストプレート》の男を中心に炸裂《さくれつ》する。

胸鎧《ブレストプレート》の男はリアに振り降ろそうとしていた両手剣《クレイモア》を咄嗟に防御に使い身を守る。僕の一撃は武器を爆砕しながら胸鎧《ブレストプレート》の男を吹き飛ばす。

近くにいたリアも、そのあおりを受けて吹っ飛ばされてしまったが、まぁ命が助かったので、きっと許してくれるだろう。

僕が繰り出した攻撃は胸鎧《ブレストプレート》の男を中心に直径10m《メートル》規模のクレーターを作り、屋敷の一部も巻き込んで損壊させてしまう。

僕の攻撃を受けた胸鎧《ブレストプレート》の男は、あの衝撃でも意識があるようだ。流石はA級冒険者といったところだけど、あまりの衝撃にまだ体勢を立て直すことができていない。

僕の左腕も骨がイカれてしまったようで、ダランと垂れ下がっている。

「僕の大切な仲間に何をしようとしているんだ！」

僕は、あまりの怒りに我を忘れて大声を上げる。

「ぐっ……な、何なんだ……貴様は！　……ゴフッ」

胸鎧《ブレストプレート》の男は僕の一撃で内臓にダメージを負ったようで口から血を吐きつつ、突如現れた僕を、理解が追いついていない困惑した表情で見上げる。

「何が目的でこんなことをしたんだっ！」

僕はまだ動く右手を天に翳《かざ》すと算術魔法式を展開し、４本の炎の槍を形成する。怒りのままに創り出した炎の槍は、太く長く煌々《こうこう》と黄色に光っており、その激しい熱量が周りの空気との密度差を生み、陽炎《かげろう》のように揺らめいている。これを射出すれば、Ａ級冒険者といえど一瞬で炭化させることができるだろう。

「い、依頼を……こなした……だけだ」

息も絶え絶えに冒険者が答える。

「誰だ！　リアとその家族を襲わせる依頼をしたやつは！」

「ク、クライアント……を教える訳には」

その答えにイラッとした僕は炎の槍を１本射出する。

ドゴウウウウッツッ！

「ぐ、ぐあぁぁぁぁぁぁぁ!!」

胸鎧《ブレストプレート》の男に掠るように射出した１本の炎の槍だが、少し掠っただけでもその右腕を一瞬で炭化させてしまう。そして炎の槍が着弾した地面はドロドロに溶け、マグマのようになる。

『少年！　威力が高すぎます！』

『やめろ坊主！　やりすぎだ！』

『坊！　落ち着くのじゃ!!』

魂魄の３人が僕を制止しようとする。だが僕の心は仲間を殺されそうになった怒りで塗り潰されて、その声も届かない。

「教えろ!!」

「い、言えない。こちらにも矜持《きょうじ》ってもんが……ある」

「じゃあ、もういいよ……そんな依頼を受けたことを後悔するといいさ。そっちも僕の大事な仲間を殺そうとしたんだ。殺されても文句はないよね」

僕は右手を振り降ろし、常識外れの威力を秘めた残り3本の炎の槍で撃ち貫こうとする。

「アル！　やめてっっ！！！」

吹き飛ばされていたリアがいつの間にか、僕の傍に寄り添い、僕の腰にしがみついてきた。

「貴方が人殺しになる必要はないわ！　私も、お父様、お母様、ヘンリー、みんな怪我1つなく無事だったから！　大丈夫！　もう大丈夫だから!!」

リアが涙をこらえながら必死に止めてくれたことで、僕の怒りが静まっていく。

「リア……本当に、本当に良かった。死んでしまうかと思った……」

僕が力なく右手を降ろすと、3本の炎の槍も霞《かすみ》のように消え失せる。

我に返ってふと周りを確認すれば大惨事になっていた。

この惨状をどうしようかと頭を悩ませていると、リアが胸鎧《ブレストプレート》の男に近付き、〈快癒《ヒール》〉の魔法を掛けて傷を癒やす。ただし、炭化してしまった腕は元には戻らないようだ。

「貴方に思うところがない訳じゃないけど……アルに殺人なんて重荷を背負わせたくないから」

リアはそう言い、胸鎧《ブレストプレート》の男に背を向ける。

「ヨルムガリア家だ」

〈快癒《ヒール》〉の魔法により、痛みが引いて動けるようになったのか、胸鎧《ブレストプレート》の男はよろよろと立ち上がりながら呟く。

「今回のクライアントはヨルムガリア家だ。依頼人はゴードン・フォン・ヨルムガリア。お前たちに相当の恨みを持っているようだ。気を付けた方がいい……」

冒険者は何とか立ち上がり、そう言い残すと、僕たちに背を向けてヨロヨロと歩いていく。

「ヨルムガリア家というとギリアムか……」

期末総合試験で僕が相当にギリアムのプライドをへし折ったので、その恨みの矛先が友達であるリアとその家族にまで向いてしまったようだ。自分だけではなく、他の人にまで迷惑をかけてしまっている。申し訳ない気持ちでいっぱいになるのと同時に、早急に何とかしなければならないと僕は考える。

そしてリアの絶体絶命の危機を回避できたことを実感した僕は、熱していた頭が冷めていく。それと同時にあることに気が付き、心臓がバクバクと早鐘《はやがね》のように鼓動を打つ。

「あ、えっと、エストリアさん？」

「な、何？　アル？」

エストリアさんは、まだ気付いていないようだ。

「あ、あの、ごめんなさい。リアって勝手に愛称呼びしちゃってた……」

「え？　あ、えぇ……だ、大丈夫よ、アル……カード君」

僕が謝ると、エストリアさんは、自分も愛称呼びしていたことに気付いたのか、顔を真っ赤にして俯いてしまう。

「も、もう。大丈夫かね？」

裏口の扉から身なりの良い男性が、こちらの様子をうかがいながら声を掛けてくる。

「あ、あぁ、お父様。もう大丈夫よ。アル……カード君が助けてくれたわ」

「おぉ、君がアルカード君か！　1度ならず2度までも……君は我が家の救世主だよ！」

エストリアさんからお父様と呼ばれた身なりの良い男性は僕に近付くと、本当にありがとうと言いながら、両手でまだ動く僕の右手を握ってブンブン揺する。

「あ、痛たたたっ」

その反動で、戦闘中では気にならなかったイカれてしまっていた左腕が揺れて、激痛が僕を襲う。

「あ！　す、すまない」

「い、いいえ……」

「ちょっと、じっとしててね」

謝るエストリアさんのお父さんに引きつった笑みを浮かべると、エストリアさんが僕の左手をそっと触り、状態を確認する。

「い、痛っ！」

「ちょっと我慢なさい。〈快癒《ヒール》〉」

左手の骨の位置を正しい位置に戻した時に痛みが走り、身体がビクッと跳ねてしまう。エストリアさんがそれを制止しながら、僕の左手を固定すると、〈快癒《ヒール》〉の魔法を発動させる。

暖かい光が、負傷した腕に広がり、ズキズキしていた痛みが引いていく。

「ありがとう。もう大丈夫そうだよ」

「そ、そう。良かったわ、大事にならなくて」

僕がお礼を言うと、エストリアさんがホッとした表情をした後、零れるような笑みを浮かべる。

「あ、灼熱飛竜《フレアワイバーン》の件がまだ片付いていない！」

「卵を盗られたので、取り返しに来ていたみたいだから、卵を返せば許してくれるかもしれないわ」

僕はまだ全てが解決していないことに気付き、布に包まれた卵を持って、みんなが対峙を続けている灼熱飛竜《フレアワイバーン》のところに戻ろうとする。

「あ、あの……この人は？」

僕とエストリアさんが戻ろうとすると、ヘンリー君が地面で気絶している男を指差す。

「あぁ……お父様。縄《なわ》で縛《しば》って然《しか》るべき対応をお願いしてもいい？　あんな性格していたから、叩けば埃《ほこり》はいっぱい出てくると思うわ」

「分かった。そうしておこう。リアたちも気を付けるんだよ」

エストリアさんのお父さんにお願いして、僕たち2人は〈土鎖の束縛《アースチェインバインド》〉で拘束されている灼熱飛竜《フレアワイバーン》の元に急ぐのだった。

キーナさんの拘束魔法と翠の威嚇がかなり有効だったようで、灼熱飛竜《フレアワイバーン》は何もできずに大人しく拘束されていたみたいだ。だが、僕の持つ卵の入った布を見た途端に、急に暴れ始める。

危険な状態だが僕は灼熱飛竜《フレアワイバーン》の首が届く範囲まで歩いていくと、そっと布を地面に置き、卵を見せる。暴れていた灼熱飛竜《フレアワイバーン》が不思議そうな顔をして、僕と卵を交互に見比べる。

「あぁ、エストリアさん。悪いけど飛竜《ワイバーン》の傷を治してくれるかな」

灼熱飛竜《フレアワイバーン》の気を引き付けている間に、エストリアさんが〈快癒《ヒール》〉の魔法を何度か使い、〈烈風の嵐《ハーストストーム》〉で傷付いた翼を癒す。

「みんな。少し離れてくれるかな。そしてキーナさん、僕以外のみんなが離れたら拘束を解いて」

僕の言葉にキーナさんは頷き、灼熱飛竜《フレアワイバーン》からみんなが距離を取ったのを確認してから、〈土鎖の束縛《アースチェインバインド》〉を解く。

傷も治り自由になった灼熱飛竜《フレアワイバーン》は、目の前に置かれた布に包まれた卵を優しく咥え、自分の足下まで運ぶ。

「同じ人族として卵を盗んだこと、本当にごめんなさい」

僕は更に1歩後ろに下がりながら、言葉は通じないかもしれないけれども、精一杯の謝罪を込めて、頭を下げた。

ギュギャォ？

僕の動きを見た灼熱飛竜《フレアワイバーン》は首を傾げ、警戒していた雰囲気を和《やわ》らげていく。

『謝ることないわ。人の子よ』

そしてどこからか女性のような声が響く。キョロキョロと周りを見渡すと、灼熱飛竜《フレアワイバーン》の瞳が凄く理知的な光を灯した碧《あお》い瞳に変わっているのに気付く。

『今は灼熱飛竜《フレアワイバーン》の体躯を借りて、貴方に直接思念を送らせてもらっているの。私の名は火竜《かりゅう》イグニット……ここより西にある険しき山に住む竜《ドラゴン》よ。この度は私の眷属《けんぞく》の卵を無事に取り返してくれて、とても感謝しているわ』

「いえ……そもそも、僕の蒔《ま》いた種で灼熱飛竜《フレアワイバーン》さんに迷惑をかけました。実際に盗んだのは冒険者でも、そのきっかけを作ったのは僕です」

突然、灼熱飛竜《フレアワイバーン》に向けて話し始めた僕に、みんなが怪訝《けげん》な顔をする。

「火竜イグニット様が灼熱飛竜《フレアワイバーン》さんの体躯を借りて、僕の頭に直接思念を送ってくれているみたいです」

僕が手短に説明する。

「なるほど。それと、アル君が蒔いた種、きっかけというのは？」

カイゼルは僕の発した言葉に疑問を覚える。

「実は今回の件、ギリアムの陰謀《いんぼう》だったみたいなの」

エストリアさんが僕の代わりに主犯格の名を伝えると、なるほどとみんなが頷く。

『仮にあなた方に原因があろうと、先の戦いでこの子を殺せたはず。それにその卵も返さないという選択肢も採れたはずですが、この子も卵も救ってくれました。ですから私からの感謝を受け取ってくださいね』

火竜イグニット様がそう言うと、灼熱飛竜《フレアワイバーン》が空に向かって一声吼える。すると空から銀朱色《ぎんしゅいろ》の光が雪のようにヒラヒラと舞い降りてきて、僕たちの身体に触れるとスッと溶け込む。

『あなた方に火竜の加護を授けさせて頂きました。熱／暑さ／寒さに対する耐性、炎の魔法適性、竜族への意思疎通の恩恵がある加護です。有効に活かしてもらえたら嬉しいわ。あと、大事な家を壊してしまったわね。この子の鱗を置いていくから、それをお詫びとさせて頂戴。剝がれかけているのを落としているだけなので、とても申し訳ないんだけれど……』

灼熱飛竜《フレアワイバーン》が自分の体躯を軽く掻くと、ポロポロと真っ赤な鱗が10枚ほど、剝がれ落ちる。

『あと……』

「分かったのだー。父様《ととさま》に伝えておくのだ」

灼熱飛竜《フレアワイバーン》が翠にじっと目を向けて何かを伝えたらしい。おそらく同じ竜族として賢王様《ヴァイゼル》によろしくといったところじゃないかと思うが、翠の素性《すじょう》を知らない僕以外のクラスメイトは、首を傾げていた。

『それでは、失礼させてもらうわ。卵はこの子が持って帰るから心配しないで。さようなら、優しい人の子。私の棲家の近くに来ることがあったら歓迎させてもらうわね』

火竜イグニット様がそう言うと、灼熱飛竜《フレアワイバーン》の瞳が元の色に戻っていく。襲ってきた時に比べると非常に穏やかな瞳に見える。

『タマゴ……アリガトウ。モウ、ダメダト、オモッテタ』

片言だが灼熱飛竜《フレアワイバーン》の意思が伝わってくる。

「あ、なんか声が聞こえたぜ？」

〈竜族への意思疎通の恩恵〉を受けた僕たちは灼熱飛竜《フレアワイバーン》との会話ができるようになったようだ。

「こちらも傷付けてごめんなさい。帰りには気を付けて」

『アリガトウ。ヒトノコヨ』

僕が再度謝罪すると、灼熱飛竜《フレアワイバーン》は片言でお礼を言ってから卵を包んだ布を口に咥えて、翼をはためかせる。10m《メートル》くらいはありそうな体躯が、羽ばたく度に、上へ上へと上がっていく。

『サラバタ。ヒトノコヨ』

そして、ある一定の高さまで上がると、別れの言葉を残して西の空に羽ばたいていった。

「火竜の加護を授けてもらったみたいです。効果は熱／暑さ／寒さに対する耐性、炎の魔法適性、竜族との意思疎通の恩恵だそうです」

「こ、これは、とんでもないな……これでは魂魄が2つもあるようなものじゃないか」

僕が火竜イグニット様から聞いた内容を説明をするとカイゼルを始め、みんなが驚嘆《きょうたん》する。

「あと、この鱗は壊した家のお詫びだそうです」

「確かに灼熱飛竜《フレアワイバーン》の鱗となると、かなり良い値が付くから、この量だと寧《むし》ろもらいすぎよね」

軽くて硬い上、魔力との親和性が高い竜の鱗は、武具や薬にと幅広い用途に使われるので、とても需要《じゅよう》が高いと、エストリアさんが竜の鱗を確認しながら説明してくれる。

「つ、疲れたよ……」

日が落ち赤くなっていく草原を背景に飛び去っていく灼熱飛竜《フレアワイバーン》を見送りながら、草原に座り込んだり、大の字になったり横になったりして僕たちは空を見上げる。

改めて振り返ると、A級冒険者と灼熱飛竜《フレアワイバーン》に襲われたが、離れの一部が燃えて、庭園が荒らされた上、本館の裏口にクレーターができただけの被害で済んだのは僥倖《ぎょうこう》だった。

あれ？　一番被害が大きく見える本館の裏口にクレーターを作ったのは僕だった気がするんだけど……

「まさか、灼熱飛竜《フレアワイバーン》と戦うとはなぁ。しかも火竜に加護をもらえるって……今回の旅も波瀾《はらん》に満ちすぎているなぁ」

オスローが同じように空を見上げながら言う。

「ヨルムガリア家が絡んでるみたいだし……僕がギリアムをあんな風にしちゃったから」

「勝手に因縁を付けて喧嘩《けんか》を売って、不正を働いた上に負けたんだから自業自得《じごうじとく》さ。どちらかと言えばアル君は被害者なのさ。ちょっとやりすぎた感はあるけどね」

「俺たちがエストリアの家に遊びに行くって情報、どこかで知って仕掛けてきたと考えるのが妥当《だとう》だな。元よりヨルムガルドは……ヒルデガルドと一触即発《いっしょくそくはつ》な関係性だからな」

僕が自己嫌悪しながらオスローに答えると、カイゼルが否定し、ウォルトが続く。

「退屈だったけど、いっぱい暴れられたから楽しかったのだ！」

「翠はんはそれでええかもしれへんけどなぁ、こちとら気苦労が絶えへんから、ごっつ大変や」

「さ、流石に……も、もう、品切れだと、ありがたい……です」

翠、イリーナさん、キーナさんも続けて発言する。

「そうね……心配事もあるかもしれないけど、まずは家に入りましょう」

「じゃあ私は御者のところに行って来よう。まだ荷物があっちに残ったままだ。ウォルトとオスローも手伝ってくれ」

エストリアさんが促すと、カイゼルはウォルトとオスローに声を掛けて歩き出す。

「おーい。君たち大丈夫かー！」

僕たちが馬車に向かって移動しようとすると、気絶から復帰した冒険者さんたちが、僕たちを心配して声を掛けてくれる。

「あ、はい。何とか」

「良かったよ。目を覚ました時に丁度飛竜《ワイバーン》が飛び去ったのが見えてな」

「あ、はい。目的のものを見つけたらしく飛び去ってしまいました」

「そうか、肝心な時に役に立てなくて申し訳なかった。でも君たちに何もなくて良かったよ」

リーダーさんが僕たちを見て、命に別状がないことを確認すると、申し訳なさそうに頭を下げる。

「でもこれじゃ護衛任務《ミッション》失敗だなぁ。肝心な時に気絶しちゃってたもんな」

「飛竜《ワイバーン》が出るのは想定外すぎるぜ」

「俺たちには荷が勝ちすぎる相手だが、もう少しやりようはあったはずだ」

魔術士さん、斥候さん、戦士さんがリーダーさんの後ろで意気消沈《いきしょうちん》した顔をしながら話し合っている。

「そ、それは、私が無理を言ったから……道中、ずっと警戒してくれていて、更には翠ちゃんに話を聞かせてくれたり、私たちは快適で安全な旅をすることができたと思ってる。だから、お父様には立派に護衛してくれたと報告しておくわ」

「え？　お父様？」

「ええ、私はエストリア・フォン・ヒルデガルド。貴方たちに護衛を頼んだ父の娘よ」

「そ、それは助かる。では、お願いしても……いや、お願いできますでしょうか？」

エストリアさんの言葉に、少し吃驚《びっくり》した冒険者さんたちだが、依頼が達成できそうだと安堵の表情を浮かべる。

馬車に戻り冒険者さんたちと一緒に僕たちが屋敷に近付くと、数人のメイドさんが出迎えてくれる。

僕たちはメイドさんに案内されて、焼けていない離れの1棟に案内してもらう。

エストリアさんのお父さんの予定では、冒険者さんたちも別の離れに泊まってもらおうと思っていたようだが、泊めるべき離れが焼けてしまったのと、先の冒険者に裏切られたこともあり、申し訳なさそうに宿泊を断っていた。

ただこの近くに定期的に食料を持ってきてくれる小さな村があるらしく、その村の村長への紹介状を手渡したそうだ。

離れの1棟のエントランスに入ると7～8人がゆったりと寛げそうなリビングがあり、リビングからはキッチンとトイレ、浴室に続く扉がある。奥には左右に広がりつつ2階へと続く階段があって、階段の先には左右それぞれに部屋が2つずつあり、今回は右が男性用、左が女性用として用意してくれたようだ。

それぞれの部屋の中にはテーブルと椅子が一式、化粧台《けしょうだい》、タンス、ベッドが2つあり、ゆったりと過ごせそうだ。僕たちは寮の部屋割りと同じように分かれて、僕はオスローと一緒に部屋に入る。

部屋に入ると、まずグランの寝床を設置し、アインツから持って来た荷物と武具をクローゼットやタンスにしまっていく。その間、グランは僕たちを見ながら毛繕いをしていた。この後は本館に行って食事をする予定だ。

食事の場に動物がいると嫌がる人もいるので、グランは部屋でお留守番だ。あとで葉野菜なり木の実なりをもらってこようと思う。

少し用意に時間が掛かった僕が、待っててくれたオスローと一緒にロビーに降りると、みんなは既に準備を終えて寛いでいた。

「そういえば……私たちっていつの間に自分の武器持って来てたんだっけ？　部屋にしまう時にふと気が付いたんだけど」

僕の顔を見たエストリアさんが思い出したように話し出す。

「そ、そういえば、わ、私も杖《スタッフ》なんて……持ってきてません……でした」

「確か……飛竜《ワイバーン》と戦う前に馬車の中でアルはんに手渡された気が」

エストリアさんが額に指を当てて眉間に皺を寄せながら、またやったでしょう？　と聞いてくる。

「え？　あ、うん。何かあった時のために、訓練施設の男女更衣室と倉庫に〈魔法陣付与《エンチャントマジックサークル》〉して〈有効化《アクティベート》〉しておいたんだ。いつでもみんなの武具を取り出せるようにと思ってね。早速、役に立ったみたいで良かったよ」

「役に立ったみたいで良かったよ……じゃないっ!!」

エストリアさんが僕のこめかみを拳骨《げんこつ》でグリグリしながら怒る。

「あたたたたっ！」

「どうやって、馬車で5日もかかるところにある武具を一瞬で取り出せるのよっ！」

「あたたたっ!!　痛い！　痛いってば！　やるから、やって見せるから！　やめてよっ！」

エストリアさんの拳骨グリグリから解放してもらうと、僕は〈物質転受《アポート》〉の算術魔法式を展開する。すると僕の手の上に、女性の胸の形に合わせて造形された銀色の胸鎧《ブレストプレート》が現れる。

それをエストリアさんに手渡すと、彼女は無言で受け取り、僕の頭頂部に拳骨を落とす。

「あいたっ！」

僕は涙目になりながら、非難がましい目をエストリアさんに向ける。

「これ、私の胸鎧《ブレストプレート》じゃない!!　何で貴方が取り出してんのよ」

「え？　だから男女更衣室に行って〈魔法陣付与《エンチャントマジックサークル》〉しておいたって言ったじゃないか」

再度、頭頂部に拳骨が落ちる。

「女子更衣室に勝手に入るなって言ってるのっ!!」

あー、確かに女子更衣室には私物が置いてあったなぁ……今にして思えば肌着なんかも置いてあった気がするし。

「貴方ってば本当に非常識でデリカシーがないわよね！　……それに、今日はいきなり愛称のリ、リアって……」

エストリアさんが顔を真っ赤にし、怒っているのか恥ずかしがっているのか分からない表情をする。

「え？　何か言った？」

「何でもないわよっ!!」

後半の言葉は尻すぼみでよく聞き取れなかったので、僕が聞き直すと、頬を膨らませて、プイッとそっぽを向いてしまう。

僕は、そんなエストリアさんにどうしたらいいものか判らずに戸惑ってしまうのだった。

「そろそろ痴話喧嘩《ちわげんか》は良いかね？　その〈魔法陣付与《エンチャントマジックサークル》〉、〈有効化《アクティベート》〉、〈物質転受《アポート》〉というのは何かな？」

「ち、痴話喧嘩って！」

噛み付くエストリアさんを無視《スルー》しながら、にこやかな表情を顔に貼り付けたカイゼルが僕に問いかける。

「保管庫《ストレージ》としたい場所を〈魔法陣付与《エンチャントマジックサークル》〉で定義して、〈有効化《アクティベート》〉することで、物質の出し入れを可能とする魔法です。保管庫《ストレージ》に保管されている物質は距離に関係なく出し入れすることができるみたいです」

「ふむ……相変わらずだが、世の中の輸送、兵站《へいたん》という概念を覆《くつがえ》す魔法だなこれは。ちなみに対象範囲の重さ、個数、距離はどれくらいなのかな」

『そんなの定めていたら使い辛いでしょう。保管庫《ストレージ》内にあれば、重さを問わず、どこにいても幾つでも呼び出せるのが〈物質転受《アポート》〉の魔法です』

「重さ、個数、距離の制限はありません。保管庫《ストレージ》内全ての物質が対象らしいです」

「ぐ……で、では、消費魔力は？」

『この魔法は保管庫《ストレージ》を術者の位置と繋いで、物質を送受する魔法ですから、保管庫《ストレージ》内と繋ぐ門《ゲート》を作る分しか魔力消費しませんよ。物質の大きさにより門《ゲート》の大きさは変わりますが……そうですね、〈炎の礫《ファイアボルト》〉1発から5発分くらいでしょうか』

「〈炎の礫《ファイアボルト》〉1発から5発分くらいです」

「……今の我々でも3回から15回は使えるのか」

僕の回答を聞いて、いつも通りカイゼルが絶句して頭を抱える。

「アル君は何故毎度のごとく、世の中の理《ことわり》を破壊するような魔法を使うんだろうね……」

「何かマズかったんですか？」

「アル君。何の前触れもなく、完全武装した大勢の他国の兵士が国境を越えてきたらどう思う？」

「えっと……侵略《しんりゃく》しに来たかと思います」

「それでは、沢山の他国の商人が国境を越えてやってきたら？」

「普通に商人が商売でやってきたと思います」

「その商人がいきなり城下町で完全武装して攻撃をし始めたら？」

「既に町に入っているんで、かなり簡単に城下町を制圧できそうです。あ……!?」

「分かったかい？　そういった危険な魔法なんだよ」

「あー、はい……なんか、すみません」

「ということで、その魔法も基本封印だな。どうしても使わざるを得ない時は誰にも見られないように」

僕は便利だなくらいにしか思っていなかったんだけど、カイゼルに例を踏まえて説明されると、いかにヤバイ魔法だったかを理解できた。

「ちなみにその魔法、私たちでも使うことができるのかい？」

『無理ですね。算術魔法式の展開機構《デコンパイラ》は私の中にしかないので、他の人では算術魔法式を展開できません』

「僕の魂魄だけが可能みたいです」

「なんや……めっちゃえぇ商売の匂いがしとったのに」

「使えない方が安心だよ。まぁアル君も理解したようだし、そろそろ時間も頃合いだ。食事を頂きに本館へ行くとしようか」

僕しか使えないことを知って、カイゼルは安心したが、逆にイーリスさんが悔しそうに舌打ちする。そんなイーリスさんを見ながら、カイゼルが移動を促す。

本館の食堂は広く、20名くらいは座れるであろう細長いテーブルがあった。エストリアさんのお父さんが上座《かみざ》に座り、その両脇に、お母さんとヘンリー君が向い合わせに座る。お母さんの隣にエストリアさん、翠、イーリスさん、キーナさん。ヘンリー君の隣にカイゼル、ウォルト、オスロー、僕が座る。

それぞれの席の前のテーブル中央付近にはパンが山盛り入ったバスケットが各々の分置いてあり、翠は今すぐにでも掴んで食べ出しそうだ。

メイドさんがグラスに果実水を注《そそ》いで回っているのを見ながら、エストリアさんのお父さんが話を切り出す。

「今日は遠くからはるばるこんな辺境の地に来て頂き、誠に感謝している。私はエストリアの父であるヘンドリック・フォン・ヒルデガルド。一応ヒルデガルド州を束《たば》ねる一族に名を連《つら》ねている」

「私も挨拶させて頂くわね。エストリアの母、エスターナ・フォン・ヒルデガルドよ。そしてこの子が息子のヘンリー・フォン・ヒルデガルド。エストリア共々よろしくお願いするわね」

「へ、ヘンリーですっ！　よろしくお願いします!!」

続いて、エストリアのお母さんと弟も自己紹介する。ヘンリー君は緊張していたのか声が上ずっていた。

「今日もまた、みなさんには救ってもらって感謝してもし足りないくらいだ。準備中にあの事件が起こったので、色々と予定していた料理が作れなくなってしまったがメイン料理だけは何とか用意できたので、召し上がって頂きたい」

「いつもリアがお世話になってます。今日から3日間、我が家のようにゆっくりと自由に振る舞って頂けたら嬉しいわ」

ヘンドリックさん、エスターナさんが話している間に、メイドさんが、みんなのグラスに飲み物を注ぎ終わった。

「それでは、みなさんの勇気と活躍に感謝して、乾杯《プロージット》！」

「「「「乾杯《プロージット》！」」」」

ヘンドリックさんの音頭《おんど》で僕たちが乾杯すると、メイドさんが大きな甕《かめ》をワゴンで運び込み、それぞれの席においてある深めの白磁《はくじ》の皿によそって回る。色々な野菜と鳥っぽい肉がふんだんに入っているスープだ。

「品数が少なくて申し訳ないんだが、メインの料理はこれになる」

「肉が食いたいのだ……」

エストリアさんのお父さんが言い、その料理を見た翠がしょんぼりとしてしまう。みんなももっと豪華な料理を期待していたのか、少しがっかりした顔をしている。

「お父様……これでは……」

「ちょっと待て……このスープは!?」

エストリアさんがヘンドリックさんに詰め寄るが、カイゼルがそれを制してスープを口にする。

そして目を閉じてスープを味わったカイゼルが長い溜息を吐く。

「これは贅沢な一品ですね。今まで食べたスープの中でも別格の一品かもしれない」

その言葉を聞いた僕たちも一口食べてみる。カイゼルが別格と言った通り、複雑に絡み合った味の中にしっかりとした芯があり、色々な香草が馥郁《ふくいく》たる香りを際立たせている。

「これは、うまいのだー!!」

残念がっていた翠も大喜びで、ズズズッと皿から直にスープをすする。

中に入っている野菜もわずかに芯を残しながらも、舌で潰せるほどの柔らかさに煮込んである。葉野菜、根菜、山菜と幾つもの種類の野菜が同じ柔らかさを保っていた。多分それぞれが最後によそわれる時に同じ柔らかさに整うように別々に下茹でしてあり、下茹での時に、その野菜に合った出汁《だし》で煮込んでいる。

出汁のベースは生の鶏肉と干した鶏肉、干した茸類《きのこるい》を使っているようで奥行きのあるスープをしっかりと形作っている。

見た目の豪快さはないが、1つひとつ手間暇かけて、心を込めて作られたことが分かる料理で、このスープにパンを浸して食べると、パンが出汁を吸ってこれまた旨かった。

「このパン、いい小麦使ってるな……」

オスローがパンをちぎって匂いを嗅いだり口に含んだりしながらボソッと呟く。僕には美味しいパンくらいにしか思えないが、実家がパン屋だけあって、細かいところが分かるのだろう。

翠が凄い勢いでパンとスープのお代わりをしていて、肉以外でこんなに食い付くのは初めて見た気がする。品数は少なかったけど、凄い満足感のある夕食だった。

「喜んでくれたみたいで何よりだ。明日は湖で取れた魚と森で取れた獣の肉料理を振る舞おうと思っているから、今日はこれで勘弁して欲しい」

ヘンドリックさんが申し訳なさそうに言うけど、僕たちはあまりのスープの美味しさに、肉料理がない不満など消し飛んでいた。

「今日は長旅で疲れてると思ったから、お腹に優しくて、疲れが取れる料理を選んだのよ」

あんなにいっぱい食べたのに、お腹が苦しくないなぁと思っていると、その表情に気付いたエスターナさんが説明してくれる。

なるほど、しっかり煮込んだ野菜でお腹は膨れるけど、脂《あぶら》をあまり使っていないからお腹がもたれない。でも干して旨味と成分が凝縮した鶏肉とかが疲労を取ってくれている。そう考えると、歓待の料理は豪華さだけじゃないんだなと認識が改められた。

デザートの果実の盛り合わせを食べ終わると、今日は早めに休んだ方が良いとの勧めを受けた。

僕がメイドさんにグラン用の食事として葉野菜の切れ端とか木の実をもらえないか頼むと、快く新鮮な葉野菜と色々な種類の木の実を用意してくれた。

そして僕たちはあてがわれた離れの部屋に戻り、グランにそれらを渡すと、グランは美味しそうにモシャモシャと食べる。

僕はベッドに横になりながらそれを見ていたが、疲労が溜まっていたせいもあって、いつの間にか寝てしまうのだった。

第07話　ヒルデガルド州での休暇

昨日は色々と大変だったこともあり、日が昇るまでぐっすりと眠ってしまった。僕が起きて服を着替えていると、オスローも起きてきたので、一緒にロビーに降り、みんなを待って食堂に向かう。

今日の予定を話し合いながら食事を摂り、天気も良いし、予定通りみんなで湖に行くことにする。湖に危険な生物は少ないそうで、ボートなどもあり、釣りも楽しめるそうだ。

「あ、あの……」

食事が終わって部屋に帰ろうとしたところで、ヘンリー君に呼び止められる。

「ん？　何？」

「あの時は助けてくれてありがとうございました！」

そう言ってヘンリー君が頭を下げる。

「あぁ、入学試験の日のことか。無事にお姉さんに会えて良かったよ」

「今までお礼が遅れてごめんなさいっ！」

「気にしなくていいよ。町を歩く時は1人にならないようにね」

僕にお礼を言えたヘンリー君は、胸のつかえがとれたように明るい笑みを浮かべる。そのやり取りをヘンドリックさん、エスターナさん、エストリアさんが優しい笑顔で眺めていた。

女の子は準備に時間がかかるということなので、僕たち男子は釣り具を借りつつ、テントなどの大きい荷物を持って先に向かう。

湖へと続く道を20分程度歩くと、太陽の光を反射してキラキラ光っている湖面が見えてくる。湖の透明度は高くて澄んでいて、魚が泳いでいるのまで分かる。湖はかなり大きく、ここからだと対岸が全く見えないが、かなり先にポツンと1つの島があるようだ。

僕たちは比較的目の細かい砂の場所を選ぶと、日除けと休憩ができるように簡易テントを立て始める。4本の支柱を砂に埋め込んで、布を被せただけの簡易的なものだが、少し休む分には問題ないと思う。

グランは暑さがこたえるようで、テントの中に置いた、僕の背負い袋の上で横になる。エストリアさんの家にあったものは大き目で5～6人くらいが横になれる大きさだ。

僕たち男子は交代で手早く水着に着替え、荷物を整理したり、ボートをチェックしたりしていると女の子たちが和気藹々《わきあいあい》と会話しながらやってくる。みんな色違いだけどお揃いのフードが付いた上着を着ていた。

「テントは……あそこね。こっち見ちゃダメよ」

エストリアさんはテントを見つけると、こちらを一睨みしてから、女の子たちを誘導して入っていく。

「見るなと言うと見たくなるのが人情ってものなのだけれどね」

「余計なトラブルは起こしてくれるなよ」

カイゼルが僕に耳打ちするように言うと、ウォルトに拳骨を落とされる。

「これはいけない。テントで休まなければ」

頭を押さえて大袈裟に転げ回っていたかと思えば、シレッと立ち直りテントに向かおうとするので、ウォルトに首根っこを掴まれて止められる。

しばらくすると荷物を置いて、水着に着替えた女の子たちが姿を見せる。

「みんな可愛いね。とても似合っているよ」

カイゼルが即座に女の子たちを褒める。

イーリスさんは黒色のセパレートのセクシーな水着で、ポイントは金のリングだ。トップには胸元と両脇の下に金のリングがあり、黒色の布地がリングに向かってねじり込まれながら繋がっていて、金のリング周辺は肌の露出が多い。

ボトムも腰の両脇に金のリングがあり、トップ同様ねじり込まれながら繋がっている。胸元や腰の左右の露出が多くセクシーな水着なので、直視するとドキドキしてしまう。

キーナさんは薄い紫色のワンピースの水着で、ポイントは胸と腰に付いているボリュームたっぷりのフリルだ。控えめで大人しいキーナさんにとても似合っていて可愛いと思う。キーナさんは恥ずかしそうに手を胸の前でモジモジさせながら俯いていた。

翠は群青色《ぐんじょういろ》をした厚手のワンピースの水着で、伸縮性も高く動きやすそうだ。ポイントは胸元の白いゼッケンに翠の名前が書かれているところで、よく分からないが偉そうに胸を張っている。

エストリアさんは純白の布地をベースとしたセパレートタイプの水着で、ポイントは全体に縁取られた真っ赤なラインと真っ赤な大きめのリボンだ。また左胸の左下部分には真っ赤なラインと同じ色で花が描かれている。大き目のリボンは胸の中央とボトムの腰の両側に付いていていてとても可愛い。

いつものツーサイドアップを結ぶ髪留めも、水着に合わせた白地に赤の縁取りのデザインで、とても統一感があって良いと思う。

「どう……かな？」

エストリアさんは頬をやや赤く染めて、身体を前のめりにしながら、上目使いで僕の方を見て聞いてくる。

「いや、とても素晴らしい!!」

横からカイゼルが僕とエストリアさんの間に割り込み、大きな声で大袈裟に褒め称えると、アンタには聞いていないわよっ！　と蹴りが放たれる。

「似合う……かな？」

「とても似合っていて吃驚《びっくり》した。特にその大きな赤いリボンが可愛いと思う」

エストリアさんがもう1度聞き直してきたので、僕が素直に答えると、満開の花が咲いたような笑顔で喜ぶ。

「めっちゃ良かったやん」

イーリスさんが肩を叩くと、エストリアさんは嬉しそうに大きく頷く。

「さぁ、遊ぶわよ！」

ご機嫌になったエストリアさんの弾んだ声が響く。すると待ってましたと言わんばかりに翠が走り出し、湖の中にドボンと飛び込む。

「水が、ちょーキレイなのだ!!」

バシャバシャと飛沫《しぶき》をあげながら、湖の中に潜っては出て、潜っては出てを繰り返す。

僕たちも順次湖に入っていく。強めの日差しを受けていた身体に水の冷たさが染み込んできて気持ち良い。

「こりゃ冷とうて気持ちええな」

イーリスさんも同じように感じているみたいだ。ここらへんは遠浅のようで、浅い砂場が続いているから安心だ。僕たちは全員で湖の中に入り、水遊びを満喫するのだった。

「いやぁ、夏の太陽、水の冷たさ、そしてそんな自然の中で水の飛沫《しぶき》に戯《たわむ》れる美少女たち……眼福《がんぷく》、眼福」

カイゼルは少し深くなった場所に身体を沈めながら、見目は絶世の美男子にもかかわらず、オヤジくさい発言をしながら女の子たちを眺めていた。そういった発言や態度さえなければ女の子たちに大人気だろうに……

一頻《ひとしき》り水遊びをしたところで、女の子たちは一休みすると言ってテントに戻って行ったので、僕は釣りでもしようかと思い、テントの側に置いてある釣り具を取りに行く。

「アルー！　釣りか？　オレもやるぜ！」

僕が釣り具を用意をしていたら、それに気付いたオスローが駆け寄ってくる。２人で釣り具の用意をして、船着き場に向かう。

ボートは６人くらいは乗れそうな大きさで、僕がどうやって漕《こ》いだら良いものかとマゴマゴしていたら、オスローが自分がやると櫂《かい》を握って漕ぎ始めてくれた。

「どこら辺でやる？」

「あそこなんていいんじゃない？」

オスローがゆっくり漕ぎながら尋ねてくるので、僕は少し先にある岩場の近くを指差す。オスローは巧《たく》みに櫂を操り岩場に舳先《へさき》を向けて漕いでいく。

僕たちは目的の岩場に到着すると釣り具を取り出し、針に赤虫を付けてから、竿のしなりを利用して、仕掛けを遠くに飛ばす。

「ギリアムのことだけど、期末試験以来引き籠っていたようだが、夏休みに入ったあたりで回復したらしいぜ。パンを買いに来ていた貴族の家の女中さんが話しているのを聞いたからな」

「そっか。僕が原因で外に出られなくなったって聞いていたから、気になっていたんだ。昨日の一件で、同情する気が失せちゃったけどね……」

「まぁ、そもそも自業自得な気がするから、アルが気に病むことなかったと思うけどな……あとは、見知らぬ怪しい人が出入りして怖いとかも言ってたな」

オスローが僕の知らなかったギリアムの情報を教えてくれる。流石、町中で営業しているパン屋だけあって、色々な人が来て噂話をしているようだ。

「あ、かかったかも！」

僕が竿を手前に軽く引くと、何かに引っかかった感触が返ってくる。大きく竿を引くと、抵抗するように反対側に引っ張られる。どうやら本当に食い付いたらしい。僕は糸巻きをゆっくり巻きながら様子をうかがう。

「暴れている時に、釣り糸を巻くと切れちまうから、少し遊ばせておいた方がいいぜ」

オスローの忠告通り少し待ってみると引きが弱くなったので、糸を巻いていく。少しずつ近くに引き寄せていっているのが分かるし、竿から伝わってくる感触も重くなっていく。暴れたら流して、静まったら手繰《たぐ》り寄せるのを繰り返している内に、次第に水面が揺れて魚影が目視できるようになった。

オスローがすかさず玉網を用意し、玉網が届く距離まで引き寄せると掬《すく》い上げる。結構大きいサイズで40㎝《センチメートル》くらいはありそうなマスだった。

「マスかー。塩焼きにすると旨いから、昼にでもみんなで食うか」

「でも1匹じゃ寂しいね」

「んだな。じゃあオレも頑張るか」

その後、僕とオスローは雑談しながら釣りを続けて、マス4匹、フナ5匹、ハスが3匹ほど釣れたので、みんながいる砂浜に戻るのだった。

僕たちが砂浜に戻ると、丁度昼の準備をするタイミングだったようで、みんなに釣果を報告し、その場で焼いて食べることにした。

湖の畔《ほとり》には、乾燥した枯れ木が沢山落ちていたので、大きな石を集めて簡易的な竈《かまど》を作ると、枯れ木に魔法で火をつける。魚のお腹を切って内臓を取り、よく洗ったら、口から先の尖った木を刺して塩を振る。

竈の周辺を囲むように魚を刺して焼いて置いておくと、やがてジュクジュクと脂が染み出してきて火の上に落ち、香ばしい香りを漂わせる。

「まだなのか？　まだなのか？」

涎を垂らしながら興奮している翠を宥《なだ》めつつ魚を焼いていく。僕たちのお腹も相当に空いていたので、魚の他にエストリアさんの家で用意してくれていたお弁当を広げる。

お弁当は新鮮な野菜と燻製肉を挟んだパンと、鳥の肉を焼いて一口サイズに切り揃えたものとチーズが入っていて、それらを食べながら魚が焼けるのを待つ。

弁当をつまんでいると、脂の滴《したた》る量が増してきて、脂が焼けた石に落ちるとジュウッという音を立てて食欲をそそる香りが辺りに広がる。

僕は一番焼けていそうなマスを抜いて、先の尖った細い枝を胴体に突き刺して焼け具合を確認する。

「うん。火は通っていそうだ」

待ち切れずにウズウズしている翠に差し出すと、翠は嬉しそうに受け取り、魚の胴体部分にガブリと歯を入れる。パリパリに焼けた皮が弾けて脂が飛び出すが、翠は気にせずに齧り付く。

「う……うまいのだーー!!」

翠は両手を高く上げて大声で叫ぶ。そんな翠を温かい目で見ているみんなが僕に、もう大丈夫か？　と目で訴えてくる。

「多分大丈夫だと思うけど、一応気を付けてね」

僕がそう言うと、みんな思い思いの魚を手にとって齧り付いていく。僕もフナを手にとって齧り付いてみると、思ったより臭みが少なくて脂の旨味が口に広がる。

「フナも全然臭くないね。水質がいいせいかな？」

僕がそう言うと、エストリアさんが胸を張って、ここの湖で取れた魚はどれも美味しいわよと自慢する。12匹もあった魚も見る見るうちにみんなの胃袋に収まって、あっという間に完食してしまった。

「この後は、みんなどうするの？」

翠の魚の脂でギトギトになった翠の口を拭いてあげながら、エストリアさんがみんなに聞く。

「まだ遊びたりへん気がするんやけど、これ以上肌を焼きたないしなぁ」

「こ、これから、日差しが、もっと、厳しくなる……から」

女の子たちは、これ以上の水遊びはしないようだ。

「釣りもできたし、水遊びもできたし、そろそろいいかな」

「じゃあ、片付けて帰るとしようか」

帰る意見で纏まったので、僕たちはテントなどの後片付けをし始める。火の始末もしっかりと確認して、屋敷へと戻るのだった。

エストリアさんの家に戻りテントなどの備品を返して、一度自分たちの部屋に戻って一休みする。

湖の水は綺麗で澄んでいたけど、食事の準備や帰り道などで汗をかいたので、夕飯の前に風呂に入ろうとオスローを誘い1階に降りる。

「貴方たちもお風呂？」

エストリアさんたちも同じように考えていたみたいで、ロビーでばったりと会う。

「そのつもりだったけど、エストリアさんたちが入るなら後にするよ」

「悪いわね」

「お先にー」

「お先なのだ！」

「ご、ごめんなさい……」

僕たちが順番をエストリアさんたちに譲ると、女の子たちはぞろぞろと浴室に入っていった。

僕とオスローはロビーのソファーに身体を預けて、のんびりと寛ぎながら2人で雑談する。

「しっかしでかい家だよなぁ。離れなのに風呂まであるし」

「うん、離れ1棟でも、普通の家より豪華だね。僕の家は宿屋だから、この離れよりは大きいけど、部屋の内装は全然こっちの方が豪華だよ」

「うちはこぢんまりとしたパン屋だからなぁ。全然小さいぜ」

「そういえば、明日はどうする？　予定していた通り狩りしてみる？」

「んー。したいとは思うけど、ふと娯楽《ごらく》で生き物を殺すのは良くないなと思ってさ」

「そうだね。でも僕たちも生き物な訳で。僕たちが生きるために殺すのはしょうがないんじゃないかな。美味しいものも食べたいし。だから狩った生き物は大切に食べなきゃいけないんだろうね」

「そうだなー。だから食事の前に頂きますって言うんだしな。じゃあ狩りをするにしても自分たちが食べる分だけにしておこうぜ」

「賛成。でも初心者だから全く狩れないかもしれないけどね」

「あはは、そりゃ間違いないわ」

オスローと明日の予定について雑談を交えて話していると、女の子たちが浴室から出てくる。

「お先にお風呂を頂いたわ。ありがとう」

「待たせてもうて、堪忍《かんにん》な。あ、ウチらが入った後やからって、変なことせんといてや」

イーリスさんが茶化してくる。

「んなことするか！　まぁアルは匂いくらいは嗅ぐかもしれないけどな」

「あ⁉　え⁉　か、嗅ぐの？」

「え？　か、嗅ぐんですか？」

「嗅がないよ！」

オスローも茶化しに悪乗りすると、エストリアさんとキーナさんが本気になって反応したので、僕は即座に否定する。

「翠の匂いも嗅ぐか？　洗ってもらったばかりなのでいい匂いなのだ！」

「だから嗅がないってば……」

翠も僕の側に寄ってきて腕を出すが、いらないという仕草をしながら首を横に振る。

「ま、ごゆっくりー」

混乱を招いた張本人が手をヒラヒラ振りながら自室に戻っていくのを見送り、僕たちは微妙になった空気のまま、浴室に入っていく。

浴室には花を漬けた香油の香が充満していて、イーリスさんが余計なことを言ったせいか、なんかあちらこちらが気になってしまう。オスローもそわそわしているみたいだし、何か妙な気持ちになりながら、さっさと風呂を済まして上がると、カイゼルとウォルトがやってくる。

「アル君とオスロー君じゃないか。もうお風呂には入ったのかい？　私たちもこれから入ろうと思ってね」

「うん。もう頂いたよ」

「そうか。ならば私はアル君たちの残り香を嗅ぎながら風呂を堪能してくるとしよう！」

「はぁ……悪いな。アルカード、オスロー」

カイゼルが気色の悪い宣言をして浴室に入っていく。一緒にいるウォルトはげんなりした表情で溜息を吐く。さっきのイーリスさんとオスローの茶化しもどうかと思ったけど、カイゼルに比べればまだまだマシだなと思ったのだった。

みんなが風呂を終える頃、丁度夕食の時間が近付いてきたので、全員で本館に移動する。

昨日の夕食はとても美味しかったので、今日の夕食にも期待してしまう。今日は昨日より色々出てくると聞いたので楽しみだ。

「昨日は色々すまなかった。今日は簡易的なコース料理を用意したので、楽しんでくれると嬉しい」

今日も昨日と同じ席に座って待っていると、ヘンドリックさんが切り出す。そしてメイドさんたちがワゴンを引きながらやってきて、１皿ずつ配膳してくれる。オレンジ色の魚の上から緑色のソースが掛かっていて、魚からは燻製の匂いがする。

「まずは湖で取れたマスを燻したものに、山菜をすり潰したソースを掛けたものだ」

食べてみると口の中に薫香《くんこう》が広がり、続いて山菜の少し苦味があるソースが追いかけてくる。うん。僕の舌にはまだ早いソースな気がする。いつも元気に食べている翠も微妙な顔をしている。

「あ、翠ちゃんに、このソースは辛《つら》いかもね。香草のソースを頂戴」

エストリアさんが翠の顔を見てメイドさんに別のソースを持ってくるように頼む。小皿に入ったソースは、香草と卵黄と酢《す》と油を混ぜたもののようだ。

「こっちを付けるとうまいのだ！」

燻したマスをそのソースに付けて頬張った翠は嬉しそうな笑みを浮かべる。

次に出てきたのは透明なスープで、昨日食べたのよりもあっさりしていて、お腹の中を暖かくしてくれる。

その次は魚料理で白身魚の香草焼きだ。皮付きの表面をパリパリになるまで焼き上げて、その上から先ほど翠が食べていた香草のソースが掛かっている。

皮はパリパリ、中の身はふっくらとしていて、ソースを掛けないで食べても塩味と魚そのものの旨みがあって、とても美味しい。ソースを掛けて食べたら、お互いの香りを引き立て合っていて美味しかった。

魚料理を堪能した後は肉料理だ。骨付きの鹿肉をローストしたものに赤ワインのソースが掛かっている。赤ワインのソースも、骨や硬い肉やハーブを長時間煮込んで出汁をとったみたいだ。非常にコクがあり、野性味の強い味に負けずに、逆に臭みを打ち消している。

肉料理が大好きな翠が猛烈な勢いで平らげて、物足りなそうな顔をしている。

それを見たエスターナさんがスッと自分の皿をエストリアさんに差し出して、翠にあげるように促した。

「ありがとうなのだっ！」

翠はお礼を言いながら、猛烈に肉に食らい付き、あっという間に胃袋に収めてしまう。それでも足りないのか名残惜しそうに、ちまちまとパンでソースを拭いながら食べていた。

僕は先ほどのオスローとの会話を思い出しつつ、やはり明日は鹿を狩らないとなと決心するのだった。

そんな翠の食いっぷりに、ヘンリー君は目を真ん丸に見開いて驚いていた。

最後に昨日と同じフルーツの盛り合わせが出て、夕食は終わりとなり、昨日と同様にメイドさんはグラン用の葉野菜と木の実を持ってきてくれた。

どの料理も、非常に手が込んでいて美味しくて、僕たちを精一杯もてなそうとする心が感じられた夕食だった。

夕飯を終えた僕たちは、離れに戻ると明日の予定を話し合った。僕とオスローは先ほど話をした通りに狩りに行く旨を伝えると、翠とエストリアさんとイーリスさんも付いていきたいと手を挙げた。

カイゼルはゆっくりと庭や家の周りを見て回るつもりらしく、ウォルトもそれに付き合うらしい。

キーナさんはエストリアさんの家の蔵書を見せてもらい、読書を堪能するそうだ。

予定を確認し合った僕たちはあてがわれた部屋に戻って休むのだった。

第08話　ヒルデガルド州での異変

翌朝、昨日とは異なり、日が昇る前に目を覚ました僕は、グランを連れて朝の日課を済ます。今日は狩りへ出かける予定なので、部屋に戻った後は、この夏休みに製造した精霊銀鉱《エレメンティウム》の小剣《ショートソード》といつもの小手、あと事前に購入した弓矢などの準備をする。

「おはよう。起こしちゃった？　ごめんね」

「おー、アル。おはよー」

僕がガサガサと用意していると、オスローが目を覚ます。

「んにゃ、どうせそろそろ起きる時間だろ？」

オスローはそう言って、首や肩をグルグルと回してから、自分の身支度を整える。あっという間に朝食の時間となったので、ロビーに降りてみんなと合流し、一緒に本館へ向かう。

「今日はどうするのかな？」

「森に狩りに行って来ようかと思います。昨日翠が美味しそうに鹿肉を食べていたので、捕れたらいいなと」

ヘンドリックさんの問いに僕が回答すると、なるほどと呟き、殺したらすぐ血抜きをしないと、肉が血生臭《ちなまぐさ》くなってしまうと教えてくれる。

「血抜きの経験はあるのかな？」

ヘンドリックさんが僕たちに尋ねる。

『大丈夫だ。血抜きなら俺が教えてやる』

「大丈夫です。知識はありますので」

「ほう、なるほど。では、簡単なものになるが昼食を用意させよう」

大丈夫かなと不安になったけど、すぐに筋肉さんが答えてくれたので、ヘンドリックさんに問題ないことを伝える。

ヘンドリックさんは頷くと、控えていたメイドさんに持ち運べる昼食を用意して僕たちに渡すように言う。

朝食を終えて離れに戻った後、狩りに出るメンバーは準備を整えてロビーに集合する。昨日話した通り、参加者は僕とグランとオスロー、翠、エストリアさん、イーリスさんだ。

女の子たちは森を歩くということなので、流石にスカートではなく長ズボンをはいていた。

「んー、歩きにくいのだー」

「森は尖った枝とか、皮膚に貼り付いて血を吸う蛭《ヒル》とかいるから、長ズボンをはいていないと危ないわ」

普段、長ズボンをはかない翠が、違和感を覚えて不満気な顔をしていると、エストリアさんが諭《さと》す。

「アルカード君。私たちの防具を出してくれる？　動きの邪魔になると嫌だから、胸鎧《ブレストプレート》と小手と脛当てだけでいいわ」

エストリアさんから依頼されたので〈物質転受《アポート》〉の魔法を発動し、エストリアさんとイーリスさんの防具を取り出して手渡す。

「それほんまに便利やな。商売で革命が起こせそうや。こっそり教えてーな？」

「カイゼルに禁術《きんじゅつ》扱いされているからダメです」

まじまじと僕の魔法を見たイーリスさんが教えを請うが、にべもなく断る。というか算術魔法式は、眼鏡さんの魂魄を持つ僕以外には使えないから教えようもない。

準備が整った僕たちは、メイドさんから昼食を受け取り、森に向けて出発する。目的の獲物は鹿が2頭で鳥が数羽だ。昨日オスローと話した通り無意味な殺生《せっしょう》はしない方向性で、食べる分だけ狩ろうと考えている。まぁ、そもそも素人に狩れるかは疑問なんだけどね。

今日も好天に恵まれ、強い夏の日差しが降り注ぐが、森の中は木々が陽の光を遮り、少し涼しい風が草花の香りを運んできて気持ちがいい。

まずは猟師が通っていそうな踏み固められた道を歩いていく。先頭は僕が歩き、続いて翠、エストリアさん、イーリスさん。何かあった時のためにオスローが最後尾だ。

実家で冒険した時にフードの中に入っていたグランだが、そこが気に入ったらしく、フードの中で気持ち良さそうに揺られている。スピースピーと寝息が聞こえているからね。

「鹿は草や木の葉、木の皮が主な餌で、肉食獣から身を守れるように険しい崖の側の森林に生息しているることが多いわ。この辺から北に上がっていくと崖にぶつかるから、そこが狙い目だと思う」

1時間くらい踏み固められた道を歩いていくと、2つに道が分かれている場所にぶつかる。そこでこの辺の地理に詳しいエストリアさんに尋ねると、僕たちは北へと続く道に入っていく。

しばらく歩き進んで行くと、一瞬目の端に何か動くものを捉えたので、小声でみんなを止める。

木々の隙間の奥に少し広めの開けた場所があり、そこには体長150cm《センチメートル》くらいある全身が黒く、首から上が青っぽい大きい鳥がいて、地面の餌を探しながらウロウロしている。

「ヒクイドリ……だね。飛べないけど強力な脚力が特徴的な鳥だ」

僕はヒクイドリを確認すると、肩にかけていた弓を取り外そうとする。

「ちょい待ち。ここやったら弩《クロスボウ》で狙えるさかい、ウチに任せてくれへん？」

「なら私は逃げられないように、矢が当たったら魔法で拘束するわ」

「おう、任せた。オレは一応後ろを見張っておくぜ」

「うまそうなのだ……」

僕たちはイーリスさんとエストリアさんの作戦に任せることにする。あの、翠、まだ食べられないからね。

イーリスさんはいつも使っている弩《クロスボウ》を取り出すと狙いを定め、その間にエストリアさんは〈土鎖の束縛《アースチェインバインド》〉の詠唱に入る。

エストリアさんの詠唱が始まったのを確認したイーリスさんが矢を射出する。弩《クロスボウ》から放たれた矢は木々の隙間を縫って一直線にヒクイドリ目掛けて飛び、見事に足の付け根に命中する。

矢を受けたヒクイドリはバランスを崩して倒れ、そこにエストリアさんの〈土鎖の束縛《アースチェインバインド》〉の魔法が発動する。ヒクイドリは地面から伸びた土の鎖に全身を絡めとられる。

『血抜きは首を切り落としてから、すぐに逆さまに吊るすんだ。心臓が動いているうちに、血を抜くのが大事だぞ』

「ごめんね」

僕はそのまま身動きの取れないヒクイドリに近付いて、首を小剣《ショートソード》の一太刀で切り落とすと、噴水のように血が吹き出て絶命する。

「木に吊るすのか？　オレがやるぜ」

僕がヒクイドリの脚に縄を掛けて、木の枝に引っかけようとするが、上手くいかない様子を見て、オスローが代わりにやってくれる。

しばらく待つ必要があるが、血の匂いに反応して他の猛獣がやってくることもあるので、血抜き中も警戒を緩めずに周りに気を配っておく。

そして血抜きができたことを確認した僕は〈物質転送《アスポート》〉の魔法で、ヒクイドリを訓練施設の倉庫に送り込む。

「え？　何……したの？」

急にヒクイドリが消失したのを見て、エストリアさんが驚きの表情を浮かべる。

「いや、荷物になるし狩りの邪魔になるから、訓練施設の倉庫に送っておいたんだ」

「禁術やなかったんかいっ！」

イーリスさんから間髪を容《い》れずツッコミが入り、エストリアさんは言葉を失い引きつった表情でこめかみを押さえる。

「え？　〈物質転送《アスポート》〉の魔法は、指定したものを保管庫《ストレージ》に送るだけの魔法なんだけど……持ってくる訳じゃないから問題ないよね？」

「だけって……フツーに考えて、アカンやろ……」

イーリスさんは呆れながら弱々しいツッコミを入れる。あれ？　これもやってしまった系になるのかなぁと、冷や汗が流れる。

そんな一幕がありながらも、ヒクイドリを難なく仕留めた僕たちは、目的の獲物である鹿の生息地に向かって進む。

猟師が使っているであろう蛇行《だこう》した登山道を進んでいると、太陽が真上付近に来る。木々では遮れない直射日光が頭上から降り注ぎ、その熱さで汗が噴き出てくる。

地面を見て陰になるところを選びながら進んでいくと、下草が切り払われ、座れそうな木の根が露出している場所に出る。木の根から程良く離れた場所には円形に石が敷き詰められ、中央に木々の燃えかすが残っている焚き火の跡があったので、ここは猟師が休憩に使っている場所だと推測できる。

「ここで休憩にしましょう」

「そうやね。時間的にも丁度いいんとちゃう？」

エストリアさんにイーリスさんが同意し、僕たちは荷物を置いて、木の根に座り、用意してもらった昼食を取り出す。

「あとどれくらい掛かるのだ？」

「そうね。お父様に聞いた感じだと、あと1時間くらいかしら」

「何がいるのか楽しみなのだ！」

サンドイッチをあっという間に食べ終えた翠の問いに、エストリアさんが答える。

いち早く食事を終えた翠がウロウロし始めたので、僕たちも手早く食事を摂り、狩場に向けて歩き出す。

しばらく蛇行しながら上っていた道だったが、やがて下り始める。道の両端は木が生《お》い茂《しげ》っており、木々の隙間からは隣の山肌が見える。このまま山道を下っていくと、谷になっている狩場に着くのだろう。


急な下り坂が続いていたが、徐々になだらかになり、道の先から強い光が差し込む。そろそろ広い場所に出そうだ。耳を澄ましてみると、ザァーッという水が流れているような音もしている。

「そろそろ狩場なんじゃないかな？」

「そうね……時間的にもそろそろじゃない？」

僕が足を止めてエストリアさんに尋ねると、エストリアさんは目を細めながら、空を見上げて太陽の位置を確認する。

「大きな音を立てると警戒されてしまうかもしれないから、そっと移動するよ」

「分かったのだっ！」

「翠、声が大きいよ」

「むぅ……ごめんなのだ……」

なるべく物音を立てないように移動すると、目の前が開け、大小様々な石が転がっている河原に出る。基本的には小さめの石が多く、行動に制限は掛かりにくそうだ。河原の幅は10ｍ《メートル》くらいあり、川幅は場所により2ｍ《メートル》から4ｍ《メートル》といったところだ。

河原の両端は切り立った崖になっていて、僕たちが進んできた道のような崖の切れ目の道も幾つかあるようで、獣たちもその道を使って、ここに降りてきているのだろう。

水場となる緩やかな川と、食料が豊富な森が近い場所だけに、生息地としては申し分なさそうで、目的の鹿だけではなく、野鳥や、猪などが警戒せずのんびり過ごしているのが見て取れる。

対岸の崖の方に目を向けると、ひときわ異彩《いさい》を放つ存在がいることに気付く。

他の鹿に比べて2回りも大きく、全身が銀色の毛皮で覆われ、金色の角は掌のように大きく広がっており、その先端は刃のように尖っている。

その鹿が周りの安全を守るかのように崖の中腹で目を光らせているので、他の草食動物たちはのんびりできているようだ。

「あの鹿、威厳《いげん》がある佇《たたず》まいしているんだけど何かな？」

僕がエストリアさんに尋ねる。

「あれは森の護り手と呼ばれている神獣《しんじゅう》だと思う……話には聞いていたけど、見るのは初めてだわ」

「森の護り手かぁ。それって強いのか？」

「あの角と毛皮、めっちゃ高《たこ》う売れそうやな。狩れへん？」

「バカなこと言わないでオスロー！　イーリス！　あれはA級冒険者でも敵わないと言われている神獣よ。強いどころの話じゃないわ！」

「なんか強そうな雰囲気がするのだ！」

オスローとイーリスさんの発言にエストリアさんが声を荒らげると、翠が興奮気味に続く。

「森の護り手？　……これってまさか、父さんが言っていたグランの両親を救った神獣？」

僕はその名前に覚えがあり、視線を下に落としながら記憶を探る。確か父さんからグランの生い立ちを聞いた時のことだ。グランの父親であるグレンが、絶命の危機にあった時に森の護り手に救ってもらったという話を聞いた。

その時に森の護り手から授かった力の影響でグレンは異常な強さを身につけたけど、その力が強すぎて子をなせなくなっていて、父さんのパーティメンバーである魔術士のシグルスおじさんにその力を封印されたとか何とか……

「そやったら別の狩場に移るん？」

「無駄足になってしまったけど、仕方ないわね……ここから近い他の狩場は……」

「ちょっと待て！　何か様子がおかしいぞ？」

イーリスさんがエストリアさんと相談をし始めると、森の護り手を見ていたオスローが大きな声を上げる。

オスローの視線の先を見ると、森の護り手の足元から瘴気のような真っ黒な霧《きり》が立ち上り、その体を侵していく様子が見える。森の護り手は瘴気から逃れようと激しく体躯を振るが、纏わり付いていて引き剥がせない。

瘴気は森の護り手をどんどん侵食していき、銀色の毛皮を墨色《すみいろ》に染めていく。森の護り手は苦しそうに藻掻《もが》くが侵食は止まらず、頭までが包まれてしまい、墨色の毛皮、鶯茶色《うぐいすちゃいろ》の角、真っ赤に光る目を持つ神獣へと変質してしまう。

『むぅ、これは……先日見た多頭毒蛇《ヒュドラ》のように魔獣化しとるぞ。取り込んだ魔素を無差別に力に変換して能力を向上させとるのぅ。坊よ、気を付けるのじゃ』

龍爺さんが唸りながら警告を発する。

その魔獣へと変質した森の護り手が天に向かって一声吼え、角から紫電《しでん》を迸《ほとばし》らせると黒紫色の雷球《らいきゅう》が頭上に放たれ、その雷球から十数本の黒紫色の雷《いかずち》が周辺に降り注ぐ。その雷《いかずち》は崖下で寛いでいた動物たちを直撃し、一瞬で絶命させる。

「やめるのだっ！」

その光景を見た翠は、僕が止める間もなく河原から飛び出し、森の護り手に突進していく。

A級冒険者でも敵わないとエストリアさんが言っており、魔獣化した獣は1ランク以上強くなるというのも父さんに聞いている。

ということは、魔獣化した森の護り手のランクはどう軽く見積もってもS級以上。とてもじゃないが僕たちで太刀打《たちう》ちできる相手ではない。

だが、飛び出した翠を護らなければと、僕たちも後に続く。グランもフードから跳び降りると、僕の後ろに付いて走り出す。

森の護り手は崖を降りながら翠を一瞥すると、照準を定めるように僕たちに角の先を向けて先ほどの黒紫色の雷球を放つ。

「くっ！　〈鉄突槍《アイアンピアース》!!〉」

僕は川の手前に鉄でできた槍を発生させ、放たれた雷球から迸る黒紫色の雷《いかずち》を誘導・霧散《むさん》させる。

翠はその隙に一気に川を飛び越える。崖から動物たちが倒れている河原まで降りてきた森の護り手は、角の先を向けて3度目の雷球を放とうとする。

それを防ごうと、イーリスさんが川の手前から弩《クロスボウ》で頭部目掛けて矢を射出する。森の護り手は鬱陶しそうに頭を振り、矢を角で弾き返してしまう。だがその行動のおかげで雷球が消失する。

「これでもくらうのだっ！　らんりゅーけん!!」

森の護り手を自分の間合いに捉えた翠が、左手に魔力を溜めつつ、大きく右足で地面を蹴る。本気で踏み込んで地面を蹴った翠の姿は、残像を残しながら一瞬で森の護り手の懐に入ると、左手の魔力を暴風へと変換し、尋常ではない威力を伴った拳撃を放つ。

ドゴォォォオオンッッ!!

必殺の威力を持つ拳撃だが、少し軸をずらした森の護り手の毛皮に拳を逸らされ、翠は軌道を変えることができずに、そのまま崖に拳を打ち込んでしまう。翠の一撃は轟音と共に崖の一部を爆砕、それに伴い岩肌が崩落し、無防備な翠の上に大量の岩石が降り注ぎ、土煙を上げて翠を埋めてしまう。

「あ……」

「す、翠ちゃん!?」

「翠はん……」

「おいおい……」

翠の自爆に唖然としてしまう僕たち。

「た、多分、すぐに出てくると思うから、僕たちは先に森の護り手を！」

「あ、あぁ。翠だったらこんなの平気だろうからな」

僕の言葉に頷いて、オスローが川を駆け抜けていく。

「斧刃乱舞《ふじんらんぶ》!!」

森の護り手を射程圏内に収めたオスローが斧槍《ハルバード》を縦横無尽《じゅうおうむじん》に振るう。

しかしこれも森の護り手の角に弾かれ、毛皮に受け流されてしまい、まともなダメージを与えられない。それならばと下段に構えた斧槍《ハルバード》を身体ごと水平方向に1回転させつつ上段に振り上げ、遠心力をつけた渾身の力で斧槍《ハルバード》を振り降ろす!!

「斧刃墜天《ついてん》!!」

ガキィィィンッッッ!!

天を墜《お》とす勢いで放たれた斧槍《ハルバード》の一撃も、森の護り手の強靭な角であっさりと受け止められてしまう。

そのまま角で斧槍《ハルバード》を絡めとりながら首を捻ると、斧槍《ハルバード》ごとオスローを投げ飛ばす。オスローは大小の石が転がる河原に叩き付けられ動きが止まってしまう。

川を渡り終えた僕とエストリアさん、イーリスさんが、投げ飛ばされたオスローの側に駆け寄る。

「近接がダメなら！　……〈炎よ《Fire》！　彼の敵《Target》を　撃ち貫け《Shoot Penetrate》！　炎弾《ファイアバレット》!!〉」

駆け寄る途中で足を止めたエストリアさんが、牽制がてら僕の教えた〈炎弾《ファイアバレット》〉を発動させる。

鉄板にも穴を開けられる威力の炎の弾が、森の護り手の毛皮を焦《こ》がす……が多少怯《ひる》ませただけにしかならなかった。

「ダメっ！　硬すぎる!!　ならっ!!」

〈炎弾《ファイアバレット》〉ではダメージを与えられないと、エストリアさんが魔力を高めていく。

その魔力に危険を感じたのか、森の護り手はエストリアさんの方へ頭を向けると、頭を低く下げて何度か蹄《ひづめ》で地面を掻き始める。

『坊主！　やべぇのが来るぞ!!』

僕の頭に筋肉さんの叫びが響く。

その一瞬の後にとても目に留まらない速さで、森の護り手がエストリアさんに突進《チャージ》してくる！

筋肉さんの叫びで一瞬早く動き出せた僕は、咄嗟に〈防御殻《シールド》〉の魔法を発動させながら直撃コースにいるエストリアさんを突き飛ばす。

バキィイイイッツッツ!!

「くぅっつ!!」

森の護り手の刃のような角が、無慈悲《むじひ》に〈防御殻《シールド》〉を砕き、エストリアさんを突き飛ばした僕の横っ腹に突き刺さる。

森の護り手が角を突き刺さした勢いのまま首を掬い上げると、僕は横っ腹を切り裂かれながら宙を舞う。僕はそのまま受け身も取れずに、河原にある大きな石に背中から叩き付けられ、それらの痛みと衝撃で意識を失ってしまうのだった。

†

主《マスター》が森の護り手とやらの突進《チャージ》を受けて吹っ飛んでしまった。どうやら命に関わりそうな一撃だ。他の人間たちも軽くいなされて戦力になりそうもない。ここは我が前面に立ってでも早急に何とかする必要があるだろう。

我の体長は20cm《センチメートル》と小柄で、この川を渡れずにマゴマゴと時間を食ってしまっていた。

だが従魔契約する時に授かった巨大化の技法《スキル》を使えば、このような川はひとっ飛びだ。格好良く披露したかったんだが、主《マスター》の危機とあっては背に腹は代えられない。

「キュキューキュッ、キュキュグルルルル（という訳で、巨大化発動）!!」

我の意思を反映して身体が大きくなっていく。20cm《センチメートル》しかなかった体躯は、その7倍ほどまで巨大化する。巨大化した我は、その強靭な跳躍力で一気に川を飛び越えて対岸に着地する。森の護り手と比べると我の方が少々小さいが、それは身軽さでカバーできるだろう。

「え？　何？　グ、グラン？」

主《マスター》に対し、ことあるごとに切れ散らかしているメスが、巨大化した我を見て口をあんぐりと開けている。あまりの雄姿に言葉も出ないらしい。

「グルルッ！　キュィーキュッキュ（いくぞっ！　主《マスター》を頼んだ）！」

我は気合を入れると、森の護り手に向かって突進する。この大きくなった体躯による我の突進《チャージ》はそれなりの威力があるが、体躯で勝る森の護り手の突進《チャージ》の方が強いだろう。案《あん》の定《じょう》、森の護り手は頭を低く下げて地面を掻き、突進《チャージ》に入る動作を見せる。

そして一足で届く間合いに入った瞬間、森の護り手が飛び出す。

「グルゥルッ（ばかめっ）！」

我は左足を軸に制動《ブレーキ》を掛け、その勢いのまま回転しつつ右足を振り抜く。

グワッシャアッツッ‼

我の右踵《みぎかかと》が森の護り手のこめかみを蹴り抜く。

「グルルルル、キュィキュッキュグ、グルルルキュゥウッ（父上と翠殿から授かった技の数々、体躯の不利を打ち消すには十分なのである）‼」

我はそのまま森の護り手に肉薄し、翠殿と特訓した拳打、蹴撃の雨霰《あめあられ》を降らせる！

「珍しいものを見せてもらったよ」

「キュキュキュッ？」

ふいに、人間のオスが、我らが来た方角とは違う獣道から、のんびりとした様子で現れる。その肩には我の同族が乗っていて、我を見ると確認するかのような声を上げた。

「不穏な魔力を感知したから来てみれば、大変なことになっているようだ。それに……重傷の子もいるね」

そのどこか見覚えのある凄く痩せたオスが、辺りを見回し状況を確認すると、主《マスター》の方に近付いていく。

「だ、誰？」

主《マスター》の側で力なく項垂《うなだ》れていたメスが警戒の声を上げる。

「あぁ、怪しい者ではないよ。通りすがりの魔術士さ。そしてコイツは私の従魔ランスロットだ」

「キューイッキュッ（初めましてお嬢《フロイライン》さん）」

凄く痩せたオスが落ち着き払った優しい声で告げると、肩に乗った同族がぺこりと頭を下げる。

「アルを……アルを助けてください！〈快癒《ヒール》〉じゃ傷が塞《ふさ》がらなくって！」

「あぁ、これくらいなら大丈夫だ。安心するといい」

必死な顔でメスが懇願《こんがん》すると、凄く痩せたオスが主《マスター》の傷を確認し、手を翳《かざ》しながら答える。

「キュイッキュウ、キュキュキィーキュィンキュ（というかさっきの技……グレン様）？」

ランスロットと呼ばれた同族が我に話しかけてくる。

「キュィン？　キュキュ、キュキュッキュィ（グレン？　それは我の父上の名だが）」

「キューキュィキュ？　キュ、キュリュキュキュィキュァン（本当ですか？　では貴方がグラン様）」

「キュィキュッキュルキュァン（確かに我はグランという）」

ランスロットは、どうやら我と我の父上を知っているらしい。ランスロット……確か父上の側近がそんな名前だったような。

我がランスロットと会話している隙に、森の護り手とやらは後ろに跳ねて距離を置く。そして角から黒紫色の雷球を頭上に放つ。

「キュキュィッ（遅いっ）！」

雷球から降り注ぐ黒紫色の雷《いかずち》を、我は華麗《かれい》なステップで回避する。結構な拳撃、蹴撃を加えたはずなのだが、あまり効いている様子がないのは困った。黒くなった体毛が我の技の威力を削いでいるようだ。

「グレン？　グラン？　とすると……この子はレイオットの息子のアルカード君ですか。だったらのんびりしていられませんね。とりあえず〈大快癒《エクスヒール》！〉」

凄く痩せたオスの手から濃密な魔力を伴った光が主《マスター》に注がれる。

「あ、傷が……」

「傷は塞がりましたが、失った血液は戻りませんからね。目を覚ますのも、しばらくかかるでしょう。それより、あちらですか……」

話の内容からどうやら主《マスター》の突き刺されて切り裂かれた腹は塞がったようだが、こっちの森の護り手とやらは埒が明かない。殴る蹴るで動きを封じていても、一向に弱まる様子が見られないのだ。

『単純な物理攻撃をしても、純粋な魔法攻撃をしても、あまり効果がなさそうですね。となると魔力撃が必要そうなのですが』

「キュィンキュキューキュルル、キュキュイッキュ（グレン様は魔力撃が得意でした。封印される前は）」

「ですよね。まぁ見たところグランはしばらく子供を作る機会はなさそうなので、ささっと解放しちゃいましょうかね」

凄く痩せたオスはそう軽く言うと、我に掌を向けて魔力を集中させていく。

「シグルスが命じる。封印よ、その役目を終えよ！〈封印解除《リムーブ・シール》！〉」

凄く痩せたオスが力ある言葉を発すると、我の足元に魔法陣が構築され、強い光が立ち上る。その光に照らされた我の身体には、何本もの鎖が纏わり付いているのが目に入る。そして、光に反応したかのようにそれらの鎖が、１本１本光の粒を舞わせながら砕け散っていく。

「キュ？　キュキュキュキュキュキュキュー ッ（ぬ？　うおぉぉぉぉぉぉぉ）!!」

鎖が１本砕ける度に、我の中から凄まじい力が溢れ出す。

「それはグレンが森の護り手から譲り受けて、私が封印した力だ。グランにもその力が封印ごと引き継がれていたようで良かった。その力ならば森の護り手を正気に戻せるかもしれないよ」

「キュキュッキュルキュッ！　キュァン（その力見せてください！　グラン様）!!」

シグルスと名乗ったオスとランスロットの言葉を受け、我は目を閉じて溢れ出た力を受け入れる。

初めて扱う力なのだがどこか懐かしい、そして何故か手に取るように使い方が分かる。父上から学んだ全てのことが、力となり体躯の隅々《すみずみ》まで染み渡ったように感じられる。

「キュキューーッツッツ（いくぞーっっっ）!!」

森の護り手に近接したままその力を爆発させると、我の体毛が白銀の輝きを放つ。

「キュキュキュッキュッ（弧月脚《こげつきゃく》）!!」

我はその力を右足に集中してバク転蹴りを放ち、森の護り手の顎を打ち抜き、空中に吹っ飛ばす！　絶大なる威力の一撃を受け、森の護り手は意識が飛びかけている。

そして森の護り手が落下してくるのを待ち受け、軽く飛び上がると渾身の力で後ろ回し蹴りを放つ!!

その白銀の光を放つ蹴りの軌跡は、まさに縦と横の交差だった。

「キュイッ、キュウッ！　〝キュアン・キュ・キュルゥ〟（これが、我が一撃！　〝グラン・ド・クロス〟である）！」

白銀の十字交差、それは聖《せい》なる十字架《じゅうじか》を意味し、聖なる力は森の護り手を黒く染めていた瘴気を浄化する。

我の強力な一撃を食らい半死半生《はんしはんしょう》になった森の護り手だが、地面に横たわりながらも、目に理知的な光を灯す。どうやら瘴気は完全に晴れたらしい。

「凄いな。まさか、これほどまでとは」

「キュイッ！　キュインキュキュキュアン（流石！　グレン様の子、グラン様）！」

シグルスとランスロットが我を称えてくれる。

「あ、アルッ!!」

「う、うん……」

とりあえず無事に危機を乗り越えたところで主《マスター》が目を覚まそうとすると、我も安心したせいか巨大化が解除され、元の大きさに戻っていくのだった。

†

「うがーっ！！！！」

僕が目を覚ました直後、翠の大きな声がしたと思うと崖下の土砂が爆散《ばくさん》する。

「あー、やっと自由になったのだっ！　ん？」

翠が土砂の中から姿を現して、キョロキョロと周りを見渡すと、森の護り手を見つけて近寄ってくる。

「知らない間に元に戻っているのだ！　とてもよかったのだ!!　……あれ？　アルはお休みなのか？　翠もなんか疲れたから寝るのだー」

翠は気軽に森の護り手に話しかけると、僕の側に寄ってきてゴロンと横になる。

「まだしばらく横になっていた方がいいですよ」

声のする方へ視線を向けると、どこかで見たことがあるような気がするが、すぐには思い出せない痩せた男の人が、僕に優しく告げる。

「でも……」

「大丈夫です。危険感知しておきますので」

無理に起きようとした僕だが、男の人に制される。そして何だかその人の声にホッとして、僕の意識はまた沈んでいく。

そうして僕が再び目を覚ました時には日は傾き始めていて、何故かエストリアさんの膝枕で、翠に貼り付かれた状態で寝ていた。

エストリアさんの近くには森の護り手が伏せていて、一瞬警戒体勢を取ったが害意がないのがすぐに分かったので、気を緩める。

「というか、あ？　えっ？」

僕は置かれている状況に吃驚《びっくり》して飛び起きたが、頭がクラクラしてしまいバランスを崩す。エストリアさんが腕を差し出し、支えてくれたので、何とか倒れずに済んだ。

「あ……ごめん。い、嫌だった……よね？」

「い、いや。そんなことはないけど……」

「んー、ご飯なのか……？」

心配そうに顔を覗き込みながら謝罪してくるエストリアさんの距離感に躊躇《ためら》っていると、僕の動きに反応した翠が、僕にしがみつきながらブツブツと寝言を言う。

僕は実家で腕を齧られたことを思い出し、飛び跳ねて距離を取る。

「あ、ありがとう」

「こちらこそ、庇《かば》ってくれてありがとう……でも、もうあんな無茶しないで」

「き、気を付けるよ……エストリアさん」

「本当に気を付けてね。貴方に何かあったら……それと、もうエストリアさんなんていう他人行儀《たにんぎょうぎ》な呼び方じゃなくて、みんなと同じようにリアって呼んでくれないかしら。ちょっと距離が遠いと感じちゃうから……私もアルって呼んでいい？」

エストリアさんが頬を赤く染めながら上目使いに聞いてくる。

「あ、うん。もちろんだよ、エストリアさん」

「もうっ、愛称で呼んでって言ってるでしょ」

「あ、ごめん。え、えっと……リア？」

「うん、それでいいわ。アル」

リアはそう言うと零れんばかりの笑顔を向けてくる。僕はその笑顔にどうすれば良いか分からず固まってしまう。

「そういえば、オスローとイーリスの姿は見えないけど大丈夫だろうか？」

「心配ないよ。２人は野営の可能性も考えて枯れ木を拾いに行っているから」

突然、僕の後ろから男の人の声がする。背後から声を掛けられたので、驚きながら振り向くと、ローブを着ている痩せた男の人と視線が合う。

「いやー初々《ういうい》しいね。それに、久しぶりだね。アルカード君」

「えっと……あ、シグルスおじさん！　何でここに⁉」

「妙な魔力を感じてね。調査がてら来てみたら、君たちがその森の護り手と戦っててさ。アルカード君は瀕死《ひんし》の重傷だし、グランは巨大化して戦ってるしで、ちょっとサポートさせてもらったんだよ」

「グラン……巨大化？　そういえば眼鏡さんが従魔契約の時にそんな技法《スキル》をあげていたような……」

「あとグランにはグレンの力と封印が受け継がれていたみたいでね。封印を解除してあげたら、その力で森の護り手を正気に戻してくれたのさ」

「よく分からないけど……グランありがとう」

「キュキュイキュイッッキュ（なんてことないのである）」

グランが胸を張りながら言う。その横にはグランと同じ跳びネズミ《ラニー》が控えていた。

「キュッキュイキュゥ（アル少年、久しぶりだな）」

グランと従魔契約した際の効果なのか、僕はグラン以外の跳びネズミ《ラニー》の言葉も分かるみたいだ。

「えーっと、シグルスおじさんの従魔のランスロットだよね？　久しぶり、元気そうだね」

「キュキューキュッキュキュキューキュ（何とか壮健《そうけん》でやっているよ）」

グレンの片腕として国を興《おこ》し、密猟者から国を守るために、シグルスおじさんの従魔になったランスロットは、グレンが死んだ今も、まだ元気に生きている。従魔になったことで寿命が延びているからだ。

「貴方は森の護り手、ですよね？」

『あぁ、そう呼ばれることもある』

先ほどからリアの横で伏せていた森の護り手に尋ねてみると、頭の中に声が響く。

『本意ではないとはいえ、死の淵《ふち》を彷徨《さまよ》わせてしまった。すまなかった』

「いえ、僕たちが未熟だっただけです。しかし凄い突進《チャージ》でした」

僕は致命傷《ちめいしょう》を受けたことを思い出して、服を捲《めく》って突進《チャージ》を受けた横腹を確認する。

「あれ？　怪我がない」

あの凄まじい突進《チャージ》を受けて傷1つ残っていないとは考えづらい。リアの〈快癒《ヒール》〉でも、ここまで傷は塞げないだろう。

「シグルスさんが治してくれたの」

僕が不思議そうな顔をしているのを察知して、リアが教えてくれる。

「でも、アルが生きていて本当に良かった。意識を失って、〈快癒《ヒール》〉でも回復しなかった時、本当にどうしようかと、頭が真っ白になったわ」

リアが自分の両肩を抱えながら身震いする。

「お！　アル!!　目が覚めたのか！」

枯れ木を腕いっぱいに抱えたオスローとイーリスさんが近寄って来る。

「んー、おはようなのだ……おおっ！　アルが起きてるのだ!!　元気そうなのだ!!」

そうこうしていると翠もようやく目を覚まして、僕の無事を喜んでくれる。

「でも結局狩りできなかったね……」

元気な翠を見て、翠の楽しみにしていた肉を用意できなかったことにがっかりしてしまう。

『その我が殺してしまった獣たちなら、持って帰ってやってくれ。食べることで供養《くよう》してやって欲しい』

僕たちは森の護り手の提案を受けて、雷撃を受けて絶命した動物たちを持って帰ることにした。

亡くなった動物たちを1箇所に集めている最中に、僕はふと変な魔力の残滓《ざんし》を感知して、森の護り手が変質した崖の棚《たな》に登ってみる。

崖の棚には砕けた真っ黒い石が転がっており、僕は得体の知れない不気味な雰囲気を感じつつも、確認しようと手を伸ばす。

「不用意に触らない方がいいですよ」

シグルスおじさんが僕の行動を見て声を掛けてくる。

「それ、強制的に何かに変質させようとする魔法が込められているようですね。漏れ出ている魔力から判断すると、〝魔の眷属〟へ変質させる可能性が高いかと思われます」

「〝魔の眷属〟？」

「あぁ、この世界ではどうにも説明のつかない生物がいるんですよ。それこそ別世界から送り込まれたような。そういった生物は色々な呼ばれ方をしていまして……その内の1つが〝魔の眷属〟です。特徴は……真っ黒い体躯と真っ赤な目、凶暴化と巨大化、異常なほどの防御力と攻撃力および生命力の向上、あとは特性の強化ですかね」

「父さんはそれを〝魔獣〟と言っていたんですが、違うんですか？」

「〝魔獣〟は魔素を扱えるようになった動物を指します。魔素を取り込んで自己強化しているんですが、見た目は普通の獣と変わらないんですよ。でも、〝魔獣〟の一部に、真っ黒い体躯と真っ赤な目を持った特殊な獣がいましてね。一般には〝魔獣〟と一括りにされているんですが、どうにもこうにも説明がつかなくて、先の特徴の獣を、〝魔素を取り込んで変質した何らかの眷属〟、略して〝魔の眷属〟と定義してみると妙に腑《ふ》に落ちるんですよ」

「なるほど、〝魔獣〟と〝魔の眷属〟は、魔素を扱えるところは一緒だけど、生物として別物ってことですか？」

「理解が早くて助かります。そういうことですね」

シグルスおじさんが真っ黒い石を観察しながら説明してくれる。

「んー。効果はもうないみたいですね。一応念のために回収しておきましょう」

「僕も調べたいので欠片をもらっていいですか？」

「もう害はなさそうなので大丈夫じゃないですかね。私も研究のために持ち帰らせてもらいましょう。真っ黒い石だと呼びにくいですね……魔石というのは既にあるので、〝魔の眷属に変質させる黒い石〟ということで〝魔黒石《まこくせき》〟とでも呼びましょうか」

誰が？　何のために？　そんな疑問を僕は抱きながら、シグルスおじさんに魔黒石と命名された真っ黒い石を拾う。

「では、私たちは先に失礼させてもらうよ。時間があったら、また顔を見せてくれたまえ」

「キュキュー、キュアン（ではまた、グラン様）」

シグルスおじさんとランスロットはそう言うと帰っていった。

そして亡くなった動物たちを、一旦〈物質転送《アスポート》〉の魔法で鉱石倉庫に送ると、森の護り手さんに別れを告げて、リアの実家へと戻る。

戻った時には日は暮れていて、カイゼルたちが僕たちの帰りを心配して待っていた。

この時間からだとせっかく狩った獲物を料理してもらえないだろう。特に翠が残念がるだろうなぁ……

ハードな戦闘を行ったせいで泥と砂にまみれていた僕たちは、一旦風呂で身体の汚れを洗い流してから、本館の食堂に集合した。ヘンドリックさんは僕たちの狩りの成果をそもそも考えていなかったので、予定していた通りに料理が出てきて、量も質も十分満足できる夕食だった。

そして離れに戻ってから、今日の一件をカイゼルたちに話した。

「本当にアル君と出会ってからの日々は、飽きることのないトラブルの連続だな。それにグラン君が巨大化？　本当かい？」

カイゼルが呆れた顔で僕たちを見て、グランの巨大化について疑問を持つ。

「だってさ、グラン」

「キュキュッキュキュイキュー、キュアッ（見ていないのだから仕方ないだろう、では）！」

僕がグランに話題を振ると、グランは技法《スキル》を使って巨大化する。

「ぬぉっ！　ほ、本当だったのか」

「……（開いた口が塞がらない）」

「……（目を見開いて固まっている）」

「グランは格好いいのだ！　そしてもふもふなのだっ！」

仰天するカイゼルに、固まっているウォルトにキーナさん。そして何故か自信満々な翠が、グランのお腹に飛び付きふわふわの毛に頬擦りする。

「あ、本当だ。温かくて柔らかいわ」

「ホンマや。冬やったら、もっと気持ちええんとちゃう？」

巨大化を目撃していたリアとイーリスさんもグランの毛に埋もれながら、もふもふを堪能する。

色々あったけど、リアの家にいるのも後1日。明日泊まったら学園に帰り、2学期を迎えることになる。

目的だった湖での水遊びと森での狩りは満喫できたので、明日は何をしようかとみんなで話し合うが、意見がバラバラだったので最終日は自由行動ということで話は纏まった。

僕は神獣を魔獣化させた何かが凄く気になっていた。僕たちが狩りに行くタイミングで丁度魔獣化するなんて、普通に考えたらあり得ない。ただ運が悪かったといえばそれまでだが、何か作為的《さくいてき》なものを感じたので、明日はそれを調べようと考えている。

傷は癒えたとは言っても流れ出た血も多く、生死の境を彷徨ったこともあり、僕は早めにベッドに入るとあっという間に眠りの世界へと落ちていった。

次の日は窓から差し込む朝日の光で目を覚ます。やはり、身体も精神も疲れていたみたいだ。オスローは既に起きていたようで、部屋にはいなかった。グランは、昨日の巨大化の影響か、声を掛けても気怠《けだる》そうな反応をするだけで、すぐに目を閉じてしまう。すぐに朝食の時間になりそうなので手早く着替えてロビーに降りる。

「アル。おはよう。顔色は……まだ本調子ではなさそうだから無理しないでね」

イーリスさんとキーナさんと会話していたリアが僕に微笑みながら挨拶をしてくる。

「昨日の今日でここまで動けるのは、シグルスおじさんの治癒魔法とリアの看病《かんびょう》のおかげだよ」

「それは……私を護ってくれたからで……うぅん。やめやめ!! このままだと責任の取り合いになって、収拾がつかなくなっちゃう。だから……お互いにありがとうで終わりにしましょ」

「うん。リアのおかげで助かった。ありがとう」

「私もアルのおかげで助かったわ。ありがとう」

2人でお礼を言い合って、ぎこちない時間が流れる。

「ん？ 2人ともいつから愛称呼びになったん？ せやったらウチのこともイーリスって呼んでくれへんか？ ホンマはいつまでも他人行儀みたいで嫌やったんや」

「え？ でも……」

「リアのことは呼べても、ウチのことは呼べへん理由でもあるん？」

イーリスさんがニヤリと笑いながら詰め寄ってくる。

「わ、分かったよ。じゃあ、イ、イーリスさ……イーリスって呼ばせてもらうよ」

「へへへへ。これからもよろしゅう、アルはん。せやけど、キーナだけさん付けっちゅうのもおかしな話やな。なんでキーナも呼び捨てで」

「そ、それは、キーナさんに悪いんじゃ？」

「だ、大丈夫で、す。アルカード君になら……」

「ほらほら、キーナもアルカード〝君〟なんて他人行儀な呼び方、やめにしーや」

「え？　で、でも……」

イーリスさん……いやイーリスはついでにキーナさんも巻き込んでいく。

「ほらほら、アルはん、キーナって呼んであげてーな」

「え、あ……じゃあ、キーナ」

「は、はい。ア、アル……君」

「ほな、これで一件落着や！」

「これからもよろしゅーな!!　あはははははは!!」

恥ずかしそうに俯く僕とキーナを見ながら、イーリスは大きな笑い声を上げる。

「もう！　イーリスったら、アルとキーナが困っているじゃない……」

強引な進め方に苦言を呈するリアに対して、口元を押さえながら意地の悪い笑みを浮かべるイーリス。

「おぅ、今日もいい天気だぞ。腹も減ったし朝飯に行こうぜ！」

オスローが斧槍《ハルバード》を肩に担ぎながらロビーに入ってきて、全く空気を読まずに場をぶった切る。ある意味凄い空気を読んでくれる友人で、とてもありがたいと感謝しながら、オスローに話を合わせる。

「うん。今日もいい天気だね。朝食を食べに行こう」

「ん？　あぁ、行くか！　って、斧槍《ハルバード》を置いてくるから、ちょっと待っててくれな」

オスローは僕の対応に一瞬訝し気な顔をしたが、斧槍《ハルバード》を置きに階段を駆け上がっていく。

離れの外に出ると、本当にいい天気で草木が朝露《あさつゆ》を反射してキラキラ輝いている。

僕はそんな景色を見ながら、この綺麗な景色を乱そうとする何かを見つけないと……との思いを強くするのだった。

第09話　新たな動乱の気配

本館での朝食を済ませた僕は、一度離れに戻って小剣《ショートソード》を取り出し、改めて庭で素振りを始めて、身体に違和感がないかどうかを確認する。昨日の大怪我で上手く動かないところがあると致命的な事態になるからだ。

シグルスおじさんと僕を除いて、森の護り手との戦いの起因となった魔黒石の存在を知る人はいない。この魔黒石が昨日見つけた1つだけだったらいいけど、これがもし複数あって色々な獣が魔獣化したと仮定した場合、リアの家族に危険が及んでしまうだろう。

だから僕は、この地域の安全を守るためにも、この魔黒石を排除《はいじょ》しなければならないと思っている。

数回、型をなぞってみると、やはり血が足りていないせいか、身体を動かすとすぐに息切れするし、立《た》ち眩《くら》みを起こしてしまう。

『本当は飯食って寝てろと言いたいところだが』

「そうはいかないよ。今日しかないんだし……」

『何とかできないこともないんじゃがの……荒療治《あらりょうじ》で良ければ』

「え？　本当？」

『代償《だいしょう》として明日以降しばらく苦しむんじゃが』

筋肉さんが僕を心配して声を掛けてくれた。だけど気掛かりを残したまま学園に戻ることができないと言って引く気がない僕に、龍爺さんからあまり勧められない妙案があると言う。

「構わないよ。とりあえず今日の危機を乗り切れれば」

『生命力賦活化《ふかっか》という魔法があっての』

『あぁ、それか……鬼闘法でもあるな。生命力を気の力で活性化させて、身体の回復を早めるんだ』

『生命力賦活化の魔法は、無理やり身体の中にある生命力を高めて、自然治癒能力を加速させるのじゃが、その反動でしばらくの間、自然治癒能力が低下するし、酷い倦怠感《けんたいかん》が発生するのじゃ』

「それでも、今日満足に動けるなら、試してみたい」

『ぶっつけ本番になるが、鬼闘法と組み合わせてみるのはどうか？　少しは反動が抑えられるかもしれんぞ？』

『確かに気の力で賦活化していれば、無理やり引き出す力も少なくて済むかもしれんのぅ』

僕は2人に教えてもらい、生命力賦活化を試してみる。

まず胡坐《あぐら》をかいて目を閉じて座り、右拳を左手で包み、臍《へそ》の上に置く。そして鬼闘法を使い、身体中に魔力をゆっくりと隅々まで循環《じゅんかん》させる。

『いいぞ。そのまま気を身体の隅々に残しておくんだ。そうだ、そのまま維持すれば肉体の活性化促進になる』

『なるほどのぅ、この状態であれば、賦活化の魔法も反動が少なく効果も多く出そうじゃな』

そして龍爺さんに教えてもらった〈生命賦活化《ライフインヴィゴレーション》〉の魔法を発動する。すると身体中の細胞や臓器が活性化し、身体中が燃えるように熱くなる。

内部から発生する熱さに集中を切らさないように鬼闘法を使い続けていると、徐々に身体の熱さが収まっていく。

『上手くいったようじゃの。この分なら反動もかなり小さいだろうて』

龍爺さんがその効果に頷く。

僕は立ち上がると先ほどと同じように剣を振るう。一連の型を素早く行ってみたが、息切れも立ち眩みもしない。むしろいつもより調子がいいくらいかもしれない。

『勘違いしたらダメだぞ坊主。無理やり活性化させてるだけだからな』

「あ、うん。気を付けるよ」

こうして僕は、何とか戦える身体に調整したのだった。

そして僕はポケットから魔黒石を取り出すと算術魔法式を展開させる。

〈エグゼキュート《実行する》　ディティールサーチ《詳細検索》　ワイドマップ《広域地図》　ターゲットマテリアル《目標物質》〉

いつも通り僕の右目に周辺の地図が投影され、手に持った魔黒石と同じものがある場所が黄色い光の点滅で記される。

やはり危惧していた通り魔黒石は幾つか存在していて、湖付近に2つ、湖の中の島に1つ、森に3つとかなりの数がばら撒かれているようだ。魔黒石により魔獣化した猛獣はとうてい僕1人では対応できないので、みんなに協力してもらうべく、別館のロビーに集まってもらった。魔獣化した森の護り手と戦ったグランにも参加してもらう。

「あれ？　なんか顔色が良くなっているわね」

「あ、うん。ちょっと体調が良くなったみたい」

「ふーん。なんか怪しいわね……さっきも言ったけど無理しちゃダメだからね」

「分かってるよ」

ロビーに降りてきて、僕の顔色を見たリアが不思議そうな顔をする。そして、他のメンバーもロビーに集まってくる。

「みんな揃ったようだね。それでアル君、相談とは？」

カイゼルが促してくれたので、僕は話を切り出す。

「うん。昨日話した森の護り手に関係する話なんだけど、森の護り手を魔獣化させたのは、魔黒石という魔法が付与された石の可能性が高くて、それがこの近くにまだ幾つかあるみたいなんだ」

「魔黒石？」

「はい。シグルスおじさんの話だと、その石には、付近にいる生物を強制的に魔の眷属に変異させる力がありそうと言ってました。もともと森の護り手は強かったみたいだけど、魔黒石の力でかなり強くなっていました。魔黒石が他にもあったら、この地域がとても危険で人の住めない場所になってしまうと思うんです」

僕の話を聞いたカイゼルが顎に手を当てて考え込む。

「場所は分かるのかい？」

「はい。湖付近に2つ、湖にあった島に1つ、森に3つ……くらいはありそうです」

「合計6つか……多いな。場合によっては分断されてしまうこともあり得そうだ。準備は入念にするべきだろうな」

「あんな危険なの、放置できないからな。オレも手伝うぜ」

「翠も！　翠も行くのだ!!」

「ウチは戦力にならへんかもしれんけど……サポートはさせてもらうわ」

「わ、私も……」

「私は当然参加させてもらうわ！　あんな危険なの、この近くにのさばらせとく訳にはいかないもの！」

「当然、私も手伝わせてもらうよ」

「俺も行こう」

オスロー、翠、イーリス、キーナ、リア、カイゼル、ウォルト……やりたいことがあって別行動にしようと言っていたけど、みんな手伝ってくれるみたいだ。

「って言っても、あいつ目茶苦茶硬くて刃が通らなかったんだよなぁ……」

オスローが魔獣化した神獣を思い出しながらぼやく。

「確かに〈炎弾《ファイアバレット》〉でも、大したダメージは与えられなかったわね」

「翠の必殺パンチも効かなかったのだ……」

「……あ、ちょっと待っててもらえる？」

リアと翠も攻撃手段が通用しなかったと話すのを聞いて、僕はみんなに伝えていなかったことを思い出し、自室にそれを取りに行く。

「実はみんなに渡した武器なんだけど……」

そして自室から小剣《ショートソード》を持ってきた僕は刀身を鞘から抜き放つ。

「渡された武器か。鞘や柄の作りはしっかりしていて、手にしっくりと馴染む武器だったな」

僕の剣を見てウォルトが思い出したかのように感想を述べる。

「これ実は……」

僕は魔力を掌に流し込む。すると掌に触れた金属部分が僕の魔力を吸い込み、刀身の色が根元から先端に向けて天色に変わっていく。

「鋼の武器にしては、刀身がやけに綺麗な銀色をしているとは思ってはいたんだが……まさか？」

「あ、うん。これ精霊銀鉱《エレメンティウム》製の武器なんだ」

「そうか、納得した。何で灼熱飛竜《フレアワイバーン》の鱗にあっさりと傷を付けられたのかと思っていたんだが、精霊銀鉱《エレメンティウム》製の武器だったのか」

ウォルトが僕の話を聞いて納得したかのように頷いている。

「精霊銀鉱《エレメンティウム》って何だ？」

「授業を聞いてなかったの？　精霊の祝福を受けた銀で希少金属《レアメタル》よ。特性は強靭性、耐熱性、そして魔力親和性が非常に高いことよ。魔力を通すと銀色から天色へと色が変わり、更に強靭性、耐熱性が上がる性質も持っていると言われているわ」

オスローの疑問にリアが答える。

「へぇ、武器には丁度いいな」

「だ、だから、なかなか手に入らないし、と、とても高価です」

「何故こんなものが人数分用意されているか、聞きたいところなのだが、あまりのんびりしている暇もなさそうだ。とりあえず魔力を通していないのに灼熱飛竜《フレアワイバーン》を傷付けられたのであれば、全く歯が立たないということはないだろう。敵の外装が精霊銀鉱《エレメンティウム》より硬いとなるとお手上げになるが……」

カイゼルは話を纏めると、僕に目を向け、にっこりと笑みを顔に貼り付ける。まるで後で話を聞かせてもらうからねと言っているように見える。

「キュイ、キュキュィキィキュキュー（主《マスター》、魔獣には魔力撃が有効だったのである）」

オスローの膝の上で、首筋を掻かれながらうっとりとした表情で寛いでいたグランが僕に告げる。

「あ、魔獣には魔力撃が有効ってグランが」

「あぁ、確かにグランは最後に手足を光らせながら神獣に攻撃してたな。あれ、魔力撃だったのか」

「なるほど。だとすると、精霊銀鉱《エレメンティウム》に魔力を通して攻撃するのは有効である可能性が高いな。では各自準備をして、ここに集まるとしよう」

グランからの情報で可能性を見出したカイゼルは、そう言って解散を告げると、みんなはそれぞれ武具を用意するために部屋に戻っていく。

長丁場になる可能性もあるので、リアは昼食を用意してもらうべく、離れに待機していたメイドさんに依頼していた。


各自準備を終え、メイドさんから昼食を受け取った僕たちは、まずは森の奥を目指してリアの実家を出発する。森にある魔黒石のポイントは3箇所あるが、ほぼ同じ場所にあるようだ。

全部が効果を発揮しているとすると、3体の魔獣を相手にする可能性が出てくる。また魔獣は魔黒石のあった場所から移動している可能性もあるので、僕は〈詳細検索《ディティールサーチ》〉の魔法で確認しながら進む。

「アル君……魔獣化による特徴は、防御力と攻撃力および生命力の向上、凶暴化に巨大化、体色が黒に変化、目が赤くなって光る、特性強化だったたね」

「う、うん。シグルスおじさんがそう言ってた。魔獣化ではなく魔の眷属化らしいけど」

「魔の眷属化か……言いにくいので魔獣化としておこうか。ただでさえ強い獣が魔獣化すると、とてつもなく厄介そうだな」

カイゼルが僕に確認した内容にウォルトが顔を顰《しか》める。

「うむ……だが光明《こうみょう》はある。まず、素体となった獣の特性や弱点はそのまま残っている。また、素体となった獣が持っていない特性は持ち得ていない。更に凶暴化していることで冷静さがなくなり逃亡を選ばなくなりそうだ。またターゲットにした獲物を一方的に狙う……など弱点はある」

流石分析に長《た》けたカイゼルだった。少ない情報から魔獣の特性を推測して弱点まで割り出してしまう。

「となると、前衛の盾役が魔獣のターゲットとなって引きつけ、攻撃役が重い一撃を入れていくのが効果的だ。ただし、後衛が不用意にターゲッティングされてしまうと大惨事になるので、注意が必要になる。まずは魔獣を見つけたらオスロー君とウォルトで注意を引き付けるとしようか。十分に引き付けたところで魔法や弓矢で目潰し、関節潰し、拘束魔法などで行動に制限を加えていく。そして動きが鈍ったところでトドメの一撃を入れる方法が有効だと思う。もし2体が一気に現れたとしてもやることは変わらないな。キーナ君、補足はあるかな？」

「え……えっと、3体以上になったらターゲット役を増やす必要が……ある……ので、その時は……アル君にお願いする……とか」

カイゼルとキーナさんが素早く戦略を構築すると、みんな了解と頷く。

「そろそろ魔黒石の近くです」

先日北に分かれた道を東に進み、〈詳細検索《ディティールサーチ》〉が示す魔黒石の近くに来たので、僕はみんなに声を掛ける。警戒を強めながら、魔黒石の在り処が分かる僕を先頭にして進んでいく。鬱蒼《うっそう》として道らしい道がない中、草や藪《やぶ》を掻き分けて進んでいると、回りの木々が薙ぎ倒されている場所に辿り着いた。

地面には何かを転がしたような跡が残っており、魔黒石にて何かが魔獣化したことを予想させる。屈《かが》みながら足元の跡を調べてみると、横幅50cm《センチメートル》以上の幅を持つ何かが転がっていたことが分かる。どっちに向かったのか調べていると、グランがフードの中で立ち上がる気配がする。

「キュィ、キュッキュキュ（主《マスター》、何か来るぞ！）」

グランが僕に危険を知らせてくれたので、耳を澄ますと微かに虫の羽音のような音が聞こえてくる。

「みんな！　森の中へ!!」

警戒した僕は、太陽の光を反射した何かが、猛烈な速度で突っ込んでくるのをいち早く発見する。その場に勢い良く伏せると、物凄い勢いで僕の背中の上、数cm《センチメートル》のところを何か大きなものが通過していく。巨大化と封印解除の影響で体調の芳《かんば》しくないグランは、このタイミングで僕のフードから跳び出ると、手頃な木に跳び乗って安全な場所に退避する。

ドゴォオオウウウウウッツ!!

遅れてきた衝撃波が轟音と共に僕たちを吹き飛ばそうとするが、僕は地面から突き出た木の根を握り締めてそれに耐える。

僕が立ち上がりながら後方を振り向くと、再び巨大な影が猛烈な速度を伴って突っ込んでくる。

僕は咄嗟に片膝を突いて身を屈めると、斜め上の方向に手を向けて〈防御殻《シールド》〉を発動する。正面からこの突撃を受けるよりは、斜めに〈防御殻《シールド》〉を張って受け流そうと考えたのだ。

巨大な影は〈防御殻《シールド》〉の正面から突っ込み、想定通り斜め上へと逸れて行く。

逸れて行く巨大な影を目で追うと……魔属性に変質させられた真っ黒の硬そうな外殻を持つ甲《こう》虫《ちゅう》……いわゆるカナブンがその正体で、他の魔獣と同様に目は燃えているように真っ赤に光っている。

魔甲蟲《まこうちゅう》と呼べそうな魔獣は、その巨体にもかかわらず音速に近しい速度で飛行し、衝撃波を巻き起こしているようだ。

「アル！　右からも危ないのだ!!」

僕が空を飛ぶ魔甲蟲を注視していると翠が声を張り上げる。魔甲蟲から目を逸らして右を見てみると、物凄い勢いでタイヤ状の何かが転がってくる。そして、それと合わせるように魔甲蟲も突っ込んでくる。

前方と右側からの同時攻撃に、僕はギリギリまで引き付けてから、右斜め前方に身を投げ出して攻撃を何とか逃れる。

タイヤ状の何かは木に激突して止まり、側面からワシャワシャと何本もの足を出しながら身体を伸ばしていく。

激突された木はその衝撃に耐え切れず、メキメキと音を立てて折れてしまった。

「げぇ……でっかいローリーポーリーかよ!!」

心底気持ち悪そうな声でオスローが絶叫する。それは少し丸みを帯びた何枚もの細長い甲殻で覆われた多足蟲で、ローリーポーリーという名前だ。丸まった姿が団子に似ているので別名ダンゴ虫と呼ばれていたりもする。

ダンゴ虫は完全に伸びた状態で、こちらに顔を向けるとギチギチギチ……と気味の悪い音を鳴らしながら様子をうかがってくる。名前を付けるなら、さしずめ多足魔蟲《たそくまちゅう》といったところか。

魔甲蟲と多足魔蟲の攻撃が止まると、森に退避していたみんなが飛び出してくる。ウォルトは魔甲蟲に、オスローと翠は多足魔蟲の目の前に出て武器を構え牽制する。

魔甲蟲はこちらを探《さぐ》るようにゆっくりと周回飛行していたが、ウォルトが目の前に現れたので、敵として認識したのか赤い眼をより一層強く光らせると、急激に加速して亜音速で突っ込んでくる。

ギンッ!! ………ズドォンンッ!!

ウォルトが無造作に巨大な両手剣《グレートソード》を振るうと、鋼を叩き合わせたような音が響き、遅れて地面に叩き付けられるような音が続く。ウォルトが巨大な両手剣《グレートソード》の腹で魔甲蟲を叩き落としたようだ。

ウォルトはそのまま魔甲蟲に接近すると、巨大な両手剣《グレートソード》に魔力を注ぎながら追撃を振り降ろす。

ギャキィイインッッ!

ウォルトの強烈な一撃に対し、魔甲蟲は頭を下げつつ身体を少しだけ捻り、巨大な両手剣《グレートソード》を丸い甲殻で受け流す。

ドウッ!!

剣を受け流され無防備になったウォルトの横っ腹目掛けて、魔甲蟲が下げた頭を突き上げながら跳ねる。跳び突き上げはウォルトの腹にめり込み、ウォルトごと空中に飛び上がる。

内翅《うちはね》を高速振動させ、３ｍ《メートル》の高さまで飛び上がると、魔甲蟲は体躯を垂直方向に一回転させウォルトを地面に叩き付ける。

「ぐはぁっ!!」

勢いを付けて叩き付けられたウォルトは、何とか受け身を取るが、衝撃で巨大な両手剣《グレートソード》が手から離れ、動きが止まってしまう。

ブブブブブブ……

空中浮遊《ホバリング》している魔甲蟲は高速振動する翅《はね》で嫌な音を立てる。そして地面に倒れたままのウォルトを標的とし、一気に下降する。

「アル君は１歩引いて戦局を見定めておいてくれたまえ!!　〈風よ《Wind》!　彼の敵《Target》を　撃ち貫け《Shoot Penetrate》!!　風弾《エアバレット》!!〉」

カイゼルは僕に声を掛けながら、風の魔法を発動させて魔甲蟲に放つ!

放たれた〈風弾《エアバレット》〉はウォルト目掛けて下降する魔甲蟲の頭を正確に撃つ。目にも留まらない速さで突進する魔甲蟲に当てるとは物凄い射撃精度だ。

ゴガアッツ!

カイゼルの〈風弾《エアバレット》〉により軌道を逸らされた魔甲蟲が、ウォルトのすぐ脇の地面に激突する。

ギャギャギャッツ!!

流石に地面に激突するのはこたえるらしく、魔甲蟲は耳障《みみざわ》りな声を上げながら、転げ回る。

「だ……〈大地《Earth》よ　彼の敵《Target》を　突き刺して《Pierce》！　鉄突槍《アイアンピアース》!!〉」

キーナが、ウォルトから魔甲蟲が離れたのを見定めて、地面から鉄の槍を生み出す。ウォルトから逆方向に向かって斜めに伸びた鉄の槍は、魔甲蟲の柔らかい腹の部分に突き刺さる。

魔甲蟲は腹を貫いた〈鉄突槍《アイアンピアース》〉を抜こうと暴れるが、鉄の槍は深く刺さっており簡単には抜けない。

「に……逃げようと……してもダメ……です。チェ……チェックメイトです……〈豪炎《Flame》よ　彼の敵《Target》を　燃やし尽くせ《Burn Out》！　豪炎の柱《フレイムピラー》!!〉」

キーナさんが炎の中級魔法を発動すると、魔甲蟲の足元に赤く輝く魔法陣が描かれ、そこから真っ赤な豪炎の柱が噴き上がる。

ゴォオオオオオッッッッ！！！！

渦巻く豪炎の真っ赤な火柱が魔甲蟲を捕らえて焼き尽くしていく。離れている僕たちまで熱さを感じる高温の炎で、とても僕がギリアムに食らったのと同じ魔法とは思えないくらいの威力だ。これにはいくら硬い甲殻を持つ魔甲蟲とはいえ防ぎようがないだろう。

ギャ！　ギャギャギャッッ！！！

そんな轟炎の中でも魔甲蟲が耳障りな声を上げながら暴れて脱出しようとするが、鉄の槍を抜く事ができず、しばらくすると動きがどんどん緩慢になっていき、やがてピクリとも動かなくなった。

一方多足魔蟲と戦っていたオスローは……

ウォルトが魔甲蟲に牽制するのに合わせて、オスローと翠は多足魔蟲との戦闘に入る。

「足がワキョワキョしていて気持ち悪いのだ～」

翠が嫌そうな顔でげんなりとした声を上げる。

「確かに生理的に嫌悪感があるわね」

「ウチも……こないなの苦手なんや」

「オレも好きな訳じゃないけどな……とりあえず、病み上がりのアルは様子を見ててくれ！」

リアとイーリスも嫌そうに発言して1歩下がったので、オスローは僕に様子を見るように言いながら、当初の作戦通りに多足魔蟲の前に出て武器を構えて牽制する。

ギチギチギチ……

オスローは斧槍《ハルバード》に魔力を通して袈裟掛けに、顎で不気味な音を鳴らしている多足魔蟲を斬り付ける。多足魔蟲は自分の甲殻に自信があるのか、前進して背中の甲殻で受ける。丸みを帯びた甲殻は魔力を通した斧槍《ハルバード》の力を逸らしてしまう。その隙に多足魔蟲はオスローに接近すると、大きな顎で噛み付き攻撃をしてくる！

オスローは素早く後ろにステップしたが、顎が少し足元に掠る。そして再度斧槍《ハルバード》を振り降ろそうと1歩踏み込んだが、苦痛に顔をゆがめると足元を押さえて、うずくまってしまう。

「翠ちゃんお願い！」

オスローのあまりにも痛そうな仕草に、リアはすぐに翠へのスイッチを指示して、オスローの元へと向かう。

リアがオスローが押さえている足元を確認すると、掠っただけにもかかわらず、ズボンどころか皮膚まで焼け爛《ただ》れている。

「これはかなり強力な酸《さん》ね……翠ちゃん！　そいつの噛み付きに触れちゃダメよ！」

リアは慌てて翠に伝える。

「ん？　噛み付きがどうかしたのか？」

翠は左手で多足魔蟲の顎を掴んで、右手で触覚や口付近をガンガン殴っていた。

「翠ちゃん……そいつ口から強力な酸を出すみたいなんだけど」

「うむ。とても臭い液を出しているから不愉快なのだっ！」

翠にとって酸なんて、ただの臭い液と感じるだけのもののようだ。

翠たち竜族には、相当強力な酸とか毒じゃないと効かないんだよな。多頭毒蛇《ヒュドラ》に呑み込まれてもピンピンしてたし……まだ誰にも正体は打ち明けていないけど、そろそろ伝えないと都合が悪そうだ。

翠が顎を掴みながらガンガンと殴っていると、多足魔蟲は体躯をよじったり暴れたりして翠の左手を引き剥がそうと藻掻く。翠に殴られる度に、口から酸の液を撒き散らしており、殴った拍子に飛んだ飛沫《しぶき》が運悪く翠の目に入る。

「ぎゃーっ！　目が痛いのだ！　目が痛いのだ‼」

流石に眼球までは守られていないようで、翠は目を押さえながら地面を転がる。一方多足魔蟲も翠に問答無用で殴られ続けたダメージが大きいせいか、逃げ出せもせずにひっくり返って、手足をワキョワキョさせている。

そこにイーリスが弩《クロスボウ》の射撃で追撃するが、弱点の腹とはいえ、強化されていない矢は表皮で弾き返されてしまう。

しばらくワキョワキョしていた多足魔蟲はダメージから回復したのか、ぐるりと丸まると、タイヤのような形状になって勢いを付けて翠に吶喊《とっかん》する。目を押さえながら転がっていた翠は避けられずに簡単に撥ね飛ばされてしまった。

イーリスが逃がすまいと再度弩《クロスボウ》を打ち込むが、元々丸みを帯びた硬い甲殻は矢のような直線的な攻撃を弾きやすいし、更にタイヤみたいに転がることで貫通効果を減少させているので効果がない。

翠を弾き飛ばした多足魔蟲は、軌道を変えてオスロー目掛けて転がってくる。

リアから〈快癒《ヒール》〉の魔法をもらい、酸のダメージを回復したオスローが仁王立ちになって待ち構える。

リアをも巻き込むように吶喊《とっかん》してきた多足魔蟲に、オスローが斧槍《ハルバード》による横殴りの一撃を加えて進路を逸らす。オスローが無事に戦えると判断したリアは、すぐに翠の元に駆けて行く。

軌道をずらされた多足魔蟲は1回丸まりを解くと、赤く光る目でオスローを睨みつけてから、再度丸まる。吶喊《とっかん》の姿勢を見せている多足魔蟲に対し、オスローは斧槍《ハルバード》を右斜め後方に引き、左肩を転がる多足魔蟲に向けて突き出す構え……いわゆる脇構えの型で斧槍《ハルバード》に魔力を溜め、迎撃の姿勢をとる。

再び猛烈な速度で吶喊《とっかん》してくる多足魔蟲の側面に向けて、オスローは肩を捻りの始点とし、全身の力をくまなく伝えつつ、魔力を流し込んだ天色に輝く斧槍《ハルバード》を振り切りカウンターを放つ！

「くらえ！　斧刃斬空《ふじんざんくう》!!」

ズバッシャアアアッツ!!

オスローの脇構えからの逆袈裟斬り上げ攻撃が、タイヤ状になり猛烈に突っ込んでくる多足魔蟲の側面を見事に捉える。多足魔蟲の中心こそが丸まった際に一番柔らかい弱点になっており、十分に威力が乗った斧槍《ハルバード》がめり込むと、何本かの足を切り裂いて緑色の体液を撒き散らせる。

強烈な衝撃にタイヤ形態が解かれた多足魔蟲が、ビクンビクンと身体を痙攣《けいれん》させる。

オスローは斧槍《ハルバード》を構えると、第1節と第2節の甲殻の隙間から、斧槍《ハルバード》の槍部分を滑り込ませてトドメを刺すと、魔甲蟲と戦っているウォルトたちを確認する。

ゴォオオオオッツッツ！！！

渦巻く轟炎の赤い火柱が魔甲蟲を捕らえて焼き尽くしていくのが見える。

「これは……終わったな」

手強かったが、僕たちは魔甲蟲と多足魔蟲を無事倒せたのだった。

「しかし手強いなこれは……あと森に1体と湖の方に3体か……」

2体を倒しただけで疲れ切っているみんなを確認しながらカイゼルが状況を呟く。自分たちの実力を出し切ってやっと勝てる相手との連戦はかなり厳しい。

魔甲蟲と多足魔蟲を撃破したみんながほっと一息ついている間に、僕は〈詳細検索《ディティールサーチ》〉を展開し、魔黒石の所在を確認する。

「あれ？　湖の方に合った魔黒石がなくなっている？」

「それは……何かが魔獣化したってこと？」

「いや、魔獣化させてもしばらくは魔力が残っているようなので反応するみたい。反応がないのはたぶん完全に砕かれているか、〈詳細検索《ディティールサーチ》〉の範囲外に出たかなんだけど。それより……3つめの魔黒石がこっちに近付いてきている！」

僕が戦闘態勢を取りながら、移動する3つ目の魔黒石がある方角に向くと、物凄いプレッシャーが襲い掛かってくる。

森の影の中から影よりもなお黒いものがノソノソと這い出してくる。逆光のせいか全てが真っ黒に塗り潰されている。

そいつは極端な猫背の姿勢で、だらんとぶら下げられた手は、歩くと地面に引きずってしまいそうだ。

「貴様ラハ、コトゴトク私ノ邪魔ヲシテクレル……」

下を向いていたそいつが顔を上げると、目だと思われる部分だけ赤く光り、ユラユラと揺らめいているように見えた。

そして妙なノイズが含まれていて聞き取り辛い声で、抑揚《よくよう》なく話かけてくる。

「トリアエズ、ソノ2体ハ、回収サセテモラウ……」

その黒いものが口と見られる部分を大きく裂けるように開くと、その中心に向かって魔甲蟲と多足魔蟲が吸い込まれていく。咄嗟に僕は多足魔蟲の一部を持って踏ん張るが、止められず、このままだと自分も吸い込まれてしまいそうなので諦めて手を離す。

魔甲蟲と多足魔蟲は相当な大きさだったにもかかわらず、圧縮されながらその口のような場所に2体とも吸い込まれてしまう。その黒いものは何度か咀嚼《そしゃく》して2体を呑み込み、身体をブルッと震わせると、身体が小刻みに痙攣し始める。

「グオォォォォォオッッ！！！」

その黒いものは頭を抱えながら身の毛もよだつような叫び声を上げる。すると体表が沸騰《ふっとう》しているかのようにボコボコと泡立ち始め、身体中が泡で覆われていく。

「な……なんか凄いヤバイ気がするんだが……」

「うん……だけど放置したら……もっとヤバイよね……」

オスローが今にも逃げ出したさそうな声で話しかけてきて、僕も同じ気持ちになるが踏みとどまる。

「ガァァァァァァッッッ!!」

黒いものが絶叫を上げると、泡だった表皮から、消炭色の甲殻で覆われた様々な部位が飛び出してくる。

そして多足魔蟲の頭と腹を持ち、魔甲蟲の背中と足を持つ、消炭色の甲殻を持った人型の生物が生まれたのだった。

「ククククク……力ガ漲《みなぎ》ッテクルゾ！　コレガ魔蟲将《インセクトジェネラル》トヤラノ力カ！　コレナラ、貴様ラニ再ビ後《おく》レヲ取ルコトハナイダロウ!!」

先ほどよりは聞き取りやすいが、相変わらず妙なノイズが含まれている声でそいつは独白する。

焦茶色に変色した腕の外側には多足魔蟲の外殻、指は鋭い鉤爪《かぎづめ》のようになっていて、多足魔蟲のような腹からは先端が槍状になった足が5対《つい》生えている。背中には魔甲蟲の外翅《そとはね》と内翅《うちはね》があり、脚は人間と同じ大きさの甲虫のそれになっている。

「オォォォォォォッッ！！！」

再度雄たけびを上げると、その黒いもの……魔蟲将《インセクトジェネラル》が僕たちに襲い掛かる!!

まずは最も近くにいたカイゼルに向かって、目にも留まらぬ速さで接近すると右の拳を叩き付ける！　カイゼルは反応できずに拳を頬に受けて吹っ飛ぶ！

「カイゼル！」

あり得ない速度の攻撃に、カイゼルを守れなかったウォルトが、慌てて追撃を阻《はば》もうと魔蟲将《インセクトジェネラル》に切り付ける。しかし魔蟲将《インセクトジェネラル》はことも無げに左腕の甲殻で弾くと、体勢の崩れたウォルトの腹に右拳を叩き込む。

そして右拳の衝撃で軽く身体が浮いたところに、魔蟲将《インセクトジェネラル》の右後ろ裏拳がクリーンヒットし、その勢いのまま木に激突する。

「クハァァァアッッ！」

魔蟲将《インセクトジェネラル》は自分の力を確かめるように拳を見つめると、ゆっくりと残るメンバーの方に目を向けて、口らしきところから大量の呼気を吐き、こちらに狙いを定める。

「こっちに来んなや！」

イーリスが弩《クロスボウ》の矢を放つが、魔蟲将《インセクトジェネラル》は残像が残るような速度で簡単に回避すると、一瞬でイーリスに接近する。

棒立ちのイーリスに、魔蟲将《インセクトジェネラル》が左拳による内回し打ちを放ち、彼女は殴り飛ばされてしまう。

「イーリス!!」

次は悲鳴を上げたリアに視線を向けて突っ込んでくる。やっと魔蟲将《インセクトジェネラル》の動きに何とか反応できそうになってきた僕は、リアと魔蟲将《インセクトジェネラル》の直線上に割り込み、咄嗟に小剣《ショートソード》で横薙ぎの一閃を放つ。

カンッ!!

甲高い音がして、僕の魔力を通していない小剣《ショートソード》の一撃は魔蟲将《インセクトジェネラル》の右手であっさりと弾かれる。

魔蟲将《インセクトジェネラル》はそのまま速度を落とさずに左裏拳を僕に叩き付けてくるが、僕は身体を深く沈めて後ろ回し水面蹴りで足を払う。回転力を生かして水面蹴りを放ったが、これも魔蟲将《インセクトジェネラル》の甲殻に簡単に阻まれて弾かれてしまう。

今まで戦ってきた魔獣、魔蟲より遥かに防御力が高いように感じる。攻撃力・敏捷力《びんしょうりょく》・防御力が全てにおいて高いレベルで纏まっているようだ。

「うぉぉぉぉぉぉ!!!」

オスローが大きく振りかぶり、魔力を乗せて斧槍《ハルバード》を振り降ろす。だが魔蟲将《インセクトジェネラル》は鬱陶しそうに左手でそれを払いのけ、いとも簡単に受け流す。

「らんりゅーげき!! なのだ!!」

そこに翠が続き、風の魔力を纏った左拳を魔蟲将《インセクトジェネラル》の胴体に叩き込む!

だが魔蟲将《インセクトジェネラル》の脇腹に生えた槍状の足数本が、内側から外側に向けて動くと、翠の強力な拳撃すらも簡単に弾き返してしまう。

〈大地《Earth》よ　彼の敵《Target》を　突き刺して《Pierce》！　鉄突槍《アイアンピアース》!!〉

オスローと翠の連撃で動きが止まった魔蟲将《インセクトジェネラル》に、キーナが〈鉄突槍《アイアンピアース》〉の魔法を発動させる。

ガキィイイイッツ!!

タイミング良く発動された〈鉄突槍《アイアンピアース》〉は魔蟲将《インセクトジェネラル》を捉えるが、外殻を貫けずに砕け散ってしまう。

〈炎《Fire》よ！　彼の敵《Target》を　撃て《Shoot》!!　炎の礫《ファイアボルト》!!〉

リアも僕たちを巻き込まないように〈炎の礫《ファイアボルト》〉の魔法で援護するが、この魔法も甲殻に弾かれてダメージを与えられない。

手も足も出ない僕たちに、魔蟲将《インセクトジェネラル》は両手を広げ身体を1回転させる拳撃を放つ。その一撃で魔蟲将《インセクトジェネラル》に隣接していた僕と翠とオスローが巻き込まれて薙ぎ払われてしまう。

魔蟲将《インセクトジェネラル》が動き出してから刹那《せつな》の攻防だったが、僕たちの攻撃は全て受け弾かれてしまっている。

こんな敵にどうやって勝てばいいのか……僕たちは勝利のビジョンを見失ってしまう。

「こんな危険な怪物を放置してはならない！　〈大地《Earth》よ！　彼の敵《Target》を　戒めの鎖《Chain》で　束縛せよ《Bind》！　土鎖の束縛《アースチェインバインド》!!〉」

体勢を立て直したカイゼルが叫び、拘束の魔法を発動させ魔蟲将《インセクトジェネラル》を捕らえる。しかし魔蟲将《インセクトジェネラル》は慌てもせずに腕に力を入れたりしながら拘束の強さを確かめている。

〈豪炎《Flame》よ！　彼の敵《Target》を　燃やし尽くせ《Burn Out》！　豪炎の柱《フレイムピラー》!!〉

拘束した魔蟲将《インセクトジェネラル》に対しキーナの魔法が発動し、その足元から全身を焼き尽くす炎が噴き出す。

僕は貫通力の高い魔法で甲殻を抜けるか試すために、〈炎弾《ファイアバレット》〉を発動させる。

〈炎《Fire》よ！　彼の敵《Target》を　撃ち貫け《Shoot Penetrate》!!　炎弾《ファイアバレット》!!〉

しかし音速を超える速度で放たれた炎の弾丸でも、甲殻に少しの焦げ跡を付けるだけにしかならない。

魔蟲将《インセクトジェネラル》は炎で焼かれながらも拘束の魔法を打ち破り、何事もなかったかのように炎の柱から出てくる。少しもダメージを負った気配がない。

そこにウォルトが肉薄し、天色に発光した巨大な両手剣《グレートソード》を横薙ぎに振り抜く！

剣は見事に魔蟲将《インセクトジェネラル》の横腹に命中し、脇腹から生えている槍状の足の1本を切り落としたが胴体には傷1つ付かずに止められてしまう。

隙を見つけて放った、僕たちの強力な攻撃ですら通用しないことに愕然としていると、魔蟲将《インセクトジェネラル》が自分の身体を確かめながら高笑いする。

「クハハハハハ！　圧倒的！　圧倒的デハナイカ!!　塗炭《とたん》ノ苦シミヲ味ワワセテクレタ貴様ラノ攻撃ガ一切効カヌデハナイカ!!　クハハハハハ!!　ソレデハ冥途ノ土産ニ、イイモノヲ見セテヤロウ！」

魔蟲将《インセクトジェネラル》はそう言うと両手を天に掲げて魔力を集中させる。膨大な魔属性の魔力が、掲げられた両手の中心に集まっていくと、小さな暗黒の球が形作られる。そして魔蟲将《インセクトジェネラル》は、更にその小さな暗黒球にどんどん魔力を注入して圧縮していく。

『危険です！　その魔力密度だと、ここら辺一帯が吹き飛びます!!　少年！　アレを止めなさい!!』

眼鏡さんが最大の警鐘を鳴らす。

といっても……僕の知りうる技で、あの甲殻の防御を打ち破れるものなんて……

『あの甲殻を上回るダメージを与えるのなら、超質量の隕石をぶつければ良いです！』

……いや、それはここら辺一帯も吹き飛んじゃうから……既に経験済みです。

『儂の龍吼《ドラゴンブレス》なら蒸発させられそうじゃ！』

……いや、それも地形が変わる威力だからダメだと思うよ。

『となると、龍鬼崩拳《りゅうきほうけん》を斬撃で使ってみるか？』

入学試験で竜の住処すら撃ち抜き、ギリアムを打ち倒した、魔力と肉体を連動させて放つ高威力な龍鬼崩拳を精霊銀鉱《エレメンティウム》の剣に乗せれば、あの防御を切り裂けるかもしれない。

僕は筋肉さんの案に一縷《いちる》の望みを託し、小剣《ショートソード》を両手で握り下段に構え、魔力を練り込んでいく。

「魔力循環……鬼闘法!!」

僕の中の魔力を循環・圧縮・爆発させて、膨大な魔力を四肢の隅々まで行き渡らせる。そして、その魔力を小剣《ショートソード》に注ぎ込むと、耐久性と魔力親和性が高い精霊銀鉱《エレメンティウム》の小剣《ショートソード》が、あまりの魔力量にビリビリと震え始める。

魔蟲将《インセクトジェネラル》の発生させた暗黒球が周りの空気を吸い込み始め、土砂、葉、枝など軽いものから吸い込まれていく。木々も暗黒球に引っ張られ、木の葉がちぎれ飛んでいく。

仲間たちも例外ではなく、脚を踏ん張ったり、木々や岩を掴んでいたりしないと吸い込まれてしまいそうになる。

僕は鬼闘法により、身体に芯を通しているので、吸い込まれずに力を溜め続ける。

「消エロ……」

魔蟲将《インセクトジェネラル》が限界まで圧縮した暗黒球を腕を振って撃ち出す。振られた腕の勢いに反してゆっくりとした動きで、とてつもない魔力が込められた暗黒球は僕たちの目の前に漂ってくる。

「崩レ滅ビヨ!!」

魔蟲将《インセクトジェネラル》がそう叫ぶと、圧縮された膨大な魔力が解放され、暗黒球が鋭い牙の生えた口のように大きく広がり、全てを噛み砕く闇の顎《あぎと》となる!!

「やらせない！　龍鬼断閃《だんせん》!!」

僕は十二分に魔力を流し込んだ精霊銀鉱《エレメンティウム》の小剣《ショートソード》を下段から、空を断つように一気に切り上げる！

飽和した魔力が解き放たれるかの如く剣閃《けんせん》となり、地と空と共に僕らを噛み砕こうとしている暗黒球を切り裂く！

そしてその剣閃に沿って空間の断層が発生し、剣筋にあるものを全て……物質も魔力も空気も全てを呑み込んでいく！

空間すら断った剣閃は魔蟲将《インセクトジェネラル》まで伸び、真っ二つに断つ！

魔蟲将《インセクトジェネラル》はその技の危険性を素早く察知し、飛び退いたが、それを凌《しの》ぐ速度の剣閃により、躱し切れずに右肩から先をすっぱりと切り落とされる。

そして切り落とされた魔蟲将《インセクトジェネラル》の肩から緑色の体液が噴き出す。

「1度見タ技ダガ……ソレヲ斬撃ニ変エタカ……ヤハリオ前ハ危険スギル……様ニ報告セネバ……」

魔蟲将《インセクトジェネラル》は残る左手に闇の炎を灯し、傷口を焼いていく。

「イイ気ニナルナヨ……モウスグ貴様ラノ時代モ終ワル……」

魔蟲将《インセクトジェネラル》は赤く光る目をわずかに細めると、背中の翅を広げ、高速振動させると、あっという間に北の空に消えていくのだった。

魔蟲将《インセクトジェネラル》の強さは反則級だと思う。あんなのA級冒険者でも手に負えないんじゃないかと思いつつ、僕は何とかみんなと生き残れたことにホッと胸を撫で下ろすのだった。

「おおっと、君たち無事だったかい？」

魔蟲将《インセクトジェネラル》が去って一息ついていたところに、シグルスおじさんが息を切らして姿を現す。肩には昨日と同じようにランスロットが乗っている。

「凄い魔力を感じて急いできたんだが、その様子だと大丈夫だったようだね。こちらの魔黒石はアル君たちが対応してくれていたのか」

「となると湖の方は？」

「あぁ、私の方で処理しておいたよ。幸い1つは発動していなかったので、厳重に封じてから、私の保管庫に放り込んでおいた」

「じゃあ2体の魔獣と戦ったんですか？」

「あぁ、鰐《わに》と蛇《へび》だったな。ちょっとてこずったけど、何とか倒せたよ」

シグルスおじさんが僕の疑問にポンポンと答えてくれる。あの強さの魔獣を1人で倒せるなんて、なんて凄いんだろう。

「とりあえず、この周辺の魔黒石は全部処理できたみたいだから、私は帰って魔黒石の研究をしてみよう。あぁそうそう、魔黒石の効果だけど、媒体の50㎝《センチメートル》以内に生物が60秒以上留まっている場合に発動し、まず対象を麻痺させ動けなくする。その上で瘴気を発生させて生物を魔の眷属へと変質させてしまうようだよ。ただ、この魔黒石は1回発動すると砕けてしまうから、1回しか使えないようだね」

「と、とんでもないものですね」

「あぁ、どうやって生き物を変質させるのか……興味が絶えないな。上手く使えば人の役に立ちそうな気もするんだけどね。あとこの件の報告は私の方から冒険者ギルドを通じて、国の方にも伝わるように処理しておくから心配しなくていいよ」

シグルスおじさんはそう言うと、グランと喋っていたランスロットを連れて、颯爽《さっそう》と帰っていく。

何とか九死《きゅうし》に一生を得た僕たちは、疲れた身体を引きずってリアの実家まで帰る。離れに戻った僕たちはまず身体の汚れを取り、疲れた身体を癒すためにも交代で風呂に入った後に、夕食前の空いた時間を使って今日の出来事を討議することにした。

魔の眷属に変わってしまった生物として僕たちが戦ったのは、神獣であった鹿、カナブン、ダンゴムシ、そして人型の何かで、生物であるならば、獣・虫問わずに変化させるようだ。

それぞれ単体ならば、僕たちが力を合わせれば何とか倒せていた実績がある。森の護り手や灼熱《フレア》飛龍《ワイバーン》、多頭毒蛇《ヒュドラ》辺りと比べると、取り込む生物にもよるが恐らくCからAランク相当の強さなのだが、最後の魔蟲将《インセクトジェネラル》に関しては、2体の魔蟲を取り込んだせいか、尋常ではない力を持っていた。

僕たちの全ての物理や魔法の攻撃は外殻に弾かれてしまい、何1つ有効なダメージを与えられなかった。

この強さはランクSランクオーバーと言っても過言ではないと思う。

龍鬼崩拳の斬撃版である龍鬼断閃を使って、ようやくダメージを与え、何とか撃退できたが、今後現れた時の対抗策として、何か用意をしておかないと戦いにすらならないだろう。

もしかすれば常識外の切れ味と強度を持つ武器での攻撃ならば、有効かもしれない。僕の見てきたものとみんなの実体験を加味すると、このような内容になる。

「ふむ。すなわち現時点で遭遇したら逃げるしかないな。間違っても戦おうとしてはダメだ。また、あの外殻に通じる武器……そんなのは国宝にだって存在しないだろう」

「で……でも、また……あの黒いのが襲ってきたら……追い返せません……」

カイゼルが溜息を吐き、キーナは俯きながら諦めたかのような声を漏らす。

「ともかく何らかの手を考えておかないと、いざという時に対応できないんじゃないかしら？　アイツが私たちを襲ってきたのも偶然じゃないと思うし。学園に戻ったら特訓しましょ！」

リアが明るい声でみんなを励ます。

「そもそも、あんな魔黒石っちゅーの、どこで手に入れるんや？　自然発生はあり得へんよなぁ？　闇ルートやろか……ちょっと調べてみる価値はありそうやね」

イーリスが冷静に分析して、自分にできそうなことを見つける。

「キーナ嬢、リア嬢、イーリス嬢の言うことはもっともなのだが……もっともなのだがね……仕方ない。アル君の凄まじい〝やらかし〟が目に浮かぶが、みんなが言うように、あの敵はかなり危険だった。この国の魔法騎士団でも歯が立たないだろうしね……対策を練る前にあの魔蟲将《インセクトジェネラル》とやらが現れた場合は……諦めるしかないだろう。国の戦力を総動員して何とかしてもらうしかない」

その結論にみんなで頷くと、リアの家での最後の食事を摂りに本館に向かうのだった。

第10話　穏やかな時間

僕たちが食事の席に着くと、ヘンドリックさんから最終日の夕食は、ちょっと頑張らせてもらったとの話を聞く。僕たちが手に入れたヒクイドリや鹿、猪なども提供したので、沢山の肉料理が期待できそうで、食卓に着いた翠は目を輝かせている。

「今日は料理の量が多いから、個別ではなく大皿で用意させてもらった」

ヘンドリックさんがそう告げると、メイドさんたちがワゴンを引いて部屋に入ってくる。

まず目を引いたのが、猪の姿焼きだ。

猪1頭の毛を剥《は》いで丸焼きにした逸品で、表面は飴色《あめいろ》にこんがりと焼けており、食欲をそそる香りが部屋中に広がっている。それを見た翠は目をキラキラさせながら、興奮して隣のリアの服をグイグイ引っ張っている。

続いて鹿のスペアリブ。豪快に肋骨《ろっこつ》をそのまま丸ごとローストしたようで、上からたっぷり掛けられたバーベキューソースも絶妙な加減で炙《あぶ》られていて、何ともいえない香りを醸し出している。

また大きな寸胴鍋《ずんどうなべ》では、ヒクイドリを丸々1羽使った鳥と葉野菜のスープと、豚の内臓と根菜を長時間煮込んだモツ煮が大量の湯気を上げている。

他にも葉野菜と色とりどりの野菜のサラダなども運ばれてくる。

まずはメイドさんたちが、それぞれの料理を個々に取り分けて運んで来てくれる。翠の分をよそう時に、メイドさんが優しそうな笑みを浮かべながら大盛りにしてくれたのが微笑ましい。

「今回は貴重な休みの時間を割いて、遠くまで来てくれてありがとう。あっという間の数日だったと、時間を忘れて楽しんでくれていたのなら光栄だ。今日は腕によりをかけて料理を用意させてもらったので、心行くまで堪能してくれたら嬉しい。それでは、みなさんのこれからの健康と活躍を祈念《きねん》して……乾杯《プロージット》!!」

「「「乾杯《プロージット》っ!!」」」

ヘンドリックさんの音頭に合わせて乾杯をする。

翠は我慢の限界に達しており、フォークを逆手に持ち、猪のバラ肉に突き刺して大きな口を開けて噛み付く。すると焼いて閉じ込めていた良質の脂が溢れ出し、口の端から勢い良く零れ落ちる。口の周りをギトギトにしてしまい、折角の美少女が形無しである。

そんな翠を隣で座っているリアが、お母さんのように甲斐甲斐しく世話を焼いているのを見ると、ほのぼのする……とか僕が思って暖かい目で見ていると、それに気付いたリアが僕を威嚇してくる。

僕は何も見ていないふりをしながら猪の丸焼きを一口含む。バラ肉の良質な脂が口の中で溶けて、その後に野性味の強い肉の味がガツンとくる。塩と胡椒《こしょう》だけのシンプルな味付けなのに、とても深みのある仕上がりになっているようだ。

また、バラ肉ではなくロースの部分を口にしてみると、噛めば噛むほど濃い肉の味が口の中に溢れてくる。多種多様な部位が様々な食感や風味を魅《み》せてくれるのが丸焼きの良いところだと思う。

次に食べた鹿のスペアリブは肋骨に沿って切り分けられていたので、骨をそのまま掴んで食い付いた。スペアリブの旨さは骨にくっついた肉にある。これは予想通りの滋味深い肉の味に、こってりとしたバーベキューソースがよく合っていて、とても旨い。

猪肉を一通り平らげた翠が、鹿のスペアリブを二刀流のように両手に持って、本当に嬉しそうに左右の肉に交互に食い付いている。その姿を料理した人が見たら大変満足するであろう食いっぷりだ。

重い料理が続いたので、口直しに鳥のスープを飲んでみる。透明な澄んだスープだが鳥の脂で覆われており、熱を逃がさないので、少々の時間では冷めずに熱々なままだ。

骨まで丸ごと煮込んだスープは、塩で味付けされただけにもかかわらず、鳥の旨みが出汁となり、コクがありつつも、非常にあっさりした後味の一品になっていた。

モツ煮は、鹿の全ての内臓が、猪の骨と野菜から出汁をとったスープでじっくりと煮られており、それぞれの部位の、プリプリ、クニュクニュ、コリコリした食感が楽しい料理だ。

食の細いキーナはスープメインで、カイゼル、イーリスとリアは他に用意されているサラダも含めてバランス良く食べている。ウォルトとオスローは近接攻撃職で体力が大事なので、翠と同じく肉メインのバランスで食べている。

「これはオレらが狩ったり、神獣から恵んでもらった獣たちだよな？」

「多分そうだと思うよ」

「だったら命に感謝しながら食べないとな」

「そうだね」

オスローと僕は命の恵みに、なお一層《いっそう》の感謝をして食べ進めるのだった。

「ちょー！　ちょー！　ちょー！　うまいのだっ!!」

翠の目の前にどんどん皿が積み上がっていく。特に猪の丸焼きと鹿のスペアリブがお気に入りみたいで、１人で半分近く食べているように見える。まったくあの小さな身体のどこにそんなに入るのか不思議でならない。

リアは翠の相手をするのにとても忙しそうだけど、何か嬉しそうにも楽しそうにも見える。傍《かたわ》らのヘンリー君はお姉さんを取られてちょっと拗ねているみたいだけどね……

翠が興奮するのが分かるように、とても美味しい夕食であり、１つひとつ素材に感謝しながら調理をして、旨さを最大限に出すようにしている丁寧さを感じる料理だった。

デザートは牛乳を甘くして固めたものにフルーツを載せた一品で、とても胃に優しい味だった。

ヘンドリックさんは僕たちが食べるだけ食べたのを見て嬉しそうに微笑むと、満足してくれたようで何よりだと言葉をかけてくれる。

雷《いかずち》に打たれた獣たちは、血抜きができなかったので、血生臭さが酷いかと考えていたが、それは杞憂《きゆう》に終わった。実は血抜きをするのは、傷から入った雑菌が繁殖《はんしょく》するのを抑えるためだそうで、雷《いかずち》で外傷なく死亡した場合は、雑菌が入り込まないので血抜きしなくても血生臭くならないとヘンドリックさんが教えてくれた。

僕は、グラン分の食事を受け取り、はち切れんばかりに膨らんだお腹の翠を抱えて、離れに戻るのだった。

充実した夕食を頂いた僕たちは離れに戻って、最後の夜をロビーで過ごす。

といっても、みんなで5日かけてアインツに戻るので寂しいことはないだろうと思う。

翠はお腹いっぱいで満足して眠くなってしまったのか、ソファで気持ち良さそうに寝息を立てている。

僕たちも雑談をしていると、腹もこなれて眠くなってきたので、それぞれの部屋に戻ることにした。

「今日はヤバかったなぁ……アルは昨日も死にかけてたので2連続だけどな」

「そんなつもりはなかったんだけどね……」

部屋に戻ってベッドに横になりながらオスローがしみじみ呟くので、僕も横になりながら答える。

体調が思わしくないグランはもらった食事もあまり摂らずに、寝てしまっているようだ。一時的なものだと思うので明日の朝には元気になってくれるだろう。

「あの魔蟲将《インセクトジェネラル》とかいうやつ。物理も魔法も効かないんじゃ手に負えねぇよな」

「そうだなぁ……僕たちが未熟だっていうのもあるんだろうけど……」

「未熟って言ったってなぁ、そこら辺の冒険者と同等の強さになっていると思うんだがなぁ」

「それはそうなのかもしれないけど、物理攻撃力や戦闘のカンなんかは、熟達の冒険者さんたちとは全然比べ物にならないと思うよ」

僕は夏休み前半の両親とゴルドー先生との冒険を振り返りながら言う。

「そっか、自分たちが強くなった気になっていて、ソレの遥か上の強さの魔蟲将《インセクトジェネラル》が現れたもんだから、世界の危機クラスの怪物だと勘違いしちゃっているだけかもしれないか」

「世界の危機クラスの怪物があんな手軽に湧いてたら、今頃世界なんて終わっちゃってるよ」

オスローと僕は本日の魔蟲将《インセクトジェネラル》と呼ばれる怪物と戦ったことを思い出しながら、そんな会話をする。

『あれはそんなに弱かったかのぅ……？』

『いや、アレは古竜《エンシェントドラゴン》クラスの強さはあったと思うぜ』

『魔力量、防御力、攻撃力を考えると通常の騎士団では束になっても敵わないと想定できます』

なんか僕の中の3人が物騒なことを言っているけど、きっと気のせいだろう。言っている通りなら僕たちが生き延びられるはずはないからね。

「そういえば、この旅行が終わったら、夏休みももう終わりだなぁ」

「うん、そうだね。あっという間だった」

「だな。明日から、また馬車に揺られて宿屋に泊まる5日間だし、今日はもうゆっくり身体を休めるとしようかね」

「うん。それじゃあ早めに寝ようか」

「あぁ、お休み、アル」

「お休み、オスロー」

そうして僕とオスローは眠りの世界に落ちていくのだった。

次の日、僕は昨日使った生命力賦活化の魔法の影響で、朝からとてつもない倦怠感に襲われる。

朝食を食べても良くならず、そんな体調のまま、帰る準備を整え、みんなには悪いけど僕は用意された馬車に早々に乗り込む。

帰りの護衛も、来る時と同じ冒険者さんだったので安心だ。御者さんも同様で、来る時に色々あったので断られていると思っていたが笑顔で了承してくれたらしい。なんでも古くからリアの家に仕えてくれている御者さんのようだ。

「気を抜かないで帰りましょう。特にアル……は体調が悪そうなので、そのまま大人しくしていなさいね」

「あ、うん……」

全身に力が入らない僕は、リアに力なく答える。

「そろそろ出発しようか」

「とりあえず帰り道も長いからさ。さっさと出発しようぜ」

さらっとカイゼルが出発を促し、オスローも馬車に乗り込んでくる。

馬車は丘に向かって草原を進んでいく。僕が馬車の後ろからリアの家の方を覗くと、ヘンドリックさん、エスターナさん、ヘンリー君たちが、馬車が見えなくなるまで、家の門の前で見送ってくれていた。僕は怠い身体に何とか鞭《むち》を入れ、お世話になったリアの家族に手を振る。

丘を下っていき、左右に木々が生い茂る林の中に入る。

キラキラと柔らかな木漏れ日の差す林道を、僕たちの馬車は進んでいくのだった。

†

「実験は成功したようだ」

「これなら、あの憎き……も……できるな」

「……野望……１歩……」

「……使い捨て……」

アインツの薄暗い部屋で、数人の男たちが声を潜めて話している。アルたちを取り巻く陰謀の闇は、まだまだ深く濃くなっているのを、当人たちは知る由《よし》もないのだった……

アンデッドに転生したので日陰から異世界を攻略します
Fukami Sei
深海 生
不死者だけど
楽しい異世界ライフを
送っていいですか？
社畜サラリーマン、転生したらゾンビになっちゃった!?
過労死からの不死議な冒険!?
社畜サラリーマン・影山人志（ジン）。過労が祟って倒れてしまった彼は、謎の声【チュートリアル】の導きに従って、異世界に転生する。目覚めると、そこは棺の中。なんと彼は、ゾンビに生まれ変わっていたのだ！　魔物の身では人間に敵視されてしまう。そう考えたジンは、（日が当たらない）理想の生活の場を求め、深き樹海へと旅立つ。だが、そこには恐るべき不死者の軍団が待ち受けていた！
◎各定価：1320円（10%税込）　◎ISBN 978-4-434-31741-5　◎illustration：木々 ゆうき
日陰限定ですが、異世界で好きに生きます！

レベルシステムを超えた
新感覚の超成長ファンタジー、開幕！

神様のはからいにより異世界へ転移することになった普通のサラリーマン、倉野敦。新たな世界で楽しいスローライフを送れる！　とウキウキで転移してきたものの、倉野は大変なことに気付いてしまう。異世界の人間だったら誰でも持っている「レベル」が、なぜか彼には存在しなかったのだ。いくら魔物を倒しても経験値が入らないため一生強くなれない……絶望しかけた倉野だったが、へこたれずに冒険者として依頼をこなし、コツコツ人助けをしていくことに。すると、彼に秘められた謎の力が次第に開花していき——!?

●各定価：1320円（10％税込）　●illustration：しの